Zwergenherz

von Kat Endres

Buchbeschreibung:

Zu lange wartet Rhul, der König der Ambhradi-Zwerge, um die Seelen seines Volkes wandeln zu lassen. Durch seinen Hass auf die Halun, denen die Wächter entstammen, gibt er so manch dunklen Mächten Zeit und Gelegenheit, um eigene Ziele zu verfolgen. Doch Rhul braucht die Wächter, um das 'Fest der Seelen' feiern zu können. Sein Volk ruft danach und er selbst leidet mit jedem Tag mehr unter den Einflüssen der aufkeimenden Mächte. In letzter Not ringt er sich durch und bricht auf zum Heiligen Hain, doch mit Schrecken muss er feststellen, dass es um mehr geht, als nur die Seelen freigeben zu lassen. Der Hass der Wächterin Farasar trifft ihn mit aller Härte, denn sie muss eine schwerwiegende Entscheidung treffen, um das Fortbestehen der Wächter zu gewährleisten.

Über die Autorin:

Kat Endres wurde 1977 in Sachsen geboren und schon sehr früh spürte sie den Drang, Gefühle und

Gedanken zu Papier zu bringen. Bereits mit zehn Jahren formulierte sie eigene Gedichte, mit zwölf Jahren schrieb sie ihre erste kleine Kurzgeschichte. Das Schreiben war und ist ihr ständiger Begleiter und sie liebt es, mit Wörtern zu jonglieren, um Bilder eindrucksvoll in den Köpfen der Leser zu erwecken.

Nach der Geburt ihres dritten Kindes entschied sie sich, der Schreiberei einmal mehr den Vorrang zu geben, und absolvierte nach fünfzehn Jahren Pause ihre ersten Versuche im Schreiben von Fanfiktionen. Daraufhin erschien 2018 ihr erstes Buch "Sturm der Gedanken" ebenfalls bei BoD, welches kleine Eindrücke ihres Lebens in umgewandelter Form preisgibt.

Fantasy jedoch ist ihre große Leidenschaft und ihre Liebe zu Zwergen und Nordmännern kann sie nicht verleugnen. Daraus entstand die Buchreihe "Zwergenherz", in deren Geschichten ihre Zuneigung für jene stattlichen und knurrenden Wesen ersichtlich wird.

Zwergenherz

Die Wächterin

von Kat Endres

1. Auflage, 2020

© 2020 Kat Endres

Coverbild: Corinna Springl

Herstellung und Verlag: BoD - Books on Demand, Norderstedt

ISBN: 9783751966870

Kapitel 1

Die Sonne war längst hinter dem Gipfel des Ambhradur untergegangen und unstet lief Abbe schnaufend und nach Atem ringend durch die Katakomben des Berges. Der alte Zwerg hatte jenen einen überall gesucht - in der Schmiede, in der Halle der Ahnen und in der Braustube. Ja sogar in die Grüfte war er hinabgestiegen, doch sein König blieb unauffindbar und keiner der Zwerge, die er unterwegs gefragt hatte, teilte ihm eine zufriedenstellende Antwort mit.

Abbe schnaufte und stützte sich mit einer Hand an dem kühlen Gestein des Berges ab. Der Schweiß rann ihm in kleinen Bächen über das Gesicht, sodass sogar der Ansatz seines weißen Bartes feucht schimmerte. Wenn er Rhul jetzt nicht antraf, würde er aufgeben. Er war zu alt für so etwas, zumal er andere Aufgaben zu erledigen hatte.

Endlich bekam er wieder Luft und ohne anzuklopfen, öffnete er die schwere Eichentür zu den privaten Gemächern des Königs. Abbe sah sich genötigt, mit dem Mann über dieses eine Thema zu sprechen. Das Volk begehrte mit zunehmender Angst auf. Er befürchtete, dass die Unterhaltung unangenehm werden würde und sicher laut.

Leise schloss der Zwerg die Tür und wandte sich um. Wie ein schwarzer Schatten saß Rhul auf einem Holzschemel vor dem Kamin und wippte den Schürhaken sacht in der Hand. Er schien wie verloren, gedankenversunken und weit entfernt. Seine schwarzen Haare fielen ihm schwer über die breiten Schultern. Erste Silberfäden waren sichtbar, die gleich Spinnenweben in der Sonne, im warmen Schein des Feuers glänzten. Eine braune Tunika mit weinroter Stickerei am Saum spannte sich über den von Muskeln gestählten Oberkörper, um die Beine trug er eine schwarze Hose und die Füße waren nackt.

Der Alte schmunzelte, kannte er Rhul doch seit dessen Geburt, um zu wissen, dass dieser nichts von Prunk und Protz hielt. Schon gar nicht, wenn er in seinen Privaträumen verweilte.

"Ich weiß, du hast mich den ganzen Tag gesucht, Freund", klang des Königs Stimme dunkel und leise, doch er sah nicht auf.

Abbe nickte dennoch: "Ja. Das habe ich. Und es war nicht gerade nett, einen alten Mann dich nicht finden zu lassen", näherte sich der Zwerg dem Kamin, griff sich ebenfalls einen Schemel und nahm neben dem jüngeren Krieger Platz. Das Feuer prasselte leise und die Wärme kroch wohlig in seine morschen Knochen.

Rhul sah weiterhin nicht auf, sondern richtete starr seinen Blick in die Flammen. Unablässig wippte er den Schürhaken. Seine Wangenmuskeln tanzten angespannt unter der Haut und Falten gruben sich auf seiner Stirn ein, die im Licht des Feuers tiefer erschienen.

Mit zusammengezogenen Augenbrauen musterte Abbe ihn eine Weile, dann fragte er leise: "Sie kommen, nicht wahr? Die Träume. Sie suchen dich heim."

7

Rhul sog scharf die Luft ein, sein Oberkörper spannte sich und langsam richtete er die Augen auf den Krieger. "Ja, und es sind nicht die schönsten", flüsterte er und sah den Alten ernst an, um den Kopf gleich wieder zu senken, beschämt von der eigenen Angst. "Sie werden von Nacht zu Nacht schlimmer. Dunkle Kreaturen, ohne wirkliche Gestalt. Es riecht nach Moder und Verwesung." Gequält sah er wieder auf: "Sie rufen, Abbe. Nach Erlösung."

Erschüttert und in den blauen Augen des Königs suchend, nickte der Zwergenkrieger leicht: "Du weißt, was sie wollen. Und du weißt, was du tun musst", schloss er die Augen. Er mochte den Hass in des Kriegers Gesicht nicht sehen, reichte ihm doch, was er zu hören befürchtete.

"Bei Ambhrad, ich gehe nicht zu den Haluni!", donnerte es grollend aus Rhuls Kehle. Ruckartig sprang er auf, sodass der Schemel durch die Wucht in die nächste Ecke geschleudert wurde. Bebend wandte sich der Schwarzhaarige ab vom Feuer und verschränkte die Arme demonstrativ vor der Brust. Wellen des Zorns durchfluteten ihn und trieben die Hitze der Wut durch seinen Körper.

Obwohl er sich darauf vorbereitet hatte, war der Zwergengreis im ersten Moment zusammengezuckt ob des Ausbruches seines Freundes. Er seufzte auf und nickte: "Dann werden sie dich heimsuchen, bis du dem Wahnsinn anheimfällst", stand er schnaufend auf, lehnte sich mit einer Hand gegen den Kamin und sah in das Spiel der Flammen. Er sprach Rhul ins Gewissen und gab nicht auf: "Es ist die Pflicht eines Königs, alle zweihundert Jahre das ‚Fest der

Seelen' stattfinden zu lassen. Und dieses Fest wirst du ohne diesen einen Halun nicht bewerkstelligen können."

Rhul knurrte: „Ich weiß", und alles in ihm sträubte sich gegen die Vorstellung, jemals wieder in die Nähe eines dieser Taugenichtse zu gelangen, denn schwelender Groll lag zwischen ihm und dem Halunfürsten Halvoron. Allein der Name fachte unbändige Wut und Widerwillen in ihm an. Und jetzt würde er sich an einen dieser Sippe wenden, nur um dieses Fest stattfinden zu lassen? Hilflos ballte er die Fäuste.

„Dein Vater und auch dein Großvater haben Ambhrads Volk nicht im Stich gelassen", fuhr Abbe energischer fort. „Und du solltest das auch nicht, Rhul. Die ‚Steinernen' brauchen dieses Fest, sonst werden sie unruhig. Es ist nicht wichtig, ob ein König Hass im Herzen trägt. Es zählt nur die Liebe zu seinem Volk. Und ist diese groß genug, dann überwindet er seinen Unmut", trat Abbe hinter den älteren Zwerg und legte ihm freundschaftlich eine Hand auf die Schulter. Er bemerkte dessen Anspannung, doch er sagte nichts. Es war Rhuls Kampf. Er hatte die Entscheidung zu treffen, ob ihm dies gefiel oder nicht.

Langsam ließ der Schwarzhaarige die Arme sinken und legte den Kopf in den Nacken. Er schaute hinauf zur steinernen Decke, welche warm und flackernd vom Kaminfeuer angeleuchtet wurde. Nach einer Antwort suchend verfolgte sein Blick das Schattenspiel, doch seufzend gab er auf und vergrub sein Gesicht in beiden Händen. "Du warst immer an meiner Seite, Freund. Wirst du mich auch dieses Mal begleiten?", kam es dunkel dahinter hervor.

"Ja, Junge. Ich werde an deiner Seite sein", räumte Abbe des Königs Zweifel aus und fühlte, wie dessen Anspannung etwas nachließ.

Rhul sah den Alten nicht an. Er nickte nur dankbar.

Kapitel 2

Haledan richtete seinen Blick geradewegs gen Osten. Der Morgen schickte seine ersten zaghaften Boten über die Eisberge hinweg. Vogard, die Stadt der Menschen, lag im Dunkel. Nebelschwaden bedeckten das karge Ufer des Kristallsees und das Rauschen des Waldflusses vernahm er wie leises Wispern. Die Haluni der Wiesen und Wälder bereiteten keine Jagd vor.

Frieden herrschte im Lande. Dennoch war Haledan inmitten der Nacht erwacht und seine Unruhe hatte ihn nicht wieder einschlafen lassen. Der hochgewachsene Halun hatte sich eilig und leise auf den Weg in die Berge begeben. Ein leichter Wind war unterwegs aufgekommen und spielte mit seinem samtbraunen glatten Haar, welches ihm bis zur Hüfte reichte. Ein schlichter silberner Reif hielt es zusammen.

Jetzt war es windstill. Kein Laut drang an sein Ohr, nichts bewegte sich. Und dennoch grollte es in dem Halun und er versuchte, es mit seinen Sinnen zu greifen. Sein Innerstes war in Wallung geraten und ließ seine Gedanken in wirrem Zustand zurück. Zu intensiv strömten tausende Eindrücke auf ihn ein, sammelten sich in einem Geflecht aus Gefühlen, ballten sich mit aller Macht zusammen und ließen ihm keine Möglichkeit, dagegen anzukommen.

Der Wächter schloss die Augen und zwang sich zur Ruhe. Er ergründete das Gefühl, welches ihn mitten in der Nacht hatte hochschrecken lassen. Und in jenem Moment des Begreifens, entrang sich ein tiefes gequältes Stöhnen seiner Brust. Unvermittelt riss er die Augen auf, sein Blick war verwirrt und suchend. Das Chaos im Inneren schrie nach Ordnung und einige Augenblicke später schaute er in Richtung Nordosten, wo die Spitze des Ambhradur im rotgoldenen Licht der Sonne zu erkennen war. Der Rest des gewaltigen Doppelberges lag im Dunkel. *„Er hat sich entschieden! Er bricht auf!"*, überrollte Haledan die Erkenntnis und sein Körper erzitterte. Des Wächters Schultern sackten nach vorn und er senkte seinen Blick: *„Der Zwergenkönig wird kommen."* Und Rhuls Entscheidung würde sie alle auf eine neue Zeit einstellen. Der König der Ambhradi war der letzte Stein, der ins Rollen gebracht wurde, um die Weichen für die Zukunft der Wächter zu stellen. Sie hatten nur gewartet, denn es war absehbar, dass sich der Zwerg entschied. Obwohl sich Rhul Zeit gelassen hatte, so waren sich alle sicher, dass er sich für den Willen seines Volkes aufraffte.

Langsam wandte sich der Halun vom Berg ab und folgte dem schmalen Pfad, den er in das Gebirge genommen hatte. Still und friedlich lag das Tal vor Haledan und er hoffte, dass ihm nicht gleich bei seiner Ankunft jemand begegnete, doch einige Augenblicke allein mit den eigenen Gedanken waren ihm nicht vergönnt. Kälte zog seinen Rücken hinauf und kroch zwischen die Schulterblätter. Seine Nackenhaare stellten sich auf und jeder Schritt hin zu seinem Anwesen wurde schwerer. Wie Blei an den Füßen schlurfte er über den Erdboden und die aufkommende Übelkeit ließ seinen Magen zusammenkrampfen. Die Enge in seiner Brust wurde schier unerträglich und mühevoll schnappte er nach Luft.

Dann hörte er es. Das brummende und doch herzliche Lachen des einzigen Wesens, welches ihm das Leben all die langen Jahre erleichterte.

„Vater!", strahlte ihm ein lächelndes Gesicht entgegen und Haledan kam nicht umhin, ein kleines Schmunzeln zu zeigen, obwohl es ihn tief im Herzen schmerzte. Er blieb stehen und beobachtete, wie die junge Frau auf ihn zukam und es schien ihm, es würde das letzte Mal sein, dass er sie so unbeschwert sah. Die Enge aus der Brust stieg weiter aufwärts in den Hals: „Farasar...", brach seine Stimme und in diesem Augenblick nahm er das Gesicht seiner Tochter in beide Hände, um ihr einen langen Moment in die dunkelbraunen Augen zu sehen. *Was weißt du, Kind?*", fragte der Wächter in Gedanken. Er war auf der Suche nach einem Anzeichen, dass sie vermutete, was geschehen wird. Hatte sie ebenfalls den Traum? Hatte sie dasselbe Gefühl vergangene Nacht, dass sich etwas veränderte? War ihr bewusst, dass seine Zeit des Gehens angebrochen war? Dass das letzte Teil des Puzzles endlich zu einem großen ganzen Bild zusammengefügt wurde, wenn das dritte ‚Fest der Seelen' vollbracht war? Und welche Entscheidung sie nach dessen Abschluss zu treffen hatte?

„Dein Blick ist betrübt, dein Gesicht trägt Sorge, Vater. Was ist geschehen?", forschte die junge Frau mit dunkler Stimme, welche so ungewöhnlich tief und rau für ein weibliches Wesen war. Farasar hatte ihren Vater schon oft grübelnd aus den Bergen kommen sehen. Meist handelte es sich um die großen und kleinen Vorkommnisse im Geschehen der Welt. Zu mancher Zeit bereitete er sich nach einem Berggang auf eine Reise vor oder sie empfingen Gäste im ‚Heiligen Hain‘. Doch dieses Mal war etwas anders. Es betraf nicht Krieg und Macht in dieser Welt. Es handelte sich nicht um schwarze Seelen, welche die Lebenden heimsuchten. Und der Wächter sorgte sich nicht um die Allwissenden, die vom rechten Pfad abgekommen waren. Nein. Haledans Blick verriet, dass es sie betraf, selbst wenn er angestrengt versuchte, dies vor ihr zu verbergen.

Mit schimmernden schwarzen Augen sah sie ihn eindringlich an und jäh durchfuhr es den Halun. Er sah die lodernde Flamme. Nur für einen kurzen Moment flackerte sie auf, doch dieses glühende dunkle Rot blieb ihm nicht verborgen. Dharag! Der Fürst der Seelen lag auf der Lauer. Bereit, die erbärmlichen Reste der Verstorbenen freizulassen und auf den Pfad der Wächter wandeln zu lassen.

Farasar strich leicht über die Wange des Vaters, welcher sie an Größe um einiges überragte. Sein Erschrecken war ihr nicht entgangen, zu ehrlich hatte sie ihm ohne Worte mitgeteilt, dass der ‚Rote‘ ein Band zu ihr geknüpft hatte. „Komm, lass uns hineingehen", flüsterte sie, drehte sich um und schritt langsam voraus, den Blick ihres Vaters im Rücken spürend. Ihre täglichen Arbeiten würde sie heute nicht mehr bewerkstelligen, Haledan benötigte jetzt ihre Nähe. Und ihre Zuversicht, dass, egal was geschah, die Zukunft der Wächter sicherte.

Der alte Halun straffte sich und atmete tief durch: „*Es gibt keine Macht, diesen Weg zu verändern. Alles liegt in deiner Hand, mein Kind.*"

„*Die Zwerge bereiten sich vor. Ihr König hat eine Entscheidung getroffen*", drangen Ilunaos' Worte gleich einem zarten Raunen in Vadaris Bewusstsein. "Ja. In der Tat und dennoch hatte ich meine Zweifel. Zu groß ist Rhuls Hass auf die Haluni", holte Vadari tief Luft und stützte sich schwer auf ihren Stab mit den gewundenen Knochen. Der ewig schwärende Zwist zwischen Halvoron und dem Zwergenkönig bedrückte die Wissende und sie war sich dessen bewusst, dass dieser Zustand ein erhebliches Gewicht haben würde bei den Vorgängen, die soeben ins Rollen gebracht wurden. Dennoch brummte sie zufrieden: "Rhul hatte keine Wahl. Ein guter König folgt dem Willen seines Volkes, um es nicht gegen sich aufzubringen." „*Er kennt die Seelen, die nicht hinübergehen. Sie manifestieren sich zu greifbaren Kreaturen. Ich befürchte, er hat schon zu lange gewartet und ist auf jene gestoßen, die nicht entschwinden. Trägt er die Last der Heimsuchung seines Volkes durch die Vergessenen?*", neigte Ilunaos den Kopf leicht zur Seite und sah Vadari mit dem Hauch eines Schmunzelns an. "Nein", erwiderte die Weise lächelnd, doch schon verdunkelte sich ihr Mienenspiel. „*Vielmehr trage ich Sorge um Haledans Tochter im Herzen*", befiel sie eine innere Unruhe und langsamen Schrittes wandte sie sich von der Allwissenden ab. „*Wie wird sie sich entscheiden?*"

"Sorgt Euch nicht, Freundin. Farasar wird behutsam abwägen. Ich vertraue ihr, auch wenn ich um ihren Unmut auf die Zwerge weiß. Es ist ihre Pflicht als Wächterin, die Seelen wandeln zu lassen. Welches Volk sie erwählen wird, liegt ganz bei ihr." Der Halun hatte Vadaris Gedanken vernommen und versuchte, sie zu beruhigen.

Die Weise zuckte zusammen und mit gedankenvollem Blick schaute sie über den Hain. Allzu deutlich sah sie Haledans Tochter vor sich. Das letzte Mal hatte sie Farasar gesehen, da war diese ein halbes Kind. Recht klein für eine Haluna, kräftig und robust. Die fast schwarzen Locken tanzten um ihre rosigen Wangen und die dunkelbraunen Augen leuchteten vor Begeisterung, wenn sie ihr zauberhafte Gaukelei vorführte. Die Kleine besaß nicht das perfekte und makellose Gesicht der Hochgewachsenen. Nicht kalt oder erbarmungslos und Gefühle versteckend. Farasar hatte das Antlitz und die Gefühlswelt eines Menschen. Nur die Momente, in denen ihre Pupillen verschwanden und nur dunkle Glut in ihren Augen zu erkennen war, verrieten, dass mehr in ihr steckte. Die Magie der Haluni - und das Wissen um die schwarzen Seelen.

Und dann war da etwas, was niemand sah - die Runen auf ihrem Körper. Den Tag, an dem sich Farasars Geburt das erste Mal jährte, hatte Vadari im ‚Heiligen Hain' verweilt. Sie hatte befürchtet, dass Veränderungen eintraten. Begebenheiten, welche keiner vorher für möglich gehalten hatte. Vadari hörte innerlich das bitterliche Weinen des Kindes und sah in ihren Erinnerungen, wie sich die ersten Runen in des Mädchens Haut brannten - Zwergenrunen.

Tief und schwarz. Sie nahm nach all der Zeit die Verzweiflung Farasars Mutter und Haledans Verbitterung wahr. "Er wusste, was er tat, als er sich mit einem Wesen, halb Mensch halb Zwerg, vereinte, auch wenn dessen Ergebnis so nicht absehbar war. Er allein trägt die Verantwortung dafür, was seine Tochter nun ist und was sie in Zukunft sein wird", vibrierte Ilunaos' Stimme eisig. Er hatte Haledans Ansinnen nicht gutgeheißen und dennoch reizte es ihn, diesem Experiment weiter zuzuschauen. Es war zudem des Wächters letzte Chance, einen machtvollen Nachfolger zu zeugen, welcher seinen Platz einnahm, wenn er selbst seine Reise in die 'Weiten der Emandade' antrat. Eine Nachfolgerin wurde ihm geboren, eine mächtigere, die Ilunaos sich jemals vorstellte. Das Kind, welches nach dem ersten Atemzug auf dieser Welt losschrie und selbst er, der Allwissende, die Erschütterung der Magie vernahm, trug die Flamme der Va'ari in sich – eine Mischung aus drei verschiedenen Völkern vereint mit der Macht des 'Roten'. Der Halun hatte dem Säugling nur ein einziges Mal in die Augen gesehen, fast schwarz waren diese und in ihnen brannte das lodernde Feuer Dharags. Dieses Kind stand jetzt als junge Frau und Wächterin kurz davor, die Pfade neu zu legen. Und keiner hatte eine Antwort darauf, in welche Richtung sich Farasar entschied.

"Können wir ihm vorwerfen, dass sein Herz größer war als der Verstand der Haluni?", riss die Wissende Ilunaos aus seinen Gedanken und sah ihn freundlich an. Ihr schien, des Haluns mondesgleiche Blässe wich für einen Wimpernschlag dem zarten Rosa eines erwachenden Frühlingsmorgens. Seine sternenklaren Augen leuchteten für einen Moment wissend auf. Für Vadari war dies Antwort genug. Sie labte sich an der inneren Wärme, welche der Mann ausstrahlte.

"Ihr werdet ihnen helfen, Freundin?", fragte der Halun, obwohl er die Antwort längst kannte.

Brummend nickte Vadari: "Ja, Herr Ilunaos. So gut ich kann."

"Dann geht jetzt. Rhul und seine Männer reiten los. Ohne Euch werden sie den Hain nicht finden und öffnen können. Auch solltet Ihr ein Auge auf Halvoron haben. Ich vermute, er wird die Zwerge nicht ungehindert ziehen lassen." Mit einem von Sorge getragenen Lächeln wandte sich Ilunaos von ihr ab.

Vadari umschloss ihren Knochenstab fester, nickte und schritt langsam davon. *„Den ‚Heiligen Hain‘ zu öffnen wird die leichteste Aufgabe sein“*, knurrte sie innerlich, kannte die Wissende doch die Zwerge. Stolz waren diese und sie hatten Sturköpfe, welche Vadari stets zu gegebener Zeit mit etwas Nachdruck wieder zurechtrückte.

Kapitel 3

"Mein Herr Halvoron", schob sich der Halun unwirsch und außer Atem vorbei an den Leibwachen des Königs in den Thronsaal. Ohne die Aufforderung zum Sprechen abzuwarten und die zurückhaltende Art eines Halun vergessend, platzte es aus Finros heraus: "Zwerge sind gesichtet worden, Herr! Fünf Stück an der Zahl." Der Fürst des Schattenwaldes kehrte ihm in diesem Moment den Rücken zu und verharrte augenblicklich in seiner Bewegung, ein kunstvoll geschliffenes Gefäß abzustellen. Jetzt erst wurde Finros bewusst, dass er sich vor Aufregung nicht an die Etikette hielt und beugte unverzüglich das Knie.

Langsam wandte sich Halvoron herum und sah missbilligend und von oben herab auf den Rothaarigen. Dies reichte als Rüge, war doch die überbrachte Neuigkeit von größerer Bedeutung. "Ihr seid aus der Gruppe der Jäger, welche heute morgen aufgebrochen ist?", fragte der Fürst.

"Ja, Herr", flüsterte Finros.

"Steht auf und seht mich an", mahnte der Halun mit schneidender Stimme. "Kennt Ihr einen unter den Zwergen?"

Augenblicklich kam Finros der Aufforderung nach, doch er senkte schuldbewusst den Blick: "Nein, Herr, dafür waren sie zu weit weg."

Halvoron zog verächtlich eine Augenbraue nach oben und war im Begriff, etwas zu erwidern, doch er sah einen jungen Halun über die schmale Brücke eilen. Der Blick des Fürsten wurde umgehend milder: "Elduron!"

Mit zügigen Schritten überbrückte der Sohn des Fürsten die Entfernung bis zum Thron und rief: "Vater, es ist Rhul!", verbarg er seine Aufgeregtheit nicht und vergaß dabei, den Älteren zu grüßen. Dieses Geschehen veranlasste Finros zu einem unterdrückten Grinsen, schien die Herrscherfamilie doch nicht so kalt und unnahbar zu sein.

Des Fürstens Gesicht gefror binnen eines Lidschlages zu einer Maske und der sonst blasse Teint seiner Haut wurde eine Spur bleicher. Gedankenversunken stellte er doch endlich sein Glas auf einen kleinen Tisch neben sich und starrte grübelnd auf den Boden: *„Rhul. Du hast dich auf den Weg begeben"*, nickte er. *„Möge das Spiel beginnen."*

"Vater?", schreckte Elduron den Dunkelhaarigen auf.

"Begleite mich, mein Sohn. Und sage Enerim, wir treffen uns vor den Toren. Zehn Männer soll er mit sich nehmen", ordnete dieser überlegend an.

"Wo willst du hin?"

„Zu den Zwergen", rauschte Halvoron in Richtung Ausgang und deutete dem verdutzten Finros unwirsch mit der Hand, dass dieser sich entfernen möge.

"Wir werden beobachtet", brummte Braga leise und rückte zu dem Zwergenkrieger, welcher die Gruppe seit Aufbruch anführte, auf. Die Widder hielten sie im dichten Wald am Zügel, denn zu Fuß war es momentan leichter, voranzukommen. Die Gruppe der Zwerge blieb stehen und mit halb geschlossenen Augen beobachteten sie den gegenüberliegenden Rand der kleinen Lichtung, an der sie angekommen waren.

"Haluni?", flüsterte Rhul.

"Mit Sicherheit", knurrte der Glatzköpfige und umfasste seine Axt fester.

"Wir gehen weiter. Es hat keinen Sinn, hier einfach stehenzubleiben. Entdeckt haben sie uns jedenfalls", nickte Rhul und mit düsterer Miene schritten sie weiter. Es gab keinen Weg außer diesen, entlang des Waldflusses und geradewegs an den Hallen Halvorons vorbei, obwohl sich der Zwergenkönig etwas anderes wünschte. Er verzichtete liebend gern auf eine Begegnung mit dem Herrn des Schattenwaldreiches.

"Rhul, Herrscher des Ambhradur!", tönte es mit einem Male über die Lichtung. Das augenblickliche Rascheln und die Bewegungen des Blattwerkes verrieten die Positionen der Halunigarde. Das Geräusch der Bögen, welche gespannt wurden, war deutlich zu vernehmen und ließ die Zwerge schlagartig in ihrem Lauf verharren. Flankiert von Elduron und Enerim trat Halvoron ein Stück weit auf die Lichtung und schaute herablassend auf die Gruppe der Kleingewachsenen hinab. Sein rotbraunes Haar glänzte in der Sonne mit dem silbernen Reif auf der Stirn um die Wette. Das Gewand, welches in zartem Grün erstrahlte, taugte zur Deckung, dennoch war es eine Spur zu fein, um im Gebüsch den Vorbeikommenden aufzulauern. Der Fürst hatte sich keine Zeit mehr dafür genommen, sich vor dem

Aufbruch neu einzukleiden, umso deutlicher zeigte ihm die Reaktion der Zwerge, welchen Eindruck er erweckte.

"Halvoron", grollte Rhul, "seid Ihr gekommen, um uns wieder in Eure Kerker zu sperren?" Breitbeinig und mit erhobenem Haupt sah der Schwarzhaarige den verhassten Mann an. Nicht ein zweites Mal würde er sich von dieser halunischen Ratte festsetzen lassen, eher würde er sterben.

"Nun, Herr Zwerg, dies hatte ich nicht vor. Allerdings, gebt mir nur einen Grund und ich lasse Euch in Eisen schlagen", lächelte der Schmale süffisant.

"Wagt es nur annähernd, mich anzufassen", senkte der Zwergenkönig den Kopf und hob den Blick dennoch drohend und vor Wut flackernd.

"Dann was?", hob Halvoron herausfordernd seine Stimme.

"Mir scheint, Ihr habt aus unserem letzten Zusammentreffen nicht viel gelernt? Vielleicht sollte ich Euch dies noch einmal in Erinnerung rufen und Euch spüren lassen, was es heisst, sich mit mir anzulegen."

Argwöhnisch sah Rhul, wie der Hochgewachsene mit festem Schritt auf ihn zukam und schon nahm er den zarten Duft von Blüten wahr, welcher sich wie eine leichte Wolke um ihn legte und Rhul an eine Blumenwiese im Sommer erinnerte. Es widerte den Krieger an und wie damals begriff er nicht, dass ein Mann, selbst wenn dieser ein Halun war, so weiblich wirkte. Dies passte nicht zum Verständnis der Zwerge, welche im Schweiße ihres Angesichts tagtäglich tief im Berg schürften oder in der Schmiede standen. Ein abendliches Bad im Bottich mit heißem Wasser und Lauge reichten für Sauberkeit und Wohlbefinden.

"Wohl an, Ihr seid auf dem Pfad zum ‚Heiligen Hain'. Ist das so?", hauchte Halvoron dem Zwerg ins Gesicht und sah das Zucken um Rhuls Mundwinkel. Dieser unterdrückte die Wut und das wilde Verlangen, den Fürsten einen Kopf zu kürzen. Der Halun liebte es, den Krieger in Raserei zu versetzen, und hoffte, dass sich doch eine Gelegenheit bieten würde, diesem elenden Zwergenleben ein Ende zu bereiten, aber Rhul blieb ihm eine Antwort schuldig.

"Nun, ich werde Euch ziehen lassen", zog sich Halvoron gönnerhaft zurück. "Ich kann es mir nicht leisten, den Ärger des Wächters auf mich zu ziehen, zumal sich seine Tochter sehr bald entscheiden wird."

Rhul zog die Augenbrauen zusammen, denn er verstand nicht. Was hatte dieses Fest mit des Wächters Spross zu tun? Das Lächeln in den Augen des Halun wurde gehässig und der Zwerg wurde das ungute Gefühl nicht los, dass Halvoron ein Spiel mit ihm trieb, dessen Ausgang schon längst vorherbestimmt war. Unbändiger Zorn kroch in Rhul hoch, seine Muskeln spannten sich und er würde den Mann angreifen, würde dieser Möchtegern einen weiteren Ton von sich geben.

"Rhul, nicht!", hörte er Braga neben sich flüsternd warnen. "Es hat keinen Sinn", legte der Kamerad besänftigend eine Hand auf des Königs Schulter und sah flehend in die Augen seines Freundes. Der Krieger nickte kaum merklich.

"Ihr solltet auf den Kahlkopf hören", handelte sich der Fürst einen wütenden Blick des alten Zwerges ein. "Egal, was Ihr auch gedenkt zu tun, es hat keinen Sinn. Feiert Euer 'Fest der Seelen'! Das 'Fest der Liebe' wird garantiert ohne

23

Euch stattfinden", wandte sich der Dunkelhaarige um und verschwand mit seinen Mannen wieder zwischen den Bäumen.

Verdutzt schauten die Zwerge den Haluni hinterher, doch Braga durchbrach die Stille: "Liebe? Welches ‚Fest der Liebe'? Seit wann faseln denn diese Weiber von Liebe?", fuhr er sich irritiert mit der Hand über den kahlen Schädel.

Rhul schluckte eine aufkommende Bemerkung herunter. Er sah zu den anderen und mit einem leichten Kopfnicken bedeutete er, dass die Reise endlich weiterging.

Kapitel 4

Das Feuer prasselte leise vor sich hin am Rande der Waldlichtung, goldene Funken stoben gen Himmel. Rhul hatte nur ein kleines erlaubt, denn mehr Aufregung und Aufmerksamkeit, wie wenige Zeit zuvor, vermied er auf jeden Fall. Die Begegnung zwischen ihnen und dem Fürsten des Schattenwaldes war vorerst glimpflich, aber unangenehm ausgefallen. Braga hielt Rhul glücklicherweise zurück, damit dieser Halvoron nicht an die Gurgel sprang.

Zu fünft waren sie vor zehn Tagen vom Ambhradur aus losgezogen, nachdem sie die Widder mit brauchbaren Utensilien und Nahrungsmitteln bepackt hatten. Zuerst weigerte sich der Zwergenkönig, seinen jüngeren Sohn mit auf die Reise zu nehmen. Er brauchte keinen Heißsporn, schon gar nicht, wenn der Weg in die Nähe der Haluni führte. Doch er hatte nicht mit der Sturheit dessen älteren Bruders Trond gerechnet, welcher Trynn mitnahm, ohne zu fragen.

Die Reise war bis dahin angenehm, abgesehen von dem Vorfall im Schattenwald, und jetzt saßen sie um das Feuer, die Widder waren versorgt und Braga bewachte das Lager. Aufgewühlt schritt Rhul umher, da die Stelle des Rastplatzes ihm missfiel. Zu nah an Halvorons Hallen hatten sie sich niedergelassen, doch die Pause war notwendig. An einer Gabelung des Flusses hatten sie ihr Lager für die Nacht aufgeschlagen.

"Was glaubst du? Wird sie da sein?", fragte Rhuls jüngerer Sohn und drehte gedankenverloren die kleine Holzfigur in seiner Hand, an der er schon seit einigen Tagen am abendlichen Feuer schnitzte. Sie wurde nicht fertig, denn ihm fehlte die Vorstellung eines Gesichtes.

"Wen meinst du?", brummte Trond mit geschlossenen Augen. Er hatte sich gemütlich an einen kleinen Felsen gelehnt und die Hände hinter dem Kopf verschränkt.

"Na sie!", entgegnete Trynn etwas zerknirscht.

"Bruder, sprich klar, dann kann ich dir auch eine gescheite Antwort geben", öffnete der Krieger die Augen und schielte, ohne den Kopf zu heben, nach seinem Gesprächspartner.

Dieser drehte sich zu ihm um und schwärmte mit verklärtem Blick: "Na, die Tochter des Wächters. Man sagt, sie sei wunderschön."

Trond runzelte die Stirn, schürzte die Lippen und schmunzelte dennoch. Er kannte seinen Bruder. Dieser widerstand nur selten einer holden Maid und diese ihm ebenso wenig. Er war ein stattlicher Kerl, immer gutgelaunt und seine dunklen Augen strahlten vor Spaß und Lebensfreude. Manchmal sorgte er sich um Trynn und fragte sich, ob dieser es nicht doch ab und an übertrieb. Und jetzt ließ dieser schon wieder seine Gedanken zu einem weiblichen Geschöpf schweifen, dazu an eines, welches er nicht einmal kannte. Zudem war sie ein Haluniweib. Dies würde dem Vater nicht gefallen.

Trynn erriet die Gedanken seines Bruders: "Gab es das schon einmal? Eine Halunifrau und ein ‚Steinerner'? Ich meine... zusammen?"

"Daran solltest du nicht einmal im Traum denken, junger Mann!", kam es mahnend von der anderen Seite des Feuers. Der alte Abbe hatte sich schwerfällig aufgerichtet. Den langen Ritt auf den Widdern merkte er in seinen Knochen, sodass jeder das Knacken in ihnen überdeutlich vernahm. Er hatte gehofft, etwas Ruhe zu finden, aber bei diesem Gespräch zweier junger Zwerge war es unmöglich, zumal ihm die Richtung der Unterhaltung nicht gefiel. Kurz schaute er auf zu Rhul, welcher unentwegt durch das kleine Lager wanderte und ihm dankbar zunickte, hatte dieser doch selbst nicht das Verlangen, über das Balzverhalten seiner Söhne zu sprechen.

Trond setzte sich kerzengerade auf und schaute zusammen mit seinem Bruder den Zwergengreis fragend an. Bevor einer der beiden etwas sagte, sprach Abbe weiter: "Ausgeschlossen! Die Haluni und die ‚Steinernen' können wohl ganz gut nebeneinander, aber nicht miteinander leben. Zu groß sind die Unterschiede und zu viel ist geschehen. Ich denke, die Begegnung im Schattenwald heute hat dies noch einmal deutlich gezeigt", legte er eine kleine Pause ein, strich sich durch den langen weißen Bart und räusperte sich. Dann wandte er sich direkt an Trynn: "Junge, jedes Volk hat hübsche Mädchen. Du kannst nicht jede besteigen. Und das solltest du auch nicht", sprach er leise und obwohl der Alte schelmisch dabei zwinkerte, stieg Trynn doch die Schamesröte ins Gesicht und er senkte schuldbewusst den Kopf.

Sein älterer Bruder hingegen lachte still in sich hinein und tätschelte freundschaftlich den Rücken des Jüngeren, welcher sich, unwirsch die Hand abschüttelnd, wieder dem Schnitzen der Holzfigur zuwandte.

Abbe schüttelte den Kopf und seufzte: „Junge Zwerge! Nur Unsinn im Hirn." Er bettete sich wieder auf sein Nachtlager und drehte sich fort vom Feuer. Dies war für alle das Zeichen, welches klarmachte, dass er jetzt zu ruhen gedachte.

Müde schloss er die Augen und vernahm das Niederlegen der Zwergenbrüder, welche sich in ihre groben Wolldecken einwickelten. Selbst der Zwergenkönig hatte sich endlich entschlossen, das ruhelose Umherwandern einzustellen. Stille legte sich über das Lager.

"Übrigens", platzte Abbes Stimme in die Dunkelheit, "sie soll uns Zwerge hassen wie kaum etwas anderes. Es wäre wohl ratsam, in ihrer Gegenwart vorsichtig zu sein."

Bei seinen Worten zuckten alle leicht zusammen und schlugen gleichzeitig die Augen auf, doch eine Antwort gab keiner. Wenige Augenblicke später schliefen die drei Ambhradi und Braga lauschte wachsam in die Nacht, um den Männern Sicherheit zu bieten.

Nur Abbe starrte schlaflos in den Sternenhimmel und hing in Gedanken dem Gesicht hinterher, welches ihm in den letzten Nächten erschienen war. Er kannte dieses. Das Antlitz einer jungen Frau mischte sich mit tausenden Erinnerungen, welche ihm eine innere Traurigkeit bescherten, und er war einmal mehr verblüfft, wie ähnlich sie ihrer Mutter doch sah.

„*Thorgunn*", dachte der alte Mann und endlich fand er seine verdiente Ruhe.

Leise war es zu vernehmen. Ein Wispern. Rhul rührte sich nicht und schlug die Augen nicht auf, doch sein Atem wurde flach. Er kannte dieses Säuseln, suchte es ihn schon seit vielen Nächten heim. Schier endlose Stunden, in denen er sich herumgewälzt hatte, vom inneren Schmerz gepeinigt. Er wartete er auf den Geruch, der kurz nach dem Einsetzen der Stimmen folgte. Fäulnis. Am Anfang war es nur ein Hauch, der sich beständig intensivierte und zum Ende unerträglich wurde. Zugleich wurde das Flüstern lauter. „*Seht! Der König... Er ist auf dem Weg... Er weiß es nicht... Er weiß es nicht*", säuselte es von allen Seiten, doch nur der Zwerg schien es zu vernehmen, denn Braga blieb auf seinem Wachposten.

„*Es ist zu spät!*", mischte sich ein Zischen unter das Gewirr von leisen Stimmen. Ein Geräusch, welches Rhul noch nie zuvor vernommen hatte, und schlagartig öffnete er die Augen. Hauchzarte grüne Nebelschwaden zogen über sein Gesicht und zum ersten Mal berührten sie ihn. Er roch sie und noch hielt er den Gestank aus.

„*Er ist feige...*", wurde das Summen lauter. „*Versteckt sich hinter den anderen und kann nichts allein.*"

Mit einem Ruck drehte sich der Zwergenkönig um: "Die anderen!", keuchte er erschrocken. Bisher war er nachts allein in seinen Räumen. Dankend hatte er Abbes Angebot abgelehnt, bei diesem zu bleiben. "Ich muss sie warnen!"

Ein grausiges dunkles Lachen klang durch die Nacht und ließ die Luft vibrieren. Rhul wollte aufstehen und nach seinen Männern sehen, doch er rührte sich nicht mehr. Nicht einmal den kleinen Finger, geschweige denn den Kopf hob er an. Der Nebel um ihn herum wurde dichter und blaue fingerdicke Stränge gesellten sich mit dazu, welche lautlos über des Königs Körper glitten und sich langsam dessen bemächtigten.

„Hast du Angst, Zwerg?", grollte das unbekannte Zischen. Dieses eine Wort hämmerte in Rhuls Kopf. Schweißtropfen bildeten sich auf seiner Stirn und der Atem wurde hektisch. Kein Muskel gehorchte ihm mehr und ohne Unterlass zogen sich die Fesseln enger, waberten um ihn. Sie bedeckten sein Gesicht und krochen unter die Kleidung. Der Gestank steigerte sich unaufhörlich und ließ Übelkeit in ihm aufsteigen. Des Zwerges Herzschlag klopfte im Hals, hämmernd und schmerzend. Krampfhaft versuchte er, gegen diese hervorbrechende Panik anzukommen, die ihn mit aller Härte befiel.

„Du hast zu lange gewartet. Du entrinnst uns nicht", schwoll das dumpfe Zischen an. Es wurde drohender und dunkler, um sich in ein tiefes vibrierendes Dröhnen zu verwandeln. Rhuls Knochen und jede Faser seines zum Zerbersten angespannten Körpers erzitterten vor Anstrengung.

„Wir nehmen dich mit in die Dunkelheit. Der König kommt zu uns!", kicherte es grässlich von allen Seiten und der Dunst bildete eine einzige wabernde Masse. Wie eiskalter Schlamm umspülte es den Krieger, welcher hilflos am Boden lag und wie abertausende Nadelstiche überzog es seine Haut. Rhul

hatte die Augen weit aufgerissen, in denen schiere Angst und blankes Entsetzen standen. Seine schwarzen Locken klebten ihm wirr in Gesicht und Nacken. Die Nässe des Schweißes unter seiner Kleidung sammelte sich und bahnte sich in kleinen Rinnsalen den Weg am Körper. Rasend war er vor Hilflosigkeit.

"Rhul!", rief ihn jemand. "Rhul, verdammt!" Das war Bragas Stimme, welcher nach dem Kameraden schrie, doch der Zwergenkrieger war für den König nicht zu sehen. Zu dicht hüllte ihn die gurgelnde Masse des Gestankes ein. Braune längliche Bündel gleich Fangarmen durchzogen das Grün und Blau. Schlagartig zuckten Blitze durch das Gewirr. Braga schlug, rasend vor Wut und Angst um den Freund, mit der Axt auf das Gefängnis desselben. Abbe, Trond und Trynn droschen mit ihren Waffen gegen die gallertartige Hülle, nachdem sie sich aus der Schockstarre über das Geschehen gelöst hatten. Voll Angst und heißer Wut riefen sie nach Vater und König, den sie nur in der zuckenden Dunstwolke vermuteten, und fluchten.

„Sie werden es nicht schaffen. Du bist gefangen. Sag 'Lebe wohl' zu ihnen. Der König verlässt sie. Jetzt!", schoss die riesige dunkelrote Fratze eines Dämons durch die von Einschlägen vibrierende Wand direkt auf den Krieger zu. Der Schwarzhaarige schrie, sein Herz setzte für einen Moment aus und der schmerzende Brustkorb schien auseinanderzureißen. Der Zwerg bäumte sich auf und wehrte sich mit aller Macht, doch er hatte keine Chance. Den Krieger langsam erstickend, drückte sich das Gallert in seinen Mund. Es drang durch die Nase, bedeckte das gesamte Gesicht und entzog

ihm die Luft zum Atmen. Zufriedenes Grollen betäubte des Königs Sinne und zog ihn in die Dunkelheit.

Gleißendes Licht - nur einen Wimpernschlag kurz, dann rollte eine Druckwelle über die Zwerge hinweg und fegte die Schatten des Grauens hinfort.

Stille.

Rasselnd und gierig sog Rhul die frische Luft in seine schmerzenden Lungen. Er brauchte einen Moment lang, um seine Sinne zu schärfen und sich zu vergewissern, dass der Nebel sich verzogen hatte. Der Versuch scheiterte kläglich unter einem dumpfen Husten, welcher seinen Körper unnachgiebig schüttelte. Er sah das Abbild des ‚Roten' vor sich und beständig hing ihm der Gestank des Todes in der Nase.

„Rhul, Sohn des Khelog," brummte eine gutmütige Stimme durch das aufatmende Keuchen der Zwergenmänner und das Gesicht einer Frau beugte sich zu dem König hinunter. Die Alte lächelte freundlich und strafend gleichermaßen. Dankbar nahm der Schwarzhaarige die dargebotene Hand an, setzte sich auf und schaute in die Runde. Erleichterte Gesichter sahen ihm entgegen und die letzten Funken Angst und Entsetzen wichen aus den Augen seiner Kameraden. Beruhigt atmete Rhul auf, denn er sah, dass keiner verletzt war.

"Ich möchte mich vorstellen. Ich bin Vadari. Vadari, die Wissende. Und mir scheint, ich bin zur rechten Zeit gekommen", schmunzelte die Weise.

Ungläubig sah der Krieger der Menschenfrau in die Augen und erinnerte sich: "Ich weiß, wer Ihr seid. Wie könnte ich Euch jemals vergessen, brachtet Ihr mir doch den Sandling einst in den Berg."

Vor sich hinnickend ließ sich Vadari nieder: "Nun, es freut mich zu hören, dass ich noch immer in Euren Gedanken verweile", knurrte sie, holte ihre Pfeife heraus und fing ohne Eile an, diese zu stopfen und den wohlduftenden Tabak zu entzünden.

Ein gequältes Lächeln huschte über des Königs Gesicht und ließ sich von Braga das Wasser reichen, um den faden Geschmack aus der Kehle zu spülen.

„Ihr seid auf dem Weg zum ‚Heiligen Hain'", brummte Vadari nachdenklich, sog genüsslich den Rauch in ihre Lungen und schaute wohlwollend in die Gesichter der anderen.

"Woher wisst Ihr, welches unser Ziel ist?", fragte Rhul die Alte und zog die Augenbrauen zusammen.

Endlich sah die Wissende ihn an: "Es sind nun zweihundert Jahre vergangen, seit Ambhrads Volk das 'Fest der Seelen' gefeiert hat. Nun, sagen wir es einmal so, ich hatte erwartet, dass Ihr Euch auf den Weg begeben werdet, um den Wächter zu rufen. Doch den ‚Heiligen Hain' werdet Ihr ohne Hilfe nicht finden, eher werden Euch die Schattenwaldhaluni noch einmal abfangen, doch dies dürfte nicht in Eurem Interesse liegen."

Rhul senkte den Kopf: "Ihr wisst davon?", flüsterte er beschämt. Sie waren losgezogen, ohne zu bedenken, dass sich der ‚Heilige Hain' von niemandem entdecken oder gar öffnen ließ, außer von Wissenden und dem Wächter selbst. Zu viele Gedanken und die schlaflosen Nächte hatten ihren Tribut gefordert und ihn das Wichtigste übersehen lassen. Der Schwarzhaarige biss sich wie ein kleiner dummer Zwergenjunge auf die Lippe.

"Was waren das für Kreaturen?", half Abbe schnell ablenkend, um diese peinliche Situation zu beenden. Die Kameraden saßen mit verstörten und erhitzten Gesichtern um das neu entfachte Feuer und hatten ebenfalls ihre Pfeifen entzündet.

"Das, Meister Zwerg, waren schwarze Seelen", erklärte Vadari. "Solche, die nicht den direkten Weg auf die andere Seite nehmen. Seelen von armen Wichten, welche das Leben verließ, noch ehe sie ihre Aufgabe in dieser Welt erfüllen konnten." Den ‚Roten' erwähnte die Alte nicht. Zu unscharf war die Bedeutung dessen Auftauchens in dieser Welt. Wie eine Wand, schimmernd und glänzend gleich Anzsili, stellte sich eine Macht zwischen Vadaris Bemühen um Erkenntnis und das endgültige Hervordringen des ‚Dunklen'. Nur der Hauch einer Ahnung ließ die Weise ruhelos und besorgt zurück. SIE war hier. Allein hätte Vadari den Fürsten nicht zurückgehalten.

"Ich habe so etwas noch nie zuvor gesehen", flüsterte Trynn geschockt.

Die Wissende lachte bitter auf: "Das konntet Ihr auch nicht, denn einerseits seid Ihr noch zu jung und andererseits kamen Eures Königs Ahnen ihrer Pflicht gewissenhaft nach."

Vier Augenpaare richteten sich fragend auf Rhul und eine beklemmende Stille trat ein. Das Schattenspiel des Feuers verdeckte die Schamesröte in dessen Gesicht.

"Nun denn, ich habe Euch gefunden", räusperte sich Vadari, "und werde Euch helfen. Doch sagt mir eines...", beugte sie sich zu dem Zwergenmann und nahm diesen mit ihrem Blick gefangen. "Seit wann habt Ihr diese Träume? Seit wann kommen sie und wollen Euch mitnehmen? Sagt es mir!" Der Weisen Stimme war stechend.

Der König zuckte innerlich zusammen, doch er schwieg.

"Ihr habt zu lange gewartet. Euer Hass auf die Haluni hat euch zögerlich gemacht. Seit wann ist Rhul, Herrscher des Zwillingsberges, sein eigenes Befinden wichtiger als das Bedürfnis seines Volkes?", grollte die Wissende vorwurfsvoll.

Jedes Wort schlug in das Herz des Kriegers wie ein Peitschenhieb. Er war sich seiner Schuld bewusst, hatte er die Entscheidung tagein und tagaus erneut vor sich hergeschoben, bis Abbe ihn regelrecht unter Druck gesetzt und mit den Folgen konfrontiert hatte. Jetzt brodelte es in ihm ob dieser Dreistigkeit der Alten, ihn vor seinen Männern bloßzustellen und dies schon zum zweiten Mal innerhalb weniger Augenblicke. Dunkel blitzten seine Augen unter den Lidern hervor und sahen die Weise wütend an. Vadaris Blick wurde wieder gutmütiger. Sie benötigte des Zwerges Antwort nicht und nickte wissend: "Wenn wir jetzt aufbrechen, erreichen wir den Wächter noch vor Sonnenuntergang. Doch sollten wir uns sputen. Erst wenn wir uns im Inneren des ‚Heiligen Hain' befinden, sind wir sicher", stand sie mühevoll auf und gab das Zeichen zum Aufbruch. Mahnend fügte sie hinzu: "Auch sicher vor Halvoron und seinen Leuten!", traf ihr Blick den des Königs und stetig hatte die Weise das Empfinden, dass SIE bei ihnen war.

Kapitel 5

Unentschlossen stand sie vor dem großen Torbogen, durch den der Weg hinauf zur Terrasse des Anwesens führte und hin zu den Männern, welche sich leise unterhielten. Die Ranken des Rhimdolin, eine nur im Hain wachsende Pflanze, schlängelten sich fingerdick und doch grazil um das helle Holz. Es war geschlagen aus Damirie, dem ‚Baum der Wächter'. Rhimdolins handtellergroße dunkelrote Blüten selbst verströmten einen sinnlich betörenden Duft. Das warme Licht des Feuers prasselte leise in vier kleinen gusseisernen Schalen am Ende des leicht ansteigenden Weges und das tänzelnde Schattenspiel fiel zu ihr hinab.

Langsam und mit Bedacht, jedes Geräusch vermeidend, setzte sie ihre Schritte einen nach dem anderen. Sie vernahm das leise Stimmengemurmel deutlich, welche zu der Gruppe gehörte, die sich bei Sonnenuntergang bei ihrem Vater eingefunden hatte. Farasar hatte sie vom Rande des Waldes aus beobachtet, geschützt durch einen kleinen Zauber, um unentdeckt zu bleiben.

Wenige Zeit zuvor hatte sie den Zorn ihres Vaters auf sich gezogen, denn sie erklärte ihm, dass sie zur Begrüßung der Ankömmlinge nicht anwesend sein würde. Haledan brauste auf, im Gegensatz zu sonst. Es schickte sich nicht für einen Halun, derart in einer Gefühlsbekundung auszubrechen. Gäste zu empfangen und zu bewirten war für den Wächter ein Grundstein für Anstand und Respekt. Und um genau dieses Fehlen zu vermitteln, hatte Farasar sich gegen des Vaters Grundregeln gewandt. Sie ließ keine Gelegenheit aus, den Kurzgewachsenen zu zeigen, welch tiefen Hass sie für das Volk der Ambhradi empfand.

Ihre Erscheinung hatte sie ihrem Verhalten angepasst. An normalen Tagen kleidete sie sich gern in Hose und Tunika, um ihrer täglichen Arbeit nachzugehen. Doch heute hatte sie sich für ein glutrotes Gewand aus Seide entschieden, welches hochgeschlossen war und bis auf den Boden hinabfiel. An den Armen lag es eng an und weitete sich in Richtung Hände wie ein Trichter. Feinste Bronzefäden zierten den Saum. Die junge Frau lächelte still und strich liebevoll über den kühlen glatten Stoff, der so angenehm und ohne eine Falte ihren Körper einhüllte. Der zarte Duft des Dunkelhaarigen haftete fortwährend in dem Gewand, welches ein Geschenk an sie war. Der hochgewachsene Halun sah sie mit anderen Augen und das eisblaue Glimmen darin bekam in den Momenten ihrer Anwesenheit ein warmes Leuchten.

Lautes dunkles Lachen riss Farasar aus ihren Gedanken. Sie straffte sich und holte tief Luft. Dabei rauschte leise ihr langes dunkelbraunes Haar über den Stoff, welches sich in großen Locken hinunter auf ihre Hüften ergoss. Einen feinen Bronzereif hatte sie auf ihrem Kopf befestigt. In der Mitte erstrahlte in tiefem Rot Xaddar, der Stein des Seelenfürsten, und zierte ihre Stirn.

Wieder hörte sie das dunkle Lachen, welches einen ihr unbekannten Schauer bescherte. Sie nahm sich zusammen und schritt das letzte Stück Weg entlang zur Terrasse. Sie betrat diese und in jenem Augenblick verstummte abrupt jegliche Art von Gespräch. Sieben Augenpaare ruhten auf ihr und unterschiedliche Gefühlsregungen stürmten auf sie ein. Farasar hatte Mühe, dagegen anzukommen, und sie bereute es augenblicklich, ihre Gabe eingesetzt zu haben. Ihr Vater und die Weise waren redlich bemüht, ihre Gefühle im Zaume zu halten, denn der Wächterin Fähigkeit war ihnen bekannt. Dennoch zürnte ihr Haledan innerlich einerseits und Vadari freute sich, die junge Frau nach so langer Zeit wiederzusehen, andererseits.

Und dann waren da diese Zwerge! Langsam und bei jedem Manne kurz verweilend, glitt ihr Blick über die ,Steinernen'. Zwei von ihnen, die jüngsten, strahlten nur Verwirrtheit und Erregung aus. Was hatte sie anderes erwartet? Plump waren diese Kleingewachsenen. Mit großen Augen starrten sie Farasar an und der Dunkelhaarige fuhr sich mit der Hand über den Mund.

Der globige glatzköpfige Krieger versuchte, sich zu beherrschen, dennoch erkannte die junge Frau das Erstaunen auf seinem grimmigen Gesicht. Die Erscheinung und das Wesen der Wächterin ließen sich nicht einschätzen, was Unbehagen in ihm auslöste.

Im Gegensatz zu dem Weißhaarigen. Farasar beschlich das Gefühl, dass er diese Art des Aufeinandertreffens erwartet hatte. Das wissende Strahlen in seinen Augen war deutlich zu erkennen, doch sie schob dies ihrem Äußeren zu. Ihre Blicke trafen sich – da war mehr – und beide wussten es. Sie hatten sich vor vielen Jahren schon einmal gesehen. Der

Ausdruck in seinen Augen war offen und ehrlich - und traurig. Er berührte sie tief im Herzen, doch es breitete sich keine Wärme aus. Schmerzliche Erinnerungen bahnten sich den Weg in ihre Gedanken und wurden durch einen feuchten Schein in ihren Augen sichtbar. Ergriffen sah sie zu Boden und schluckte hart.

Haledan trat neben die Wächterin und erhob das Wort: "Farasar, komm, ich möchte dir unsere Gäste vorstellen. Dies sind Abbe und Braga, Trond und Trynn. Tapfere Krieger aus dem Ambhrad", sprach er die einzelnen Namen und deutete auf den jeweiligen Zwerg. Bevor er weitersprach, hielt er einen Moment inne: "Und das, meine liebe Tochter, das ist Rhul, der König des Zwillingsberges."

Mit eiskalter Miene sah Farasar endlich dem Manne ins Angesicht, den sie seit dem Tod ihrer Mutter so hasste. Ihre Blicke trafen sich und wie ein Blitz durchfuhr es sie. Mit Augen, so blau wie wilde Gletscherseen, über denen ein Unwetter tobte, sah der Zwerg sie mit demselben Zorn an, wie Farasar diesen für ihn empfand. Sie standen im scharfen Kontrast zu seinem dunklen gepflegten Bart und den langen schwarzen Haaren. Gleich einer Mähne zierten sie sein Haupt und waren geschmückt mit wenigen Perlen. Seine Kleidung bestand aus Leinen und Leder und die einzige Zierde war die kunstvolle in Blau gehaltene Stickerei. Und dennoch war seine Erscheinung königlich. Aufrecht hielt er den Kopf - herausfordernd.

Mit erstarrter Miene und dunkler Stimme begrüßte die junge Frau die Gäste auf ihre Art: "Nun, es gibt manche Wesen, auf die ich mich freue und hoffe, sie mögen sehr lange bleiben", kniff sie die Augen einen kurzen Moment kaum merklich zusammen und knurrte etwas leiser: "Und dann gibt es jene, welche ich nicht einlassen möchte. Und wenn ich es doch erlaube, im Stillen mir wünsche, sie mögen ihren Weg sehr schnell weitergehen."

Haledan neben ihr straffte sich merklich und ein Raunen durchfuhr die Gruppe. Die Wissende schloss kopfschüttelnd und brummend die Augen, doch zum Erstaunen aller reagierte der König bedacht. Ja, er lächelte sogar milde, obwohl seine tiefe Stimme vibrierte vor unterdrückter Wut: "Nun, Wächterin, da wir einer Meinung sind und keine weiteren Gastgeber erwarten, sollten wir zum Grund unserer Anwesenheit übergehen." Er lief zwei Schritte auf Farasar zu und raunte: "Es wird Euch freuen zu hören, dass wir bei Sonnenaufgang wieder aufbrechen", schaute er ihr fest in die Augen und ein überlegenes Aufblitzen war in den seinen zu erkennen. Farasar hielt den Blick, obwohl er sie beschämte. Der König des Zwillingsberges war nur eine Handbreit kleiner, doch soeben hatte er vor ihr an Größe gewonnen. Mit seinen schlichten Wörtern hatte er ihrem Hass die Stirn geboten.

"Wohl an, Wächter der Seelen, ich ersuche Euch, dem Volke Ambhrads den Wunsch nach dem 'Fest der Seelen' zu erfüllen und den Gepeinigten ihren Platz in den Hallen ihrer Ahnen zu gestatten", wandte sich Rhul mit fester Stimme an Haledan und seine treuen Begleiter standen zu dieser Bitte respektvoll auf.

Dankbar um den glimpflichen Ausgang des kleinen Gespräches zwischen seiner Tochter und dem Schwarzhaarigen,

sprach der Halun zu diesem: "Die Seelen Eures Volkes werden wandeln auf dem Pfad der Wächter."
Stumm sah Farasar zu Boden, um dem fragenden Blick des weißhaarigen Zwerges nicht zu begegnen.

"Was hast du dir nur dabei gedacht? Du kannst doch nicht dem Zwergenkönig so unverhohlen zeigen, dass er bei dir nicht willkommen ist! Farasar! Er hätte dich umbringen können!", fauchte Vadari wütend und ließ ihren Unmut an der jungen Frau aus, welche schuldbewusst und mit gesenktem Kopf nur dastand und den Wortschwall über sich ergehen ließ. Kein anderes Wesen hatte die Erlaubnis, in diesem Ton mit ihr zu reden, außer ihr Vater. Sie standen im Innenhof des Hauses Haledan und in dieser milden Nacht schien der volle Mond von einem sternenklaren Himmel herab. Nervös und unablässig schritt die Wissende von einer Seite auf die andere, ungehalten und fahrig. "Warum?", wirbelte sie blitzartig zu Farasar herum und kam auf sie zu. Fragend sah sie in ihre Augen: "Ist dein Hass auf die Zwerge wirklich so gewachsen, dass du nicht einmal einen offenen Streit scheust?"
"Vadari, ich…", stotterte die Wächterin und war außerstande, etwas Sinnvolles darauf zu antworten. Sie hatte sich vor Rhul gehenlassen und ihre Besessenheit offenbart. Obwohl ihr feindseliges Verhalten unnötig war, genoss sie es, den König zu demütigen. Diese Blöße hätte sie sich nicht geben zu brauchen, denn das 'Fest der Seelen' fand statt – auch ohne ihren Unmut, denn die Zwerge würde sie für die nächsten zweihundert Jahre nicht wiedersehen.

Vadari sah sie eindringlich an und suchte in ihren dunklen Augen: "Du kannst ihm nicht die Schuld geben, Kind. Deine Mutter ist aus freien Stücken in den Zwergenkrieg gezogen. Sie hatte keine Wahl", flüsterte sie.

Obwohl der Weisen Bezeichnung für sie einen wohligen Schauer über ihre Haut jagte, unterdrückte sie ihr Entsetzen nicht: "Keine Wahl? Du sagst, es blieb ihr nichts anderes übrig, als sich für eine Horde wildgewordener Zwerge abschlachten zu lassen, während sie zu Haus ihr Kind zurückließ? Das kann nicht dein Ernst sein, Vadari!" Farasar war erschüttert und eine heiße Welle der Wut durchflutete sie.

"Das Blut der Zwerge strömte durch ihre Adern und ihr Herz schlug für den Prinzen. Gegen diese Macht konnte sie nichts ausrichten", versuchte sich die Alte in sanfterem Ton. "Aber ich bin ihre Tochter! Zählt das denn gar nicht?", rief die Wächterin. Tränen der Verzweiflung stiegen in ihr auf und sie senkte den Kopf.

Liebevoll umschloss die Wissende die Wangen der jungen Frau mit beiden Händen und sah sie bedrückt an: "Du hast ja Recht, Kind. Der Instikt einer Mutter sollte stärker sein als alles andere, doch das Erbe der Zwerge in ihr war mächtiger. Sie wusste, dass du sie zum Überleben nicht brauchst. Du bist eine Va'ari! Nichts hätte dir schaden können und dennoch bricht das Herz eines Kindes, wenn die Mutter geht." Das Erkennen der Tränen, die Farasar heiß über die Wangen rannen, ließen die alte Frau hilflos werden. Ihr Antlitz ergraute und schwere Vorwürfe peinigten sie: "Ich hätte öfter in deiner Nähe weilen sollen und deinem aufkommenden Hass Einhalt gebieten. Du hättest eine Stütze gut gebrauchen können."

Stur wich Farasar vor der Weisen zurück und sah sie von unten herauf zornig an: "Es hätte nichts daran geändert. Die Linie der Ambhradi hat mir meine Mutter genommen. Sie opferte ihr Leben genau diesen Zwergen, welche ihr das Herz gebrochen und die Hoffnung genommen hatten. Warum sollte ich ihn nicht hassen dürfen?", wandte sie sich bebend von Vadari ab und ballte die Fäuste. Ihr Blick glitt hinauf in den Sternenhimmel und unter der leichten Brise, welche aufgekommen war und ihr gleich einer sanften Berührung über das erhitzte Gesicht strich, schloss sie die Augen.

"Du wirst das ‚Fest der Seelen' zusammen mit deinem Vater abhalten?", trat die Weise leise hinter sie.

"Ja. Das werde ich", hauchte die Va'ari.

"Und du weißt, welche Entscheidung du treffen musst?", hakte Vadari nach.

"Ja...", brach ihre Stimme.

"Dein Vater wird diese Welt danach verlassen und du wirst die alleinige Wächterin sein. Es liegt in deiner Hand, einen geeigneten Nachfolger zur Welt zu bringen, von welchem Volk auch immer", stellte sie fest, nur um sicherzugehen, dass Farasar sich ihrer Pflicht bewusst war.

Die junge Frau sagte nichts. Der Gedanke an den bevorstehenden Verlust zwang sie zum Schweigen. Sie nickte nur leicht und ohne sich einmal umzudrehen, ließ sie die Wissende im Hofe des Anwesens stehen, die ihr verzweifelt nachblickte.

Vadari sah nicht den Zwerg, welcher in der oberen Etage des Hauses hinter einem Fenster im Dunkel stand. Rhul hatte sie von seinem Posten aus beobachtet. Und selbst wenn er nichts von dem Gesagten verstanden hatte, so war er wie gefesselt von der Gestik und Mimik dieser jungen Frau, welche ihm so fremd und doch vertraut schien. Ihr helles Antlitz im Mondschein entfachte in ihm leise Sehnsucht. Blanker Hass stand einige Zeit zuvor in ihren Augen, doch für einen kurzen Moment war er darin gefangen. Die Wächterin hatte eine kräftige Statur und überragte ihn nur wenig. Die Zartheit der Haluni suchte man vergeblich bei ihr und ein Mensch war sie ebenfalls nicht. Es wühlte den Schwarzhaarigen auf, dass er das aufkommende Gefühl nicht zu beschreiben vermochte, welches sich kaum fühlbar in seinem Inneren ausbreitete, sobald er nur darüber nachdachte. Das Fernbleiben bei der Begrüßung und das darauffolgende verspätete Auftauchen auf der Terrasse zeugten von Abneigung und Missgunst. Ihre offen gezeigte Aggressivität reizte ihn bis zum Zerbersten und dennoch gab es das sanfte Vibrieren zwischen ihnen, welches ihm einen wohligen Schauer über die Haut jagte. Doch darüber grübelte er in dieser Nacht nicht weiter nach. Wichtig war, dass dieses Fest stattfand und ihn diese schwarzen Heimsuchungen endlich wieder schlafen und atmen ließen. Leise zog er sich in das dunkle Zimmer zurück.

Er war hier. Unweigerlich kroch dieses feine Kribbeln über ihre Haut und fraß sich hinein in ihr Fleisch, um sich tief in ihren Eingeweiden auszubreiten. Starr blieb Farasar sitzen und wartete auf seine Berührung, welche die Glut in ihr entfachen würde. Kein Lidschlag störte ihren leeren Blick ins Dunkel, der Takt ihres Herzens war kaum zu vernehmen, so endlos langsam schlug dieser auf der Ebene zwischen Leben und Tod.

Leise trat er hinter die junge Frau und sog sehnsüchtig ihren Duft in sich ein. Sanft strich er ihr über das kräftige dunkle Haar, schob es am Hals zur Seite und ehe er sich hinunterbeugen und seine Lippen auf ihre warme Haut presste, durchdrang ihn ihr erwartendes Vibrieren. "Ich hatte Sehnsucht nach dir", knurrte er mit tiefer Stimme und hinterließ mit seiner Zungenspitze eine feine nasse Spur auf ihrem Hals, doch Farasar rührte sich nicht. Sie wartete darauf, dass er vor sie trat, sie ansah und schon in diesem Moment, setzte er sich in Bewegung.

"Dharag", hauchte sie, "du solltest nicht hier sein." Mit kaltem Blick suchte sie das Rot seiner Augen, mit dem er sie gefangen nahm und in Flammen setzte. Lautlos rief er sie und hörbar keuchte sie auf.

"Der Zwerg hat dich aufgesucht?", knurrte der hünenhafte Mann vor ihr, dessen Muskelstränge an den Armen pure Stärke versprachen. Der Seelenfürst hatte eine menschliche Gestalt angenommen auf dieser Ebene zwischen Licht und Dunkel. Übergroß und kräftiger übertrumpfte er alle sterblichen Wesen in der Welt der Lebenden. Glutrote Haare fielen ihm schwer über den breiten Rücken und schimmerten bei jeder seiner Bewegungen wie tanzendes Feuer in einem Sturm.

"Warum fragst du? Du warst bei ihm", erwiderte Farasar ungewöhnlich trotzig mit zusammengezogenen Augenbrauen. Sie ließ sich nicht von der wilden Schönheit des Mannes blenden. Sie kannte ihn ebenfalls in anderer Erscheinung. Jene, die nicht dazu einlud, in Lust und Leidenschaft zu entbrennen, um sich zügellos der heißen Begierde hinzugeben.

Ein leises Lächeln legte sich um die schmalen Lippen des ‚Roten': "Er hatte Angst. Süße qualvolle Angst. Und ich habe es genossen."

"Noch ist er nicht dein, Dharag", schüttelte Farasar leise fauchend den Kopf. „Wir haben eine Abmachung. "

"Und ich werde mich daran halten", kniete sich der Fürst vor sie. "Seine Seele für die Seelen seiner Väter. Und du wirst sie mir bringen." Eindringlich sah er in die dunklen Augen der Va'ari, erblickte seine glutrote Flamme in ihnen und lächelte still. Der Duft der jungen Frau raubte ihm schier den Atem und der Anblick ihrer seidigen Haut löste kribbelndes Verlangen in ihm aus.

"Das werde ich, doch bis dahin lässt du ihn in Frieden. Er wird seine Strafe früh genug erhalten. Soll er sich ruhig noch ein bisschen quälen und ängstigen. Es ist nichts zu dem, was du ihm bieten wirst", erwiderte sie ernst und senkte den Blick. Sie hatte hautnah miterlebt, wie der Fürst der Seelen, gefolgt von körperlosen Kreaturen, dem Zwergenkönig die Furcht vor dem Sterben beigebracht hatte. Sie hatte schweigend beobachtet, wie sie ihn festhielten und quälten. Sie hatte das Leid in Rhuls Augen gesehen und die Schmerzen seines Leibes bereiteten ihr Qualen.

"Du hast dieser Wichtigtuerin geholfen", grollte der Fürst lauernd. Langsam fuhr er mit den Fingern über ihre Wange, strich zärtlich mit dem Daumen die geschwungenen Lippen nach, um blitzschnell ihr Kinn zu packen und sie nah an sich zu ziehen: "Sieh mich an!"

Glühend und fest traf ihr Blick den seinigen. Er entdeckte keine Furcht in ihren Augen. Nicht einmal den Hauch von Angst vor ihm, an der er sich so gern bei seinen Opfern labte. Die junge Frau, geboren aus drei Völkern war willensstark. Die Magie hatte sich im Moment ihrer Geburt gebündelt und wuchs stetig, je älter die Va'ari wurde. Selbst ohne seine glutrote Flamme war Farasar machtvoll und unbesiegbar. Zerrissen zwischen Wut und Verlangen wandelte Dharag scheinbar endlose Zeiten auf seinen schwarzen Pfaden und peinigte wahllos die körperlosen Schemen, deren Leid selbst ohne sein Zutun unerträglich war. Er begehrte Farasar und buhlte um ihre Gunst. Ihren Hunger auf Rache an den Zwergen würde sie mit seiner Hilfe stillen und so hatte der ‚Rote' ihr diesen einen Handel angeboten. Die Zeit für die Seelen des alten Zwergenkönigs und seinen Sohn war gekommen, um endlich in die Halle ihrer Ahnen einzukehren. Ein Hohn in Farasars Augen, waren diese beiden Männer doch der Grund dafür, dass ihre Mutter qualvoll starb. Dharag würde die Zwerge gehenlassen, doch er verlangte den jungen König - Rhul. Die Va'ari hatte nicht lange überlegt und dem Handel zugestimmt. Das auszurichtende Fest war der einzige Zeitpunkt, an dem sie den letzten der drei Ambhradi, welcher mit ihrem Schicksal verknüpft war, in sein Verderben schicken würde.

Des Fürstens Blick wurde weich und glitt hinunter zu ihrem Mund, welcher sich zitternd öffnete, und hauchte einen sanften Kuss darüber. Bereitwillig umschlossen ihre Lippen die seinen und auffordernd tänzelte ihre Zungenspitze. Aufkeuchend gewährte er Einlass und füllte ihren verlangenden Mund mit derselben Begierde. Er hörte das Knistern zwischen sich und der Va'ari, war ihm diese Berührung doch nicht gestattet in dieser Welt. Das Verlangen, mehr von ihr zu nehmen, trieb heiße Wellen durch seine Lenden.

"Du solltest gehen, Dharag. Deine Zeit wird kommen", flüsterte Farasar mit lustverhangenen Augen, in denen sein Feuer hell erstrahlte.

Widerwillig ließ der ,Rote' von ihr ab und stand auf. Unentschlossen und flach atmend sah er auf die Frau hinab, die ihm allein mit ihrer Anwesenheit den Verstand zu rauben schien. Sein Wille, sie ungefragt in Besitz zu nehmen, war südlich seines Nabels zu erkennen, und er bemerkte ihren Blick darauf, welcher mehr versprach.

"Sehen wir uns vor dem Fest noch einmal?", fragte Dharag mit belegter Stimme, obwohl er versuchte, das sanfte Vibrieren darin zu unterdrücken.

Farasar stand auf und strich ihm leicht über die Brust: "Nein. Ich möchte nicht. Das Fest wird unser Triumph sein, dann gehöre ich dir." Sacht nahm sie ihren Blick von dem Fürsten und wandte sich ab. Die Flamme in ihr erlosch und Dharag löste sich wie ein Nebelschleier bei einer leichten Brise auf und verschwand.

"Lass Rhul in Frieden", hauchte sie leise und schloss die Augen. Krampfhaft unterdrückte sie die Bilder jener Nacht der Heimsuchung durch den ‚Roten'. Sie holte sich mit festem Willen die Erinnerung an ihre Mutter zurück, an die Schlacht und das Leid, welches sie zu ersticken drohte. Tief atmete sie durch und das Grollen aus ihrer Kehle glich dem eines Dämons: "Er wird leiden!"

Kapitel 6

"Khelog hat Eure Mutter nie vergessen, Farasar", sprach Abbe mit leiser Stimme. "Sein Herz gehörte immer nur ihr, doch er durfte sie nicht lieben." Mit freundlichen dunklen Augen sah er die junge Frau an, welche ungläubig den Blick auf ihn richtete, aber sie erwiderte nichts. Lässig lehnte sie mit dem Rücken an der Wand des Hauses und hatte bis eben den Aufbruch der Zwerge beobachtet.

Der Weißhaarige seufzte: "Ich sah Euch damals auf dem Schlachtfeld, als alles vorbei war. Ihr wisst es. Eure Mutter starb in Euren Armen."

Hörbar sog Farasar die Luft ein. Bilder der damaligen Nacht kamen ihr augenblicklich in den Sinn. Wohin sie gesehen hatte, überall lagen Leichen, abgetrennte Körperteile und das Blut färbte den Boden in dunklem Rot. Die Schreie und das Klagen der Verletzten klangen ihr in den Ohren. Der Geruch von Tod und Verwesung hing in der rauchgeschwängerten Luft und drohte förmlich, die Überlebenden zu ersticken. Und mittendrin saß sie, ihre sterbende Mutter wiegend im Arm und das Gesicht tränenüberströmt.

"Abbe, wir brechen auf", riss Rhuls Stimme sie aus ihren Gedanken. Fassungslos und innerlich bebend starrte sie den Zwergenkönig an, welcher ihr einen Blick schenkte, den sie nicht einordnen vermochte. Der Hass vom vergangenen

Abend in seinen Augen war verschwunden und hatte einer blauen Melancholie den Platz überlassen.

"Ich komme", wandte sich der Alte ab, doch dann entschloss er sich anders und trat näher an die Wächterin heran. Er sah ihren von Leid und Qual getrübten Blick, welcher auf Rhul ruhte und flüsterte: "Tut dem Jungen nicht Unrecht. Er hat keine Ahnung von den Dingen, die damals geschehen sind. Er weiß nicht, das ihr Thorgunns Tochter seid. Und auch nicht um die Liebe seines Vaters zu ihr." Abbes Stimme hatte etwas Flehendes an sich.

Endlich wandte Farasar sich wieder dem vor ihr stehenden Zwerg zu. Kalt und erbarmungslos sah sie ihn an: "An wem sollte ich sonst Rache nehmen? Keiner der anderen Beteiligten ist noch am Leben. Wen sonst kann ich das Leid und den Schmerz der letzten Jahre spüren lassen, wenn nicht ihn?", erwiderte sie mit dunkler und grollender Stimme.

Abbe zitterte: "Das dürft ihr nicht tun. Bitte. Ihr…", wich alle Farbe aus seinem Gesicht und sein Brustkorb bebte vor Entsetzen.

"Abbe! Komm endlich!", dröhnte es von der Gruppe herüber.

"Ihr solltet jetzt besser gehen, Meister Zwerg", richtete die Va'ari ihren Blick stur an dem Krieger vorbei. Sie weigerte sich, das nasse Schimmern und die Verzweiflung in seinen Augen zu sehen. Es reichte ihr, was sie wahrnahm. Obwohl sie ihre Gabe in diesem Augenblick nicht einsetzte, war Abbes Gram so überwältigend, dass sie diesen ungehindert aufsog.

Haledan trat leise hinter sie und legte Farasar eine Hand auf die Schulter: "Meine Tochter hat Recht, Ihr solltet aufbrechen." Er hatte ihr innerliches Beben bemerkt und versuchte, durch seine beruhigende Art Halt zu geben. Resigniert nickte Abbe, drehte sich um und schloss sich den Reitern an.

In Gedanken versunken sah ihm der Halun nach. Für ihn selbst würde dieses Fest nicht leicht werden, war die Trauer um seine Frau doch nie versiegt. Jeden Tag wurde er an sie erinnert, denn er brauchte nur seine Tochter anzusehen, welche ihr so ähnlich sah.

Die Va'ari erwiderte nicht den Gruß der Zwerge zum Abschied. Den traurig lächelnden Blick Vadaris ignorierte sie. Nur einem der Männer sah Farasar einmal kurz in die Augen und entdeckte in diesem tiefen Blau die stumme Frage nach dem Warum. Sie ahnte die zarte Verbindung zu dem Zwerg, welche sich schleichend aufbaute - gegen ihren Willen. Betreten sah sie Boden.

Farasar hatte nicht lange gebraucht, um an den Ort zu gelangen, den sie aufsuchte, um ihre Gefühle in den Griff zu bekommen. Ehe die Zwerge die Grenze des Hains erreicht hatten, war sie aufgebrochen, nicht fähig, nach den aufwühlenden Ereignissen an der Seite ihres Vaters zu bleiben. Sie wünschte sich, den Zwerg zu vergessen, doch fortwährend hatte sie seinen Duft aus Feuer und Gestein in der Nase, sah das schimmernde Blau seines Blickes vor sich und hörte die tiefe vibrierende Stimme im Kopf.

Keuchend schloss sie die Augen und sog den Geruch des Waldes ein. Dieser Ort, gelegen an einer kleinen Flussmündung mitten im Schattenwald, gab ihr Ruhe und inneren Frieden. Hier traf sie sich seit unzähligen Jahren mit dem Einen. Viele Gespräche hatten sie bisher geführt, ernste Themen besprochen und herzlich gelacht. Niemand kannte den Herrn des Schattenwaldreiches so wie sie. Hier in ihrer Gegenwart kehrte er sein Innerstes nach außen, ohne dabei Angst zu haben, sein Ansehen zu verlieren. In ihrer Nähe war er so, wie er war - Halvoron. Seit dem Tag, an dem sie sich zufällig auf einem der Halunifeste trafen, hatte sich eine tiefe Freundschaft zwischen ihnen entwickelt. Farasar hatte zu diesem Zeitpunkt kurz davor gestanden, den Schritt vom Kind zur Frau zu absolvieren. Ihre frische natürliche Art, ihre Missachtung von Stand und Macht des anderen, die offene und ehrliche Art waren es, die den Halun immer wieder in ihre Nähe gezogen hatten. Über die Zeit hinweg hatten sie ein Gespür dafür entwickelt, wann der eine die Gesellschaft und Zuwendung des anderen suchte, und so war es nie vorgekommen, dass einer von beiden vergeblich wartete.

Vorsichtig beugte sich die junge Frau hinunter zum Wasser, um eine Handvoll zu schöpfen. Sie bemerkte, dass er in ihrer Nähe war. Ein Schmunzeln huschte über ihr Gesicht. Langsam erhob sie sich und wandte sich dem Halun zu. Keine sechs Fuß von ihr entfernt stand er regungslos da, so hochgewachsen, schlank und anmutig. Er hatte sich in einem hellen Braunton gekleidet, nicht wie sonst in glänzende Seide und Taft, und doch war sein Anblick würdevoll. Nicht einmal der Silberreif zierte sein Haupt.

Langsam schritt die Va'ari auf ihn zu und kaum hörbar sog er tief die Luft ein, denn sie blieb nur zwei Handbreit vor Halvoron stehen und schaute zu ihm auf. Der Fürst versank in ihren dunklen Augen und ertrank förmlich darin. Sein Blick glitt hinab zu der feinen Nase, weiter zu den vollen geschwungenen Lippen und der Duft ihrer Haut betörte ihn. Nicht zum ersten Mal, seit sie sich kannten, flammte diese längst vergessen geglaubte Sehnsucht in ihm auf. Von Mal zu Mal wurde diese stärker und zog ihn regelrecht in die Nähe dieser jungen Frau, welche ihm oftmals so geheimnisvoll erschien. Nie zuvor war es ihm in den Sinn gekommen, dass es ihn nicht nur freundschaftlich zu ihr hinzog. Dieses Gefühl hatte Halvoron überrannt und Unsicherheit durchdrang ihn.

"Du bist so schweigsam heute, Freund", raunte Farasar sanft. Sie hatte bemerkt, dass den Dunkelhaarigen etwas beschäftigte, wobei er sich selbst nicht sicher war, was da passierte.

"Ich habe nachgedacht", antwortete er leicht irritiert und senkte den Blick.

"Oh. Darf ich auch erfahren worüber?", lächelte sie ihn an.

"Ich bin mir nicht sicher, ob…", brach er mitten im Satz ab, doch er hatte sich zumindest aus seiner Starre befreit. Langsam wandte er sich von Farasar ab und ließ seinen Blick über den Waldfluss gleiten. Eine leichte Brise spielte mit seinem langen glatten Haar und trieb dessen Duft geradewegs in die Nase der jungen Frau, welche unter dieser

Wahrnehmung erschauerte. So bewusst hatte sie solche Merkmale nie an Halvoron wahrgenommen. Sie betrachtete sein feines Gesicht, welches im Licht des Vollmondes hell erstrahlte, und hatte das Empfinden, dass sie dies zum ersten Mal sah. Etwas geschah - lautlos und unsichtbar.

"Du hattest Besuch?", lenkte der Halun ab und riss Farasar jäh aus ihren Gedanken.

"Ja. Der Zwergenkönig", antwortete sie mit dunkler Stimme.

"Ich weiß", verzog Halvoron geringschätzig den Mund und erinnerte sich an die Begegnung mit den ,Steinernen'.

"Woher...?", flüsterte Farasar erstaunt.

"Lass es mich so sagen", sprach der Fürst gehässig, "er lief mir über den Weg und es hat ihm nicht gefallen."

"Du hast ihn erzürnt?", spielte die Wächterin bewusst die Vorwurfsvolle.

Halvoron lachte leise: "Erzürnt? Ja, so könnte man es nennen. Nun, ich habe ihn etwas verärgert." Er drehte sich zu ihr um und sah das Lodern in ihren Augen. Sie hasste alles, was mit Zwergen in Verbindung stand, und er genoss es. Er war sich nicht sicher, dass Rhul keine Gelegenheit bei ihr bekommen würde. Und da er jetzt mehr empfand...

Halvoron hielt die Luft an. Seine Gedanken ließen seinen Körper erbeben und wie Feuer durchzog es ihn. Dennoch war ihm bewusst, dass diese Zeit nicht gekommen war. Unheilvoll galt es, wenn man den Geschehnissen vorausgriff. Und die endgültige Entscheidung traf allein diese junge Frau, welche da vor ihm stand und ihn in einer unschuldigen Art ansah. Verstört und ohne Ziel flackerte sein Blick, wie das Feuer des Kerzenscheins bei einem sanften Hauch. Halvorons Lippen bebten unter seinem flachen Atem. Farasar sah diese Gefühlsregungen an dem Halun zum ersten Mal, sodass sie nicht umhin kam, ihn fasziniert zu betrachten und in seinem Gesicht zu lesen. Seine Hilflosigkeit überwältigte sie und langsam hob sie die rechte Hand. Sanft fuhr sie mit den Fingerspitzen vom Anfang seiner linken Augenbraue über die Wange bis hinunter zum Kinn und sah ihm dabei in die eisblauen Augen. Der Mann hielt die Luft an. Seine Fassungslosigkeit und der Unwille, sich ihrer Berührung zu entziehen, faszinierte sie. Behutsam lehnte sie ihre Stirn an seine Brust, schloss die Augen und lauschte nach seinem Herzschlag. Hämmernd schlug es gegen die Rippen und pumpte das Blut kochend durch seine Adern. Eng schmiegte sie sich an ihn und unter ihren Fingerspitzen kribbelte es, die sie sacht über seine Brust gleiten ließ.

Halvoron keuchte auf und sein Kopf sank auf ihr Haupt. Fest und doch zärtlich zugleich bedeckte er ihr Haar mit sanften Küssen. Die junge Frau neigte das Gesicht zur Seite und er glitt weiter hinunter. Sein heißer Atem verweilte für einen kurzen Moment an ihrem Ohr und trieb wohlige Schauer über ihre Haut, um wenig später an ihrem Hals zu verweilen. Der Halun zögerte, doch er nahm das vibrierende Erwarten der Va'ari wahr. Sie würde es geschehen lassen. Kostend berührte er ihre Haut und wartete wieder auf Widerstand, doch sie ließ es zu. Ungestüm jagte die heiße Welle der Leidenschaft durch seine Lenden, suchte sich mit aller Macht den Weg durch seinen Bauch und kam mit unerträglicher Hitze in seinem Kopf an. Berauscht von diesem Gefühl biss er ihr in den Hals.

„Halvoron!", stöhnte Farasar gurrend auf und sofort ließ der Halun von ihr ab.

"Verzeih mir! Es war nicht meine Absicht... Ich...", sah er sie entsetzt an und wäre am liebsten davongelaufen, doch schon legte sie ihre Hand in seinen Nacken und zog ihn sanft zu sich hinunter. Kurz sah er das Feuer in ihren Augen, um sich dann den weichen Lippen hinzugeben, welche ihm den Atem nahmen. Leidenschaftlich legte er seine Arme um die Hüften der jungen Frau und presste sie fest an sich. Sie bemerkte seinen körperlichen Willen in diesem Moment, dessen war er sich bewusst, aber er kam nicht gegen das Verlangen an. Die Gefahr bestand, dass Farasar vor ihm floh - doch die Va'ari blieb.

Er hatte genug gesehen, um eine innere Raserei in Gang zu setzen, die einem Sturm gleichkam. Gleichzeitig war er überrascht, warum ihn dieser Anblick so aufwühlte, wenn nicht sogar schmerzte. Zunächst schob Rhul es auf die Begegnung mit Halvoron zwei Tage zuvor. Zu diesem Zeitpunkt beschlich ihn das Gefühl, dass dieser ein dreckiges Spiel mit ihm trieb. Doch ein nicht erklärbares Kribbeln hatte den Zwergenmann befallen. Sanft erst, welches in ihm stetig wuchs und deutlicher wurde, obwohl er es mit allen Mitteln bekämpfte.

Eng umschlungen standen der Halun und die Va'ari am Waldfluss im Mondlicht und genossen die Zweisamkeit. *Haluni!*', spie Rhul das Wort in Gedanken aus und sah erneut hinüber. '*Sie ist keine Haluna. Aber was ist sie dann?*', war er nicht in der Lage zu erkennen, welchem Volke die Wächterin zuzuschreiben war. Sie bewegte sich wie eine Haluna und sprach so. Sie besaß eine Stimme, die dem Knurren und Brummen eines ‚Steinernen' gleichkam. Die junge Frau war kaum größer und würde in der Menschenwelt eher den Kleinwüchsigen zugeordnet werden. Bei den Zwergen hätte sich jeder Krieger nach dieser stattlichen Erscheinung gesehnt. Ihr Gesicht ordnete er eindeutig den Menschen zu. Diese großen braunen Augen gleich dunklen unergründbaren Seen, die feine zarte Nase und die weichen geschwungenen Lippen - es war zu verwirrend und aufwühlend.

Rhul rieb sich mit der Hand die Stirn, bevor er mit derselben über die Augen und das gesamte Gesicht glitt, um somit die Erinnerung wegzuwischen. Denn trotz des Hasses in Farasars Blick und seinem Unwohlsein in Gesellschaft der beiden Gastgeber, war er gefesselt von ihrer Erscheinung. Er bot ihr die Stirn und sie sah beschämt zu Boden. Er hatte den Augenblick seiner Stärke und Überlegenheit genossen. Verwirrung und Verletzlichkeit waren nur für einen kurzen Moment in ihren Augen aufgeblitzt, bevor sie sich seinem Blick entzog.

Jetzt standen sie hier.

Der König hatte nicht auf Vadari gehört, welche ihm riet, das Lager nicht allein zu verlassen, doch er brauchte Abstand und diese Momente der Stille. Er hatte kein Ziel verfolgt, war nur gelaufen und an der Flussmündung hatte er sich niedergelassen. Nach einiger Zeit war er endlich innerlich zur Ruhe gekommen, welche durch das Entdecken der beiden augenblicklich zunichtegemacht wurde. Er sah nur fasziniert und gleichzeitig angewidert hinüber.

Leise erhob er sich und kämpfte sich durch den halbdunklen Wald zum Lager hin. Die Zwerge und die Weise hatten sich dieselbe Stelle ausgesucht, die sie auf dem Hinweg schon genutzt hatten. Ohne ein Wort setzte er sich an das Feuer und starrte grübelnd in die Flammen, die Stirn in beide Hände gestützt.

"Dich beschäftigt etwas, Junge?", fragte Abbe, der zu seiner Rechten saß und ihn väterlich besorgt ansah.

Rhul schüttelte abwehrend den Kopf und knurrte, doch dann sah er auf und antwortete leise: "Ich habe sie gesehen. Die Wächterin mit...", stockte er. "Halvoron!"

Keiner der Zwerge bemerkte das Zucken in Vadaris Gesicht bei diesen Wörtern und um ihre eigene Verwirrtheit über Rhuls Nachricht zu verbergen, lenkte sie sich ab und stopfte umständlich ihre Pfeife.

"Was will sie denn mit dem?", fragte Trynn in jugendlichem Zwergenleichtsinn und wurde augenblicklich mit einem Stoß in die Seite durch seinen Bruder und Bragas grimmigem Blick bestraft.

"Er ist ein Halun ", räusperte sich Vadari und hielt einen Moment inne. "Die Haluni tragen die Magie und eine unsagbare Lebensdauer von ihrer Geburt an in sich. Diese Voraussetzungen sind natürlich von Vorteil, steigern sie doch die Macht des neuen Wächters."

Abbe lachte leise: "Das meinte Halvoron also mit dem 'Fest der Liebe'."

"Hm?"", runzelte die Weise die Stirn. "Welches 'Fest der Liebe'?"", hakte sie nach.

Abbe zuckte mit den Schultern: "Ja, so sprach er bei unserer Begegnung. Und dass es in seinen Hallen stattfinden würde."

"Das ist doch noch gar nicht entschieden!", rief Vadari überrascht und laut. Schon bereute sie ihre Wörte, denn sie erkannte den erstaunten Blick des Zwergenkönigs.

"Was ist noch nicht entschieden?", fragte dieser grollend und fordernd.

"Nunja...", brummte die Alte zerknirscht und wich dem Blick des Kriegers aus, um eilig die Pfeife weiterzustopfen.

Rhul stand auf, schritt langsam auf die Alte zu und stellte sich breitbeinig mit verschränkten Armen vor diese hin: "Sagt mir, was Ihr wisst!"

Vadari drückte sich um eine Antwort und erklärte dennoch widerwillig: "Die Wächter müssen drei 'Feste der Seelen' durchführen, jeweils eines bei den Menschen, Haluni und bei den Zwergen. Erst danach darf und muss Farasar sich entscheiden, aus welchem Volk der neue Wächter hervorgehen soll. Sie bringt für alle drei Völker die Voraussetzungen mit und durch den Vertreter des bevorzugten Volkes, wird gleichzeitig die Macht dessen im neuen Wächter gestärkt." Sie schaute in jedes einzelne Zwergengesicht, um die Wirkung ihrer Worte zu beobachten. Rhuls eisiger Blick nahm sie gefangen und sie erwartete stoisch die nächste Frage, die sie vermutete, schon zu kennen.

"Voraussetzungen? Aller drei Völker? Wie ist so etwas möglich?", fragte Rhul und sah dabei Abbes Blick nicht, welcher zusammengezuckt war und zähnemahlend in das Feuer starrte.

Die Weise schluckte und vor ihrem inneren Auge manifestierte sich das Abbild Farasars. Leise antwortete sie: "Ihre Mutter war die Tochter eines Zwerges und einer Menschenfrau. Ihr Vater ist ein Halun." Abwartend schaute sie in des Königs Augen, um den Zeitpunkt der Erkenntnis darin zu sehen. "Schon jetzt ist das Erbe der Haluni in ihr sehr stark und man kann es ihr nicht verdenken, dass sie sich zu Halvoron hingezogen fühlt, zumal sich ihre Liebe zu den Zwergen stark in Grenzen hält, wie wir ja alle bemerkt haben."

Es hatte selten Fälle gegeben, in denen sich die Völker untereinander mischten, aber es war vorgekommen. Doch dass ein Halun sich mit einem Wesen aus Zwerg und Mensch vereinte, wie es Haledan vollzogen hatte, schien dem König schwer vorstellbar. Und doch war es Wirklichkeit. Die Wächterin verkörperte alle drei Völker gleichzeitig.

"Nun, werte Vadari, auch wenn sie das, nach Euren Worten zu urteilen, noch gar nicht kann und darf, so hat sie sich wohl doch schon entschieden. Oder sollte sie nur aus Spaß in den Armen Halvorons gelegen haben?", fragte Rhul bitter und mit dunklem Blick. "Und selbst wenn sie das Volk Ambhrads erwählen würde, wäre ich mir an ihrer Stelle nicht so sicher, dass sich nur einer von uns zu ihr legen würde!", zischte er verächtlich.

Nicht irgendeiner, Rhul', sinnierte die Wissende, *'sondern du.'* Nachdenklich und wortlos sah sie dem König hinterher, welcher sich störrisch umgewandt und auf seiner Schlafstatt niedergelassen hatte. Der Weisen Blick fiel wie zufällig auf

Abbe und verweilte einen Moment. Der Krieger schaute fragend auf und kniff die Augen zusammen. Kaum merklich nickten sich beide zu, wissend und fürchtend.

Kapitel 7

Haledan und Farasar brachen zehn Tage nach dem Besuch der Zwerge auf. Sie bepackten die Zwillingsrappen mit etwas Proviant und Wechselkleidung. Die feinen Gewänder für die Zeremonie waren sorgsam verstaut und ebenso einige heilige Gegenstände. Die Reise war angenehm, doch sie verlief schweigsam. Gemächlich schritten die Hengste mit ihren Reitern den langen Weg hinauf vor die Tore des Zwillingsberges. Zu beiden Seiten beobachteten diese das geschäftige Treiben der Kleingewachsenen. Die meisten von ihnen waren mit den Vorbereitungen des Festes beschäftigt und sahen oftmals gar nicht erst auf, um sich nicht von ihrer Arbeit ablenken zu lassen. Doch jene, die einen Blick hinauf zu den Ankömmlingen wagten, erstarrten und folgten ihnen mit Augen. Man sah den Zwergen an, dass sie über das ungleiche Paar staunten, vermochten sie es doch nicht, die junge Frau ihrem Aussehen nach zu beurteilen. Haledan war eindeutig den Haluni zuzuschreiben.

Fasziniert nahm Farasar dieses Schauspiel in sich auf. Nie zuvor in ihrem Leben hatte sie so viele Zwerge in friedlichen Zeiten gesehen, lachend und schwatzend und gleichsam schimpfend und fluchend. Ihr gefielen die stattlichen Männer mit den verschiedenen Arten von Frisuren und Bärten, oftmals wild und furchteinflößend. Sie erblickte feine Kunstwerke, sauber geflochtene Zöpfe, gehalten von edlen Perlen. Die Grundfarben der Kleidung waren meist in Schwarz, Rot und Grün. Sie entdeckte die unterschiedlichsten Brauntöne. Doch das Verwirrende für Farasar war, dass sie die wenigen Frauen in dieser Gemeinschaft nur an deren langen Röcken erkannte. Die derben, aber freundlichen Gesichter der Zwergendamen erschienen ihr zunächst alle gleich - kräftiges Haar auf dem Kopf und Bartwuchs von dezent bis ungestüm wuchernd. Stirnrunzelnd rief sie sich das Antlitz ihrer Mutter ins Gedächtnis. Sie erinnerte sich nicht daran, dass diese nur ansatzweise Behaarung darin besessen hatte. Ein ungutes Gefühl zog in ihr auf. Kämpften damals Frauen? Im kindlichen Alter fand Farasar ihre Mutter auf dem Schlachtfeld und sie bemerkte nicht, ob die vielen Leichen um sie herum männlich oder weiblich waren. Die Erkenntnis überrollte die Va'ari schlagartig. Thorgunn war demnach nicht die einzige Frau, welche den Männern im Krieg zur Seite gestanden hatte. Beschämt sah die Wächterin auf ihre Hände und hielt krampfhaft die Zügel.

Sie erreichten das Ende des Weges und überquerten die breite Brücke, welche von vier übergroßen steinernen Zwergenstatuen flankiert wurde, und stiegen ab. Sie wurden bereits erwartet.

"Willkommen im Ambhradur", begrüßte der Zwergengreis Abbe die Wächter erfreut und er verbarg seine Verlegenheit nicht. Sein Gesicht erstrahlte in demselben Rot wie seine Kleidung.

"Abbe, es freut mich, Euch wiederzusehen", umarmte Haledan den Mann, sämtliche halunische Zurückhaltung vergessend, verband ihn doch mit dem Greis etwas, an das nur sie beide sich erinnerten. Es war lange her, dass er den Berg der Zwerge aufgesucht hatte, da die Grüfte tief im Erdreich ein trauriges Geheimnis bargen.

Farasar stieg von ihrem Hengst ab und überließ die Zügel einem blonden Zwerg, welcher sich unverzüglich um das Abladen und Versorgen kümmerte. Unschlüssig blieb sie stehen und verschränkte wartend die Hände hinter ihrem Rücken.

"Ich hoffe, Eure Reise war angenehm", wandte sich Abbe an beide Wächter und lächelte zufrieden, denn er sah, dass diese nickten. "Verzeiht mir", sprach er leise weiter, "wenn ich Euch hier vor den Toren abfange, doch es gibt da etwas, das Ihr wissen solltet." Peinlich berührt und sich innerlich windend strich sich der Alte durch den Bart.

"Ihr tragt Sorge in Euch, Meister Zwerg. Sagt, was ist geschehen?", zog Haledan die Augenbrauen zur Nasenwurzel.

Betrübt schaute Abbe auf: "Rhul. Er hat sich verändert."

Augenblicklich sahen sich Vater und Tochter an: "Die Seelen."

"Seit wann suchen Sie ihn auf, Abbe?", beugte sich der Halun zu dem Weißhaarigen hinunter und legte eindringlich die Hand auf dessen Schulter.

Der Greis seufzte auf: "Seit geraumer Zeit. Sie kamen schon, noch bevor wir Euch aufgesucht hatten."

Fassungslos starrte Haledan zu der Va'ari, welche schuldbewusst den Kopf senkte. Sie brauchte nichts zu sagen, ihr Vater erkannte umgehend, dass sie davon Kenntnis hatte.

Enttäuscht von ihr wandte er sich wieder an Abbe: "Bringt uns zu ihm. Vielleicht können wir helfen."

Gequält lächelnd nickte der Zwergenmann und lief voraus: "Kommt!"

Gemeinsam schritten sie durch das große steinerne Tor, durchquerten die Eingangshalle und nahmen die Stufen hinauf zum Thronsaal. Kribbelnde Wellen schoben sich über Farasars Haut und sie überkam ein tiefes wohliges Gefühl, welches sich bei dem Anblick des Berginneren in ihr ausbreitete. Obwohl sie den Ambhradur nie besucht hatte, empfand sie keine Fremdheit. Eher, dass sie nach langer Zeit nach Hause kam und das Gestein schien sie regelrecht zu empfangen.

Schon von weitem erkannte Haledan die Wissende und Braga. Rhul saß zusammengesunken auf seinem Thron und starrte mit Wahnsinn in den Augen vor sich hin. Der Halun nahm die Aura des Königs in einiger Entfernung wahr und sah hilfesuchend zu seiner Tochter, denn er selbst war nicht imstande, dem Zwerg zu helfen. Die Macht, welche von diesem Besitz ergriffen hatte, war für ihn nicht greifbar. Zugang zu ihr hatte nur die Va'ari.

"Endlich, mein Herr Haledan", eilte Vadari auf den Wächter zu, "Ihr seid da." Höflich verneigte sich die Alte und der Halun fragte umgehend nach den Geschehnissen der letzten Zeit.

Farasar hörte nicht hin und starrte gebannt auf den Zwergenkönig, links von ihm stand der glatzköpfige Krieger mit besorgter Miene. Vorsichtig schritt sie auf Rhul zu und hörte nicht, wie ihr Vater sie leise rief und Abbe die Luft anhielt. Sie bemerkte nicht, wie die Weise eine Hand nach ihr ausstreckte, um sie zurückzuhalten, und sah nicht den grimmigen Ausdruck in Bragas Gesicht. Alles in ihr war darauf ausgerichtet, die Schwingungen des Schwarzhaarigen aufzunehmen. Schlieren in dunklem Gelb und dreckigem Grün umflossen ihn, fadenähnliches Blau mischte sich mit hinzu. Langsam hob Rhul den Kopf. Irr und blutunterlaufen starrte dieses sonst glänzende Blau seiner Augen die junge Frau an. Angewidert und wie durch einen leichten Schleier nahm er sie wahr und trotzdem klar genug, um ihre Erscheinung genau zu erkennen, welche dieses Mal so anders war. Sie trug eine Hose aus hellbraunem weichen Leder und dunkle, beinah zwergentypische klobige Stiefel. Die beigefarbene hochgeschlossene Tunika ergoss sich lässig über ihre Hüften und trug keine Verzierungen. Farasar erschien schmucklos und nur das lange braune Haar hatte sie locker zu einem Zopf gebunden, dessen Ende ihr über Schulter und Brust hing und bei jeder Bewegung leicht über ihrem Bauch pendelte. Zögernd blieb sie stehen und streckte vorsichtig einen Arm nach Rhul aus. Das Gewirr der Schlieren wurde schlagartig schneller, zuckte zurück und stieß wieder hervor.

"Fasst mich nicht an!", zischte grollend der Zwerg und straffte sich. Es widerte ihn an, dass dieselbe Hand, welche den Schattenwaldhalun gestreichelt hatte, ihn berührte. Zufrieden und mit einem gehässigen Grinsen bemerkte er, wie Farasar erschrocken zurückwich. Endlich sah er die Va'ari direkt an, welche erkannte, dass Rhul seit einigen

Nächten nicht mehr geschlafen hatte. Die Ringe unter seinen Augen waren tiefschwarz, die sonst so samten anmutende Haut erschien aschfahl und sein kurzer Bart war kraus und ungepflegt. Die Kleidung, welche er am Körper trug, benötigte dringend eine Reinigung.

Der Anblick des einst so würdigen Königs wühlte Farasar tief im Inneren auf. Das Gefühl des Mitleids wuchs in ihr, doch sie versuchte, es mit aller Gewalt niederzuringen. Fest sah sie dem Mann in die Augen und zwang ihn regelrecht, nicht vor ihr zu weichen. Sie sah IHN! In seinen Augen. Es waren nicht nur die Seelen, welche den König peinigten. Dharag hatte ihn heimgesucht und gequält. Zum wiederholten Male und Farasar ergriff eine unsägliche Wut, hatte sich doch der ‚Rote' gegen ihre Abmachung wieder an dem Zwerg vergriffen. Sie versuchte ein zweites Mal, den Schwarzhaarigen zu berühren, und flüsterte: "Ich will Euch helfen, Rhul."

"Ich will keine Hilfe!", brüllte dieser und stand auf. Krampfhaft hielt er sich am Thron fest und kämpfte um sein Gleichgewicht. Mit tief gesenktem Kopf kam er ihr wankend entgegen. Augenblicklich wichen die Seelen vor ihr zurück, ließen aber nicht von dem König ab. Herausfordernd und mit erhobenem Kopf sah der Zwergenmann Farasar an.

"Lasst mich Euch helfen. Bitte!", verlangte die Va'ari leise und eindringlich. Sie suchte seine Nähe, um ihn von den Schlieren zu befreien. Ihre Magie war nur in direkter Weitergabe wirksam, um Dharags Bann zu lösen.

"Ihr... sollt... mir... nicht... helfen", keuchte Rhul und feinste Tropfen Speichel flogen von seinen Lippen. Direkt vor Farasar brach er mit flehendem Blick zusammen. Blitzschnell war sie zur Stelle und fing den Schwarzhaarigen auf. Die Wächterin schrie. Der Moment, in dem sie Rhul berührte, brach den Zauber, welcher in befallen hatte. Augenblicklich überrollten sie der Schmerz der Körperlosen und die Wut des ‚Roten'. Stöhnend sanken die Va'ari und der König zu Boden.

Etwas anderes brach sich ebenfalls Bahn. Das Erbe der Zwerge erwachte in ihr, begleitet von einem grauenvollen Wehklagen aus den Grüften des Berges. Es waren die Zwergenrunen, welche sich tiefer eingruben, verformten oder neu einmeißelten. Wie Feuer brannten sie auf ihrer Haut und ließen sie erbeben. Keuchend und dennoch den König stützend hockte sie mit ihm auf dem harten Gestein. Sie merkte, wie Rhul sich in ihren Armen beruhigte, obwohl das Zittern seines muskulösen Körpers und die Hitze seiner Haut allgegenwärtig waren. Krampfhaft hielt er sich an einem ihrer Ärmel fest und rang nach Luft.

Einige Augenblicke später atmete er wieder frei und das Erste, was er wahrnahm, war dieser sinnliche Duft des Rhimdolin, welcher in Hülle und Fülle überall im Hain wuchs und an Farasar regelrecht zu haften schien. Wohlige Wärme breitete sich in Rhuls Körper aus und die Sehnsucht nach Schlaf ließ ihn ergeben werden. Die Geborgenheit und Stärke dieser jungen Frau umhüllten ihn und tief im Inneren gab er sich einen kurzen Moment dieser Wohltat hin.

"Ihr solltet Euch ausruhen", flüsterte Farasar. "Die Seelen werden Euren Schlaf nicht mehr stören."

Langsam hob Rhul den Kopf, doch blieb er mit seinem Blick an ihrem Arm hängen. Dort, wo er zugepackt und sich festgehalten hatte, war der Ärmel ihrer Tunika ein Stück weit nach oben gerutscht und hatte ihren Unterarm freigelegt. Entsetzt schaute er auf die sonnengebräunte Haut. Er sah sie – die Runen – zumindest einen Teil davon. Fassungslos starrte er die schwarzen Zeichen an, an manchen Stellen entdeckte er frische Spuren und wenige Tropfen Blut erkannte der Zwerg ebenfalls. Ruckartig riss er den Kopf nach oben und sah Farasar ungläubig in die Augen: "Wer seid Ihr?"

Die Va'ari schwieg, doch sie erwiderte seinen Blick. Traurig und dunkel war der ihre. Sie kämpfte gegen den Schmerz und den Knoten in ihren Eingeweiden, welcher wuchs, je länger sie sich in diesem tiefen Blau verlor. Sie begehrte gegen das Gefühl auf, das sie zu überrollen drohte, war doch das eigentliche Ziel des Seelenwandelns ein anderes. Und Farasar würde sich an die Abmachung halten.

Abrupt riss sie sich von Rhul los und erhob sich, um sich auffordernd an Braga zu wenden: "Ihr solltet ihn stützen und in seine Gemächer bringen. Allein wird er es nicht schaffen." Zufrieden sah sie, dass der Krieger, ohne zu zögern reagierte, sich seines Königs annahm und dennoch besorgt fragte: "Wird er Ruhe finden?"

"Ja", nickte Farasar, "er hat nichts mehr zu befürchten."

Gerührt von dieser Fürsorge des Zwergenmannes senkte sie den Kopf, doch erneut kreuzte sie ihren Blick mit dem von

Rhul, welcher ihr kraftlos und dankbar zunickte. Das Blau seiner Augen schimmerte wieder und kein Hass war in diesen auszumachen. Nur unendlich viele Fragen schienen den Mann aufzuwühlen und die Zweifel, ob er die Kraft hatte, die Antworten darauf zu hören. Ein Lächeln huschte über ihr Gesicht. Das Blitzen ihrer dunklen Augen sah er nur kurz, aber überdeutlich. Die Welle, welche prompt durch seinen Körper jagte, ließ Rhul erschauern und gleichwohl durchfuhr ihn ein Schub an Kraft, den seine Muskeln erhielten. Diese junge Frau gab ihm ein Gefühl des Friedens und der inneren Ruhe, obwohl er sich das in diesem Moment nicht eingestand. Doch es wahr ihm bewusst und das Empfinden, welches so warm und zufrieden sein Herz ausfüllte, nahm er mit in den Schlaf.

Gedankenversunken und die Stirn in leichte Falten gelegt sah Farasar den beiden Zwergen hinterher: *'Schlaf gut, Rhul. Du wirst deine Kraft brauchen.'*

Aufgewühlt lief Haledan in seinem Gemach umher, in welchem ihn die Zwerge untergebracht hatten. Es war ein stattlich eingerichteter Raum mit Platz und jedem nur erdenklichen Komfort für dessen Gäste. Der Halun hatte keinen Blick dafür, beschäftigten ihn doch andere trübe Gedanken und ließen ihn nicht zur Ruhe kommen. "Uns bleibt nicht mehr viel Zeit, Vadari. Sobald sich Rhul von den Strapazen erholt hat, werden wir die Seelen wandeln lassen", blieb der Wächter umgehend stehen und sah die Weise an.

"Was ist mit Eurer Tochter?", fragte diese zweifelnd. "Wird Farasar sich so gut unter Kontrolle haben, dass sie sich darauf konzentrieren kann?"

Haledan lachte verbittert auf: "Um ihre Konzentration mache ich mir keine Sorgen. Diese wird besser sein, als wir uns das wünschen."

"Wie meint Ihr das?", hakte Vadari nach. Die Furcht vor der Antwort ließ sie ihren Stab fester umkrallen.

"Es waren nicht nur die Seelen, die den Zwerg befallen hatten", flüsterte Haledan erschüttert. "Eine viel größere Macht hat sich offenbart. Eine Macht, zu der nur Farasar Zugang hat. Und dass dies so ist, beunruhigt mich zutiefst. Es dürfte nicht sein."

"Was dürfte nicht sein?", wurde die Wissende hellhörig.

"Dass der ‚Rote' den Weg zu Rhul gefunden hat", rief der Halun bebend aus und schritt auf Vadari zu. "Dass der König zu lange gewartet hat, ist unbestritten und dies können wir auch nicht ändern, doch Dharag dürfte nicht in dieser Welt sein. Er muss einen Weg gefunden haben, hierher zu gelangen."

"Ihr glaubt…?", beendete Vadari den Satz nicht und schaute dem Wächter nur suchend in die Augen.

"Ich weiß es nicht", seufzte Haledan auf, ließ die Schultern hängen und wandte sich ab, um seinen Weg durch den Raum wieder aufzunehmen. "Doch", flüsterte er, "etwas anderes kann ich mir nicht vorstellen. Farasar hat etwas in Bewegung gesetzt und ich kann nicht ergründen, wann und warum sie dies getan hat."

Die Weise überlegte und sie fürchtete sich vor der in ihr aufkommenden Frage, welche einer Unterstellung gleichkam: "Sollte ihr Hass wirklich so groß sein, dass sie dem ‚Roten' in die Hände spielen würde? Das kann ich mir nicht vorstellen", schüttelte sie den Kopf. "Ihre Entscheidung scheint sie doch schon längst getroffen zu haben", fügte sie leise hinzu und senkte den Blick.

"Was sagt Ihr da?", wirbelte Haledan aufbrausend herum und wieder ließ seine halunische Beherrschtheit zu wünschen übrig.

Windend unter dem Blick des Wächters antworte die Weise: "Auf unserer Rückreise zum Ambhradur hat Rhul sie beobachtet. Farasar traf sich mit Halvoron des nachts und gewisse Berührungen", stockte sie kurz, "waren wohl recht eindeutig."

"Freundin, ist sich der König da wirklich sicher? Könnte er sich nicht getäuscht haben?", kam Haledan entsetzt auf die alte Frau zu und fasste diese bei den Schultern.

"Herr, warum sollte sich Rhul so etwas ausdenken? Dazu hat er keinen Grund. Zumal er in dem Moment noch nicht einmal die Kenntnis davon hatte, welche Entscheidung Eure Tochter treffen muss."

"Um vielleicht Halvoron zu ärgern?", fragte Haledan leise und schon schalt er sich selbst einen Narren ob diesem Einfallsreichtum.

Vadari schüttelte gequält lächelnd den Kopf: "Der Zwerg mag zwar stur und verbohrt sein, aber für diese Art und Weise ist selbst er sich zu fein. Wenn Rhul gegen den Halun angehen wöllte, dann würde er dies direkt und mit scharfer Klinge erledigen."

Haledan nickte nachdenklich vor sich hin. Krampfhaft rieb er die Handflächen gegeneinander und schritt erneut eilig in dem Gemach auf und ab. Abrupt blieb er stehen und sah die Weise hilfesuchend an: "Was soll ich tun? Wenn Farasar wirklich etwas planen sollte, dann wird dies zum Fest geschehen. Wenn Dharag wirklich... ich meine... Vadari, ich habe keine Macht gegen ihn! Und auch mit Euch zusammen werde ich es nicht schaffen, ihm Einhalt zu gebieten."

"Herr Ilunaos?", fragte die Weise vorsichtig und sah das Entsetzen in des Haluns Augen. "Zu dritt könnten wir es bewerkstelligen."

Verzweifelt schüttelte Haledan den Kopf: "Auch wenn er mir seinen Segen damals gab, so bin ich mir dennoch bewusst, dass er meine Verbindung zu Thorgunn nicht gut-hieß. Und nun habe ich die Konsequenzen zu tragen. Ich habe eine Va'ari gezeugt, welche mir entglitten ist auf ihrem Weg des Hasses. Und ich habe es nicht bemerkt. Vadari, Ilunaos wird mir nicht helfen."

"Oh", knurrte die Alte leise vor sich hin, "da wäre ich mir nicht so sicher. Herr Ilunaos wird es kaum zulassen wollen, dass Farasar eine Verbindung mit dem Seelenfürsten ein-gehen wird. Haledan, Ihr selbst seid bereits auf dem Weg des Abschieds und diese Welt braucht eine freie Wäch-terin."

"Würdet Ihr...?"

"Ja. Ich helfe Euch und werde den Allwissenden aufsuchen. Und Ihr", räusperte sich Vadari verlegen, "Ihr versucht, Eure Tochter doch noch zur Vernunft zu bringen, wenn es denn wirklich so sein sollte, wie Ihr befürchtet."

Haledan nickte: "Dann kommt. Ich werde Euch ein Stück begleiten und Farasar eben aufsuchen. Je eher ich mit ihr rede, umso größer ist vielleicht meine Chance, sie doch noch umzustimmen."

Gemeinsam verließen der Wächter und Vadari den Raum und begaben sich in Richtung Ausgang. Vor Farasars Gemach sahen sie sich lange und fest in die Augen. Jeder erkannte die Sorgen des anderen darin und gleichzeitig munterten sie sich mit einem Lächeln auf. Mit einem wortlosen Nicken verabschiedeten sie sich und leise öffnete Haledan die Tür, um sich im Halbdunkel umzusehen. Nur eine Kerze erhellte den ebenfalls komfortabel eingerichteten Raum und der Halun brauchte eine Weile, um seine Tochter zu entdecken.

"Farasar", keuchte er auf und eilte auf sie zu. Zusammengesunken hockte die junge Frau in einer Ecke und hielt die angezogenen Knie fest umschlungen, auf denen ihr Kopf ruhte. Lose und wild hingen die dunklen Locken an den Seiten herunter.

"Du zweifelst?", flüsterte Haledan und sank vor seiner Tochter auf den Boden, doch sie sah nicht auf. "Noch kannst du es verhindern."

"Nein, Vater, es ist zu spät. Dharag wird Rhul holen. Und keine Macht wird ihn aufhalten können", kam es dunkel zur Antwort.

Der Wächter stöhnte entsetzt auf: "Also doch! Ich hatte es richtig vermutet." Kraftlos ließ er die Schultern hängen und schwieg. Er fand dafür keine weiteren Wörter.

Langsam sah Farasar auf: "Ich habe dem ‚Roten' mein Wort gegeben, dass ich ihm Rhul überlasse. Wenn ich dieses breche, wird er des Königs Väter nicht ziehen lassen. Und du weißt, was das bedeutet."

Fassungslos starrte Haledan seine Tochter an: "Du wolltest alles in deiner Macht stehende tun, um Rache zu nehmen. Egal, wie du dich jetzt entscheidest, dieser fragliche Genuss wird dir zuteil. Entweder opferst du Rhul oder seine Ahnen", stand der Halun entrüstet auf und stolperte einige Schritte rückwärts. Wütend sah er die Va'ari an: "Glaubst du, dies macht deine Mutter wieder lebendig? Glaubst du, sie wäre einverstanden damit, was du den Zwergen antust? Das Blut dieses Volkes floss durch ihre Adern. Thorgunn ist für die Zwerge gestorben aus Liebe und nicht, weil sie sich verpflichtet fühlte. Du trittst ihre Liebe mit Füßen, Farasar!"

Wutentbrannt sprang die Va'ari auf und rief: "Liebe? Wo war Khelogs Liebe, als Mutter diese am meisten gebraucht hat? Wo war sein starker Arm, als sie fiel? Diese Zwerge haben ihr nichts als Schmerz und Qual gebracht!" Mit zu Fäusten geballten Händen stand sie vor ihrem Vater und sah ihn mit tiefschwarzen Augen an.

"Bei allen Wächtern, Kind! Sie wusste von Beginn an, dass sie ihre Liebe nicht leben durfte. Sie wusste, als sie sich mit Khelog einließ, dass sie keine gemeinsame Zukunft haben werden. Und sie hat ihren Frieden damit geschlossen. Ihr Herz gehörte all die Jahre diesem Mann, auch als ich längst in ihr Leben getreten war. Ich wusste es und ich habe es akzeptiert. Als du geboren wurdest, sah deine Mutter, was in dir steckt. Du gehörst ebenso zu diesem Volk wie sie. Das versöhnte Thorgunn mit dem Verzicht auf Khelog und sie erbrachte dir alle nur erdenkliche Liebe, die sie mir nur teilweise geben konnte. Ich wusste, dass der Tag kommen würde, an dem der Ruf der Zwerge stärker wird. Ich ließ sie gehen...", brach Haledan bebend zusammen. Heftiges Weinen schüttelte den alten Halun, entbrannten doch Gefühle in ihm, die er all die Zeit unterdrückt hatte.

Erschrocken sah die junge Frau auf das Schauspiel, welches sich ihr bot. So hatte sie ihren Vater nie zuvor erlebt, daher kniete sich vorsichtig neben diesen nieder und nahm ihn in die Arme. Suchend schaute Haledan auf und in die Augen seiner Tochter. Feuchtes Glitzern entdeckte er darin. Das kalte Schwarz war gewichen und hatte dem lebendigen Braun den Platz überlassen. Kaum hörbar hauchte er: "Ich konnte nicht ahnen, dass du ihr folgen würdest. Alles, was ich noch tun konnte, war, dich dort fortzuholen. Nach Hause."

"Wir haben nie darüber gesprochen, Vater. Warum?", schüttelte Farasar betroffen den Kopf. Sie versuchte, die Bilder von damals zu unterdrücken, an die sie sich schlagartig erinnerte.

"Ich konnte es nicht. Ich hatte gehofft, du würdest vergessen, was du gesehen hast. Du warst noch so jung, Kind", legte er zitternd seine Hände in den Schoß und atmete tief durch. "Farasar, ich weiß, dass Rhul bei deiner Entscheidung keine Rolle mehr spielt, fühlst du dich doch in Halvorons Armen wohler. Dennoch, nimm dem Zwerg nicht sein Recht auf Leben. Er kann am allerwenigsten etwas dafür, dass deine Mutter für sein und auch ihr Volk in den Tod gegangen ist."

"Halvoron? Woher…", keuchte die Va'ari erstaunt auf.

„Du wurdest beobachtet in jener Nacht. Und auch wenn ich wütend deswegen bin, so kann ich dich dennoch gut verstehen. Ich wünschte nur, du hättest bis nach dem Fest mit diesem Schritt gewartet", sah Haledan betreten auf den Boden. Das Wissen darum, in welchen Armen seine Tochter lag, war ihm unangenehm. Es hatte ihn nicht zu interessieren und Unwohlsein befiel ihn dabei, dieses Thema überhaupt angesprochen zu haben.

"Vater", legte Farasar beruhigend eine Hand auf des Haluns Schulter, "der letzte Schritt steht mir noch bevor. Niemals hätte ich mich mit Halvoron vereint, noch bevor meine Aufgabe abgeschlossen ist."

"Rhul denkt, du hast…", warf Haledan ein.

"Der Zwerg? Er war es also, der mich beobachtet hat?", lachte Farasar verbittert auf. „Nein. Da denkt er falsch. Er hat nicht alles gesehen", erhob sie sich seufzend und reichte dem Vater die Hand, um ihm auf die Beine zu helfen. Liebevoll wischte sie ihm die Tränen aus dem Gesicht und sah ihn ernst an: "Es war ein Kuss, das gebe ich zu. Eine Berührung. Vielleicht auch zwei. Doch mehr ist nicht geschehen."

Haledan nickte langsam: "Es ist deine Sache. Ich mische mich in deine Entscheidung nicht ein, bin ich doch froh, dass nicht noch ein Mensch um deine Gunst kämpfen muss", lächelte er gequält und war erleichtert über das ebenso verkrampfte Lächeln seiner Tochter.

"Du solltest jetzt gehen und dich ausruhen. Ich muss nachdenken", bat Farasar leise.

Fest sahen sich die Wächter in die Augen und sacht strich der alte Halun der Va'ari über die Wange: "Lass Rhul leben. Bitte!"

Farasar schwieg.

Kapitel 8

Langsam wurde er wach. Träge sammelten sich seine Gedanken und versuchten, sich zu ordnen. Nur mühsam kam die Erinnerung wieder, was geschehen war. SIE hatte Rhul von dem Übel befreit, welches ihn befallen hatte. SIE gab ihm Halt, sodass er seine Wut nicht mehr aufrechterhielt. SIE war bedingungslos an seiner Seite im Moment seiner Schwäche. Aller Ekel vor ihrer Berührung war in dem Augenblick verschwunden und er nahm ihre Wärme wahr. Rhul hing dem Gedanken nach und holte sich jeden Moment des Geschehens ins Gedächtnis zurück. Selbst ihr Geruch durchdrang sein Wesen. Er roch sie! Hier. Jetzt. Das war keine Erinnerung. Es geschah in diesem Augenblick und in seinem Gemach. Er sah nicht, was passierte, und sein Kopf blieb wie ein Stein auf dem Kissen liegen. Mit eisigem Entsetzen erkannte er seine Hilflosigkeit. Seine Augen öffneten sich nicht und er war zur Bewegungslosigkeit verdammt. Zu oft in letzter Zeit wurde Rhul von diesem Zauber befallen, lähmte ihn und ließ die Wut rasend schnell in ihm wachsen.

'Sie sagte, es wäre vorbei. Dass sie nicht wiederkommen', schrie es in des Königs Kopf und die Enttäuschung über ihre Lüge vermischte sich mit der aufkommenden Panik zu einem heißen Knoten tief in seinem Inneren.

„Ich habe Euch nicht belogen, Zwerg", knurrte wohlig Farasars Stimme durch den Raum.

Der Schwarzhaarige hielt die Luft an, denn er hörte sie. Zwar wie durch einen dichten Nebelschleier, aber doch so nah. Er sah sie nicht und überblickte nicht, was sie vorhatte. Nur der Duft des Rhimdolin wurde stetig stärker und Rhul merkte, wie sie sich näherte und seinen nackten Oberkörper mit intensivem Blick betrachtete. Ein leises Rascheln vernahm er neben dem Bett, Stoff fiel zu Boden und eh er begriff, tanzten warme Fingerspitzen über seine Brust. Sanft zogen sie die Konturen seiner Muskeln nach und glitten bis zum Bauchnabel hinab. Keuchend sog er die Luft ein und seine Haut zog sich unter diesen Berührungen zusammen. Die Panik wich aus seinen Gliedern, doch das Gefühl der Unsicherheit blieb. Er war ihr ausgeliefert und dieses Wissen darum trieb ihn allmählich an den Rande des Wahnsinns, welcher sich aus Angst und Erregung mischte.

„Habt keine Furcht", raunte sie sacht auf Rhuls zitternde Lippen, die sich leicht öffneten und der Hauch ihres Atems sanft seinen Mund streichelte.

"Farasar", keuchte er und fieberte der Berührung ihrer Lippen entgegen. Die plötzliche Wärme, welche sich liebevoll festsaugte, war tausendfach intensiver, da er sich doch nur auf seine Wahrnehmung verließ. Zärtlich stieß ihre Zungenspitze an die seine und spielte auffordernd mit ihr. Hungrig öffnete Rhul den Mund und stöhnte genussvoll in dieses nasse Verlangen. Das Bett unter ihm bewegte sich und sacht wurde die Decke, welche seine Beine bedeckte, hinfortgezogen. Heiße Haut berührte die seine und nahm ihn gefangen. Zärtliche Bisse wanderten seinen Hals hinab. Die feste Erregung Farasars glitt über seine Brust und wie Feuer hinterließ diese eine kribbelnde Spur auf seiner Haut. Zu gerne hätte er sie in seinen Händen gehalten, gestreichelt und gekostet, doch der unsichtbare Bann hielt ihn weiterhin fest. Er wartete voller Ungeduld und jede Faser seines Körpers war zum Zerreißen angespannt.

„Lass dich fallen, Rhul. Fühle und genieße", hauchte Farasar und zog nasse Spuren über die feinen schwarzen Haare auf seiner Brust. Knurrend zuckte er zusammen und das Knabbern ihrer Zähne jagte schlagartig heiße Wogen der Lust durch seinen Körper. Sich windend drückte er den Kopf in das Kissen und reckte sich den feuchten Liebkosungen entgegen. Farasars Hitze schob sich weiter hinunter, rieb sich an seiner erwachten Macht und ließ ihn aufwimmern. Der Drang, endlich einzutauchen in diese glühende Verheißung, welche die ersehnte Erlösung versprach, wurde unermesslich. Farasar nahm den Schwarzhaarigen in Besitz und das dunkle genüssliche Brummen der beiden vermischte sich. Tief ließ sie Rhul in sich hinein, beugte sich hinunter und nahm ihm fordernd die Luft zum Atmen. Wild hingen ihre Haare auf ihn herab und setzten streichelnd seine Haut in Flammen bei den schneller werdenden Bewegungen ihres Körpers. Keuchend gab er sich ihrem Vibrieren hin und trieb mit rasender Geschwindigkeit stöhnend dem Beben entgegen. Der bittersüße Schmerz jagte durch seine Lenden und ließ ihn kehlig aufknurren. Er krallte seine Finger in die Kissen und bäumte sich nach oben - und bewegte sich wieder. Im selben Moment riss der Zwergenmann die

Augen auf, denn die nasse Wärme ergoss sich in seinem Schoß. Er griff nach Farasar – doch er war allein. Rhul japste und mit hämmerndem Herzen richtete er sich auf. Fassungslos sah er sich mit verhangenem Blick in seinem Gemach um, bevor dieser an sich selbst hinunterglitt. Er hatte dieselben Sachen an, mit denen Braga ihn ins Bett gelegt hatte. Er war ungewaschen und stank erbärmlich. Der Duft der Va'ari war nicht einmal ansatzweise zu erahnen. Aufstöhnend legte er das Gesicht in seine Hände, entsetzt über sich und das soeben Geschehene. Er hatte geträumt, so intensiv, dass sich die Spuren nicht verheimlichen ließen, welche von Hose und Tunika langsam aufgesogen wurden.

Rhul zuckte zusammen beim Hören des Klopfens an der Tür und einen Augenblick später schob sich Abbe leise in das Gemach.

"Oh", rief der Greis überrascht aus, "ich wollte dich nicht wecken, nur nach dir sehen".

Der Schwarzhaarige schmunzelte: "Du hast mich nicht geweckt, ich war bereits munter."

"Aber erst kurz, wenn ich dich nach deinem Aussehen beurteile", lächelte Abbe freundlich und setzte sich auf die Bettkante. Eindringlich sah er den Freund an: "Du hast geträumt. Waren sie wieder da?"

"Nein", schüttelte der König den Kopf und rutschte neben den Alten. "Nur geträumt", räusperte er sich verlegen und bemerkte des Zwerges Blick, welcher sich langsam senkte.

"Sie scheint dir zu gefallen?", fragte der Krieger leise und verkniff sich ein wissendes Grinsen nicht.

"Freund, ich mag zwar alt sein, aber noch nicht tot", knurrte Rhul.

"Sicher", kicherte Abbe verschmitzt auf, "vor allem er noch nicht", nickte er augenzwinkernd nach des Schwarzhaarigen Mitte. Erleichtert sah er Rhuls breites Lachen auf dessen Gesicht und atmete befreit auf: "Es tut gut, dich so zu sehen. In letzter Zeit war es unerträglich, dich so leidend zu erleben. Das hält mein altes Herz nicht mehr aus."

Ernst und schweigend sahen sich die Männer lange an. Die nächsten Tage wurden nicht sorgenfreier. Etwas lag in der Luft und viele Fragen waren unbeantwortet.

"Na komm, Junge, iss erst. In der Zwischenzeit kümmere ich mich um heißes Wasser. Du musst unbedingt in den Zuber. Das hält kein Zwerg aus in deiner Nähe", stand der Alte naserümpfend auf, holte das mitgebrachte Bündel hervor und drückte es Rhul in die Hände. Wenige Augenblicke später hörte er diesen leise schmatzen und befüllte den Bottich mit dampfendem Wasser. Gedankenversunken erledigte Abbe seine Arbeit und schaute nicht auf. Der Schwarzhaarige entkleidete sich und tief brummend tauchte er in die Wohltat des Bades ab. Grübelnd lehnte sich der Zwergenkönig zurück und beobachtete die leichten Wellen auf dem Wasser. Eine Frage ließ ihn nicht los und er hatte das Gefühl, der Freund wartete regelrecht darauf, diese gestellt zu bekommen. Zweimal öffnete Rhul den Mund und klappte ihn wieder zu, bevor er beim dritten Mal endlich einen Ton hervorbrachte: "Was hat sie gegen uns Zwerge, Abbe? Warum hasst sie mich? Welche Verbindung besteht zwischen ihr und unserem Volk und was ist geschehen, dass es im Hass geendet ist?"

"Ohohoh", hob der alte Mann abwehrend die Hände, "so viele Fragen auf einmal, Rhul." Kopfschüttelnd stand Abbe vor dem Bottich und sah den Freund nachdenklich an.

"Du weißt mehr als ich. Du kennst die Geschichte. Erzähl sie mir", bat der Schwarzhaarige leise.

"Die ganze Wahrheit?", fragte der Krieger und sah betreten zu Boden.

"Ja", nickte Rhul ahnend, etwas zu erfahren, was ihm nicht gefallen würde.

"Also gut", nahm sich der Weißhaarige einen Schemel, stellte ihn neben das Bad und setzte sich. Tief atmete er durch und sprach leise: "Noch bevor Khelog deine Mutter kennenlernte, liebte er eine andere Frau und wollte diese auch heiraten, doch Ghrum verweigerte ihm das Einverständnis. Und das aus gutem Grund, war die junge Dame doch eine Mischung aus Zwerg und Mensch. Niemals hätte dein Großvater einer Verbindung dieser beiden zustimmen können. Dies wussten sie, doch ihr brach es das Herz und sie floh in die Wälder. Khelog nahm deine Mutter zur Frau, welche er innig liebte, daran besteht kein Zweifel. Doch er konnte Thorgunn nicht vergessen. Ein Stück seines Herzens gehörte immer nur ihr."

"Thorgunn?", zog der König die Augenbrauen zusammen. "Du meinst die Kriegerin, welche in den Grüften des Ambhradur ihre letzte Ruhe gefunden hat?"

"Ja, Rhul. Diese Thorgunn. Welche dem Ruf der Zwerge in die Schlacht gefolgt ist, obwohl sie dem nicht verpflichtet war", strich sich Abbe verlegen durch den Bart. "Sie ließ ihr Kind zurück, um deinem Vater zu Hilfe zu eilen und für ihn zu sterben. Khelog kämpfte noch. Er konnte sie nicht halten, als das Licht in ihren Augen erlosch. Ihre Tochter hielt sie, war sie Thorgunn doch heimlich gefolgt", blinzelte Abbe kurz, aber die Bilder in seinem Kopf hatten sich eingebrannt. Tief durchatmend sammelte er sich: "Ich habe sie gesehen, Rhul. Den Blick in Farasars Augen habe ich nie vergessen. Sie muss damals blutjung gewesen sein und ich glaube, ab diesem Tag hat sie begonnen, die Zwerge zu hassen. Seitdem ist dieser Hass stetig gewachsen und dessen Ergebnis spürst du nun in dieser Zeit."

Schweigen trat zwischen die Männer. Rhul hatte die Knie angezogen und seine Arme um sie gelegt. Verbissen presste er sein Kinn darauf und rieb mit den Zähnen aufeinander, sodass sein Muskelspiel unter den Wangen deutlich zu erkennen war. "Woher weißt du das alles? Ich habe nie etwas über eine verlorene Liebe meines Vaters erfahren", flüsterte der Kriegerkönig und sah dem Zwerg fragend in die Augen.

"Thorgunn stammt aus meiner Sippe", hauchte Abbe und wischte sich mit der Hand fahrig über die Augen, doch der Schwarzhaarige sah das feuchte Schimmern darin. Erschüttert und gleichzeitig erleichtert darüber, endlich Wissen über die Vergangenheit erlangt zu haben, fragte er: "Wie konnte sie das Schlachtfeld unbeschadet verlassen ?"

Bebend holte Abbe Luft: "Ihr Vater hat sie geholt. Geschützt durch einen Zauber, den er wob. Thorgunn ließen sie zurück. Ich sah die Bitte in Haledans Augen, seine Frau anständig zu begraben. Das haben wir getan."

"Ja", nickte Rhul, "erst in Midaia und dann holten wir sie hierher. Du hattest mich einst darum gebeten."

"Ich wollte sie in meiner Nähe haben. Es tut mir leid, Freund, dir nicht eher die ganze Wahrheit gesagt zu haben", bereute der Greis sein bisheriges Schweigen.

Abrupt reckte sich der König empor und griff über den Rand des Bottichs nach des Kriegers Hand: "Nein! Dies bedarf keiner Entschuldigung. Ich kann es dir nachempfinden. Jedoch wünschte ich, es eher gewusst zu haben. Vielleicht hätte ich ihrem Hass entgegenwirken können."

"Du?", lachte Abbe gequält auf. "Ausgerechnet du, welcher die Haluni scheut wie nichts anderes? Welcher es vor sich hergeschoben hat, den Wächter aufzusuchen und nun mit der Heimsuchung der Seelen leben muss?"

Demütig senkte Rhul den Blick und nickte: "Du hast ja recht. Ich hätte es vielleicht sogar schlimmer gemacht."

Seufzend stand der Weißhaarige auf und strich sich geschäftig über den Bauch: "Nun weißt du es. Falls du noch Fragen haben solltest, ich stehe dir zur Verfügung, doch jetzt solltest du zusehen, dass du fertig wirst. Das Wasser dürfte langsam kalt sein." Augenzwinkernd und innerlich erleichtert wandte sich Abbe ab. Er floh diesen Raum. Er sehnte sich nach klarer Luft, um wieder Herr seiner Gedanken und Gefühle zu werden.

Nachdenklich und aufgewühlt blieb Rhul zurück.

Kapitel 9

Wie es dem Wunsch der Zwerge entsprach, hielten sie das Fest bei Anbruch der Dunkelheit vor den Toren des Ambhradur ab. Hell loderten die Flammen in den wagenradgroßen gusseisernen Schalen gen Himmel und viele kleine Stände waren errichtet worden, an denen die Bewohner schmausten und tranken. Lachend und palavernd saßen sie zusammen und genossen gemeinsam feinsten Tabak. Die Lautstärke der feiernden Zwerge war bis hinter die dicken Mauern des Doppelberges zu hören, an dessen Eingang die beiden Wächter geduldig warteten. Der Ablauf der Zeremonie war zuvor besprochen worden und der erste Akt stand unmittelbar bevor. Gelächter und Gemurmel ebbten ab und Rhul stellte sich auf einen der umliegenden Felsen, um eine kleine Ansprache zu halten. Von Weitem sah Farasar den Schwarzhaarigen, doch sie verstand keines seiner Wörter. Nur das dunkle Vibrieren seiner tiefen Stimme drang herüber und löste ein wohliges Gefühl in ihr aus. Erhaben stand der König auf dem Gestein und sah zufrieden und liebevoll auf sein Volk hinab. Er breitete beim Sprechen die Arme weit aus, um jedem der Kurzgewachsenen das Gefühl zu vermitteln, dass alle zu dieser großen Zwergenfamilie gehörten. Andächtig sahen die Männer, Frauen und Kinder zu ihrem König auf - nicht ergeben, doch voller Respekt. Sie liebten Rhul auf ihre Art.

Mit Leidenschaft schlugen ihre Herzen für den einen Mann, welcher sie Jahrzehnte durch Kummer und Leid begleitet und geführt hatte, um in Frieden und Wohlstand zu leben. Und einmal mehr schaffte er es, sich ein kleines Stück Sympathie der Va'ari zu ergattern, indem er eben nicht in seiner protzigen Königsrüstung erschienen war. Nicht einmal eine Krone zierte sein Haupt und dennoch war Rhuls Anblick edel in der schwarzen Hose und der tiefblauen Tunika, verziert mit feinster silberfarbener Stickerei. Vor wenigen Augenblicken war er an ihr vorbeigeschritten und sie hatte seinen Duft aufgenommen, welcher ihr für einen kurzen Moment die Sinne raubte. Nie zuvor war der Geruch von Gestein und Feuer, gemischt mit dem typisch herben Duft eines Mannes, so verführerisch, um sie genüsslich erschauern zu lassen. Nur flüchtig hatte er sie im Vorbeigehen angesehen und versucht, seine Unsicherheit zu verbergen. Farasar befiel das Gefühl, dass Rhul Angst hatte. Er befürchtete, dass in dieser Nacht etwas geschehen würde, was er nicht abzuschätzen in der Lage war. Wie Feuer zog es durch ihren Körper, wurde sie sich doch dessen bewusst, dass des Kriegers letzte Zeit in dieser Welt angebrochen war. Er würde das Aufgehen der Sonne am nächsten Morgen nicht mehr erleben und das Zwergenvolk wäre gezwungen, sich einen neuen König zu erwählen. Die Linie der alten Ambhradi würde heute endlich ausgelöscht und der Tod ihrer Mutter nach all der langen Zeit gerächt werden.

"Kind", hauchte es leise neben ihr, "bitte nicht!" Aufmerksam hatte Haledan seine Tochter von der Seite betrachtet und ihr Mienenspiel beobachtet. Er bemerkte die Zweifel in ihr und den heftigen Kampf, den sie ausfocht. Er hatte das Versteinern ihres Gesichtes gesehen und zitternd brach er innerlich zusammen.

"Es wird geschehen, was geschehen muss, Vater. Ich habe mein Wort gegeben und dies werde ich auch halten", kam es dunkel und grollend aus Farasars Kehle. "Keine Macht wird mich aufhalten können", fügte sie drohend hinzu, wandte sich langsam dem Halun zu und sah ihn mit Feuer in den Augen an. Die Va'ari lächelte kalt, obwohl sie Haledans Entsetzen und das Wissen um seine Hilflosigkeit entdeckte. Zufrieden knurrte sie auf.

"Wir… müssen… gehen", stotterte der Wächter leise, denn Rhuls dröhnende Stimme verklang, und setzte sich langsam in Bewegung. Am liebsten hätte er das Fest sofort beendet, aber dies war ihm nicht mehr möglich, würde es doch schlagartig einen Tumult auslösen und das eigentliche Problem wäre dadurch nicht gelöst. Wie ein Tier, welches zur Schlachtbank geführt wurde, kam er sich vor. Er lief scheinbar freiwillig dahin. Und nirgends war Vadari zu sehen, die aufgebrochen war, um Hilfe zu holen.

An einem festgelegten Punkt auf dem Weg blieb die Wächterin stehen und sah ihrem Vater hinterher, welcher sich weiter von ihr und dem Ambhradur entfernte. Links und rechts des Pfades drängten sich die Zwerge, leicht schiebend und dennoch friedlich. Nach einhundert Fuß blieb der Halun stehen und wandte sich dem Berg zu. Auf ein Zeichen wartend sah er zu Rhul, welcher ihm in diesem Moment zunickte und das Gemurmel der Anwesenden völlig erstarb. Augenblicklich senkte Farasar, leise in fremder Sprache vor sich hinmurmelnd, den Kopf. Fest presste sie ihre Hände, welche sie mit dem geweihten Geschmeide des Hains geschmückt hatte, vor der Brust gegeneinander, bis dieses leise sirrte und in hellem Rot erglühte. Haledan praktizierte dasselbe, doch glühten seine Handflächen in zartem Blau. Der Halun zitterte vor Anstrengung, denn seine Konzentration war nicht die beste. Zu viele Sorgen plagten Haledan und die Angst schien ihn zu lähmen. Keuchend starrte er auf seine Hände, welche im flackernden Schein des blauen Feuers beinah nicht mehr zu sehen waren, wuchs die lodernde Lichtkugel doch stetig an. Endlich hatte er es geschafft, dass das Licht tiefblau glühte, und ruckartig riss der Halun die Arme auseinander, um sie links und rechts weit von sich zu strecken. Im selben Moment bildete sich zischend ein großer lodernder Lichtbogen über ihm aus, welcher sich torgleich auf dem Boden manifestierte und das Innere wie Wellen auf einem See in der Sonne schimmerte. Gleichzeitig woben sich feinste Schlieren und wuchsen tunnelbildend in Richtung Farasar. Dasselbe Schauspiel war ebenfalls bei ihr zu beobachten, nur dass das Licht ihres Tores wie heißes Gestein glühte. Tiefrot bildeten sich windende Fäden über ihr, welche sich mit dem Lichtspiel der anderen Seite in der Mitte knisternd trafen.

Beeindruckt hielten die Zwerge den Atem an, denn nur wenige von ihnen hatten diesem Fest schon einmal in ihrem Leben beigewohnt. Die meisten kannten den Ablauf nur aus den Erzählungen der Alten, welche selbst schon über zweihundert Jahre alt waren.

Die Tore öffneten sich mit einem Male und ein tiefes Raunen durchlief die Menge. Augenblicke vergingen, in denen nichts geschah. Doch dann, zögerlich und vorsichtig, schritten die ersten grauen Zwergenschemen aus Farasars glühendem Bogen. Sie nahmen zunehmend Gestalt an, je näher sie Haledans Licht kamen.

Ein spitzer Schrei zerriss die angespannte Stille, auf den ein weiterer folgte. Zwei Zwergenfrauen sanken an der Seite des flimmernden Tunnels in die Knie und schlugen sich die Hände vor die Münder. Besorgt sprang Rhul von dem kleinen Felsen und trat näher heran, um sich zu vergewissern, dass alles in Ordnung war. Er erkannte Sigurd, die alte weißhaarige Weberin, welche ihren Mann Tidun vor vielen Jahren in der Schlacht verloren hatte. Und dieser lief in diesem Moment direkt an ihnen vorbei, lächelte und hob leicht die Hand zum Gruß, bevor er in das verheißungsvolle Blau eintauchte. Ihm folgten viele andere Zwerge und das erfreute Gemurmel der Anwesenden schwoll an.

Rhul schaute sich zufrieden um und betrachtete die Gesichter seines Volkes. Ein jeder sah seine Ahnen ein letztes Mal wieder und war sich sicher, dass sie den langersehnten Frieden finden. Tief im Inneren schalt er sich einen Narren, dass er so lange gewartet hatte, ehe er Haledan aufsuchte. Der alte Halun, in dessen Augen er keine Abneigung gegen die Zwerge erkannte, war ihm wohlgesonnen. Rhul bewunderte des Wächters Art, den Geschehnissen ohne Groll freien Lauf zu lassen. Und er war der Halun, welcher einer Tochter aus Abbes Sippe Zuflucht und Sicherheit geboten hatte, aus denen sich im Laufe der Jahre Liebe entwickelte.

Ohne es bewusst zu steuern, glitt des Königs Blick zu der Va'ari. Bewegungslos stand diese da und mit ausgestreckten Armen. Sie hielt regelrecht das Tor in den Händen, aus dem sich Schemen um Schemen hervordrängte. Und wieder fiel ihm die schlichte Schönheit der jungen Frau auf, welche zum wiederholten Male auf jeglichen Schmuck verzichtet hatte. Schwer fielen die dicken dunklen Locken über Rücken und Brust, standen im unverkennbaren Kontrast zu dem silberfarbenem zarten Kleid aus Seide. Dennoch strahlte sie eine wohltuende Eleganz aus, welche ihm ein leichtes Schmunzeln auf die Lippen zauberte.

Langsam trieb es Rhul in Richtung des roten Tores. Tief in seinem Inneren erwachte das Verlangen, in Farasars Nähe zu sein, und wehrte sich nicht dagegen. Das Wandeln der Seelen blendete er zunehmend aus, um sich mit allen Sinnen auf die junge Frau zu konzentrieren, welche ihn mit ihrem Blick gefangen nahm. Rhul blieb unvermittelt außerhalb des Tunnels stehen, aber nahe genug, um die leichten Schwingungen der Schlieren zu empfinden. Er hörte das leise Knistern, welches ihm prickelnde Wellen über die Haut schob und die feinen Haare aufstellen ließ. Er sah nicht, dass die Masse der Seelen abnahm und sah auch nicht das glühende Rot, das sich hinter Farasar aufbaute. Er schaute nur in ihre Augen und ergab sich dem Drang, zu ihr zu kommen. *'Haltet ein, König Rhul'*, mahnte ihn eine unbekannte Stimme leise. *'Es wird Euer Tod sein'*, hörte er so nah und eindringlich diese Worte, dass der Bann brach, welcher ihn zu der Wächterin zog. Stirnrunzelnd sah er sich um, doch er erkannte niemanden. Nur die Zwerge um ihn herum schauten panisch in Richtung des Tores, aus dem kein Schemen mehr hervortrat. Zwei dunkle Schatten waren hinter dem roten Schleier auszumachen, unkenntlich, aber dennoch zu sehen. Fragend sah Rhul in Farasars Gesicht und starrte fassungslos in eine grauenhaft verzogene Fratze, deren Augen lichterloh brannten. Gleichzeitig erblickte er den Dämon hinter ihr, welcher ihm in einigen Nächten zuvor erschienen war und ihm unerträgliche Schmerzen zugefügt hatte. Entsetzt versuchte der Zwerg, zurückweichen, doch er war nicht imstande, sich nur einen Fingerbreit zu bewegen. Eine unvorstellbare Kraft zog ihn in den Tunnel, um sich, von eisigem Gelächter begleitet, hinter ihm zu schließen. Mit vor Angst aufgerissenen Augen starrte er den zwei Schatten entgegen, die sich durch das rote pulsierende Licht schoben. "Vater!", keuchte der Schwarzhaarige erschrocken auf und sah von einer Gestalt zur anderen. "Großvater", presste er nur flüsternd über seine Lippen und je näher die Zwerge ihm kamen, umso stärker wurde Rhul zum Tor hingezogen. Der Krieger begriff augenblicklich – sein Leben für den Seelenfrieden seiner Väter! Niemals würde er mit ihnen vereint sein, wenn seine Seele ihn nicht verließ, sondern sein Körper ebenfalls in das Dunkel ginge. Eiskalter Schweiß bildete sich auf Rhuls Stirn und wie Nadelstiche kroch die Panik an seinem Rücken hinauf. Und es trieb ihn weiter. Langsam und quälend. Er hörte nicht die fremde Stimme, welche Haledan befahl, das blaue Tor zu schließen und somit den Weg für Khelog und Ghrum zu versperren. Er nahm keine Kenntnis von der Unruhe und Angst seines Volkes, welches zurückgewichen war. Er sah nur in die brennenden Augen der jungen Frau und hielt stur und wütend deren Blick. Grollend dröhnte das Lachen des roten Fürsten durch des Königs Glieder, aber dieser ließ nicht von Farasar ab. Sie war gewillt, ihn zu opfern, doch diese Genugtuung würde er ihr nicht geben. Für seine Väter starb er freiwillig und...

Das Feuer erlosch. Schlagartig verschwand es und zurückblieben zwei schwarze Höhlen in Farasars Schädel, bei dessen Anblick Rhul hart schluckte. Bis auf das leise Summen der Schlieren war nichts mehr zu hören. Alle standen wie erstarrt - etwas veränderte sich - schleichend und lautlos. Zwischen Rhul und seinen Ahnen erwachte die Luft zu einem Flimmern. Eine leichte Wand gleich flüssigem Metall baute sich auf und schimmerte wie Anzsili. Und dieses Mal hörte der Zwerg es - das Wehklagen aus den Tiefen des Ambhradur. Dumpf und gequält klang es in seinen Ohren und schwoll schriller werdend an, sodass es unerträglich in seinem Kopf hämmerte. Der Sog hinein in das Tor hatte nachgelassen, doch Rhuls Väter näherten sich diesem wieder. Mit versteinerten Mienen sahen sie ihn vorwurfsvoll und traurig an.

"Nein!", jaulte der Schwarzhaarige kläglich auf und griff nach der Wand. Angenehm kühl und weich glitt diese unter seiner Hand dahin, doch er gelangte nicht hindurch. Zitternd und rufend schlug er dagegen: "Geht nicht! Bitte!" Entsetzt wanderte sein Blick zu dem ‚Roten‘, welcher wutentbrannt tobte, aber scheinbar selbst keine Möglichkeit hatte, in das Geschehen einzugreifen. Alles lag in Farasars Hand.

Und sie handelte. Sie schützte Rhul vor dem Zugriff durch Dharag. Sie bewahrte ihn davor, bei lebendigem Leibe hineingezogen zu werden. Obwohl sie seine Ahnen dafür zurückschickte, so hatte sie wenigstens sein Leben gerettet. Des Kriegers Liebe zu seinen Vätern, welche sie so eindringlich in ihrem Inneren vernommen hatte, erschütterte sie zutiefst. Das Flehen und der Schmerz in seinen aufgerissenen Augen trafen sie mitten ins Herz. Seine Qual erfuhr sie am eigenen Leib.

Die schwarzen Schatten verschwanden lautlos und obwohl sich der ‚Rote‘ wehrte und brüllte, ließ die Va'ari das Tor in sich zusammenfallen. Nur die Wand stand wie zum Schutz da und wurde stetig durchscheinender, bis sie sich auflöste.

Eisiges Schweigen herrschte vor dem Ambhradur. Still und kraftlos stand die Wächterin da, hielt den Kopf gesenkt und sah beschämt zu Boden. Sie wartete auf die geballte Wut des Zwerges und auf seine hemmungslose Rache, doch Rhul rührte sich nicht.

In diesem Augenblick legte sich eine Hand auf seine Schulter und hielt ihn zurück. Sie bewahrte den Zwerg davor, in Raserei zu verfallen. Fragend sah er auf und in das Gesicht eines blonden Halun, welcher ihn freundlich und beruhigend anlächelte: "Sie hat Euch vor dem Tod bewahrt. Sie allein war es schlussendlich, welche dem ‚Roten‘ Euer Leben verwehrte, auch wenn der Preis dafür sehr hoch ist."

Verzweifelt und verwirrt schaute Rhul zu der Wächterin, welche langsam den Kopf hob und scheu seinen Blick suchte. Aus großen braunen Augen sah sie ihn schuldbewusst an. Ihre Haut war wieder makellos und das zerstörerische Feuer in ihrem Gesicht erschien wie ein Traum. Von der grauenvollen Fratze fehlte jede Spur. Rhul schrie innerlich vor Zerrissenheit. Seine Brust schien zu bersten unter diesem unsäglichen Druck. Gepeinigt und stöhnend sank er in die Knie, jegliche Kraft entwich seinen Gliedern und mit hängenden Armen setzte er sich auf seine Fersen. Kein Laut war von den Umstehenden zu vernehmen, nur das Prasseln der Flammen in den Schalen war zu hören. Keuchend rang der Schwarzhaarige nach Luft, legte den Kopf in den Nacken und sah in den sternenklaren Himmel. Schmerzhaft stieg der Kloß in seiner Kehle auf, schien ihn zu ersticken und mit ungeahnter Wucht brachen sich heiße Tränen Bahn. Rhul weigerte sich, hinzunehmen, was geschehen war. Zu unwirklich erschien ihm alles. Seiner Wut ließ er keinen freien Lauf, würde sie doch das Wesen treffen, welches er meinte zu…

Ruckartig warf er seinen Kopf nach vorn bei diesem letzten Gedanken und sah nur, wie Farasar sich abwandte und langsam wankend in Richtung des Zwillingsberges schritt. Und wieder ertönte das Wehklagen aus den Grüften.

Das Fest wurde still und bedrückt von den Zwergen aufgelöst und sie strömten durch das Tor des Ambhradur. Niemand hatte nach dem Vorfall beim Seelenwandeln das Bedürfnis, weiterhin zu feiern. Kein Lachen war zu vernehmen und Holz wurde nicht mehr in die großen Schalen gelegt, sodass das Feuer langsam herunter brannte. Nachdenklich sah Rhul zu den drei Freunden, welche sich etwas abseits auf die Felsen gesetzt hatten und schweigend vor sich hin starrten. Abbe und Vadari hatten den Tabak in ihren Pfeifen entzündet und der Halun saß zusammengesunken zwischen ihnen. Sein Gesicht vergrub er in den Händen.

"Zürnt ihm nicht, Rhul. Er hätte es nicht verhindern können", sprach der Allwissende leise, welcher neben dem Zwerg stand und seinem Blick folgte. "Keiner von uns hat die Macht, einer Va'ari Einhalt zu gebieten." Fragend schaute der König auf: "Ihr habt Haledan das Tor schließen lassen? Warum? Sie hätten ihre Ruhe finden können." Ernst sah Ilunaos den König in die traurig blickenden Augen. Bleich und müde wirkte dessen Gesicht nach all den quälenden Ereignissen der letzten Zeit. Er wünschte dem kleinen Mann sehnlichst, dass dieser endlich wieder Ruhe und Frieden finden würde in den steinernen Hallen seines Reiches. Seine Worte stellten keine Entschuldigung dar, dennoch sprach er leise: "Wenn Eure Väter hinübergegangen wären, hätte Farasar ihr Versprechen gehalten und Euch dem ‚Roten' geopfert. So allerdings sah sie sich gezwungen, Khelog und Ghrum zurückzuschicken, sollten sie doch nicht auf Ewig verloren gehen." Der Krieger senkte den Kopf: "Also hat sie sich nicht freiwillig dazu durchgerungen, mich leben zu lassen", stellte er brummend fest und ertappte sich dabei, wie leichte Verbitterung in ihm aufstieg, und schalt sich zum wiederholten Male in dieser Nacht einen Narren. Gedankenlos, wie ein Jungzwerg, war er, dass er seinen leisen Wunsch, welcher gleich einer zarten Pflanze in ihm wuchs, mit der Wirklichkeit vermischte.

Ilunaos wandte sich ab, um sein feines Lächeln vor dem Zwerg zu verbergen. Er war sich bewusst, dass in Rhul etwas erwacht war. Gleichsam dessen Kampf darum, ob er es zuließ oder nicht. Selbst seine Wut auf das Verhalten der Va'ari erstickten des Königs Gefühle für eben diese junge Frau nicht.

"Sie hätte mich opfern sollen, so wäre ich wenigstens bei meinen Vätern", ballte der Schwarzhaarige grimmig seine Hände zu Fäusten und starrte trotzig über den weiten Platz in die Ferne.

"Sagt dies nicht, Zwergenkönig, Euer Volk braucht Euch. Mehr als Ihr Eure Ahnen", erwiderte Ilunaos vorsichtig mahnend.

So bitter es war, der Allwissende hatte recht. Wieder einmal stieg es heiß in Rhul auf, denn er wurde sich dessen bewusst, dass er seine persönlichen Wünsche für gewichtiger erachtete und über jene der Männer, Frauen und Kinder seines Volkes stellte. Zweifel stiegen in ihm auf, ob er seiner Sache gerecht wurde, und wie ein schwerer Felsblock legte sich dieses Empfinden auf seine gepeinigte Seele und nahm ihm schier die Luft zum Atmen.

"Nun, ganz gleich, was auch geschehen ist, das Fest ist vollbracht. Auf die nächsten zweihundert Jahre werden die Zwerge dem Hain fernbleiben", wandte sich Rhul entschlossen um und schritt zu den Freunden, doch Ilunaos' Stimme ließ ihn innehalten: "Auch dies ist so nicht richtig", schmunzelte der uralte Halun, "und das wisst Ihr. Werdet Ihr bereit sein, wenn Farasars Wahl auf Euch fällt?" Rhul sah den Hochgewachsenen nicht an und knurrte nur leise: "Das wird sie nicht", und steuerte endgültig auf Haledan zu. Des Wächters Zustand löste Mitleid in Rhul aus, dennoch fasste er seine Gedanken in Wörter: "Ich fordere Euch auf, noch in dieser Nacht den Ambhradur zu verlassen. Für einen weiteren Aufenthalt besteht kein Grund."

Erschrocken sah Haledan in des Königs Augen und meinte für einen kurzen Moment, ein leichtes Aufflackern des Bedauerns darin zu erkennen, dennoch sprach er leise: "Ja. Ich verstehe", stand er kraftlos auf, straffte sich und atmete tief durch. "Ich werde es ihr sagen"

"Nein!", grollte Rhul knurrend. "Nicht Ihr. Das werde ich selbst erledigen."

"Dann lasst uns zusammen gehen", bat Haledan leise flehend.

"Vertraut Ihr mir nicht? Glaubt Ihr denn, ich würde ihr etwas antun?", fragte der Schwarzhaarige lauernd von unten herauf.

"Euch vertraue ich. Jedoch nicht meiner Tochter", schüttelte der Halun den Kopf und erkannte das Begreifen seiner Wörter in des Kriegers Gesicht, welcher in diesem Moment leicht nickte. Gemeinsam schritten sie auf den Zwillingsberg zu und hörten von weitem Ilunaos' Wörter: "Ihr werdet sie in den Grüften finden!" Das sorgenvolle Gesicht des Allwissenden sahen sie nicht mehr.

Schweigend liefen die Männer nebeneinander her und Rhul bemerkte das leichte Zittern des Wächters, je tiefer sie hinabstiegen. Der König besaß das Wissen darum, wer in den Grabhallen des Ambhradur die letzte Ruhe gefunden hatte. Der Schwarzhaarige rang innerlich mit sich, um dann unvermittelt stehenzubleiben. "Haledan....", rief er und sah, wie der Halun sich mit fragendem Blick zu ihm umwandte "Thorgunn, Euer Weib, war wahrlich eine gute Kriegerin, tapfer und stark. Die Zwerge haben ihr einiges zu verdanken und es war Abbes Wunsch, dass sie hier begraben liegt", sprach er eindringlich. Er war ihm ein Bedürfnis, dass er dem Halun diese Sätze sagte, denn dieser brach unter der Schuld seiner Tochter fast zusammen.

Verlegen sah der Wächter zu Boden und schluckte hart, bevor es gequält über seine Lippen drang: "Manchmal wünsche ich mir, ich hätte meine Frau zurückgehalten. Farasar hat sie so gebraucht. Wie sehr, sehe ich erst jetzt. Ich konnte ihren Hass nicht verhindern." Mit Tränen in den Augen schaute Haledan auf und in des Zwerges Gesicht. Er schämte sich nicht, vor dem Schwarzhaarigen seine Schwäche zu zeigen. Als Halun hatte sich Haledan in eine halbe Zwergin verliebt und die Art der Kurzgewachsenen zu schätzen gelernt – ihre wilde Schönheit, die Kraft, die Sturheit und das große Herz, welches so unermessliche Liebe gab.

Peinlich berührt fasste Rhul den Wächter am Arm und drückte diesen leicht: "Nehmt Eure Tochter und geht mit ihr zurück in den Hain. Findet dort Euren Frieden. Das Geschehene könnt auch Ihr nicht mehr rückgängig machen, genauso wenig, wie ich Farasars Mutter wieder lebendig werden lassen kann."

Haledan sah die Gutmütigkeit in des Zwergs blauen Augen und nickte dankbar: "Dann lasst uns weitergehen". Doch ehe sie sich in Bewegung setzten, hielten sie abrupt inne und lauschten. Das einsetzende Wehklagen, welches so oft in letzter Zeit durch den Berg gehallt war, jagte ihnen einen eisigen Schauer über die Haut. Schleunigst eilten die Männer den Grüften entgegen. Die steinernen Gänge hinunter wurden düsterer, je näher sie den Grabkammern kamen. Haledan, welcher allein durch seine Größe den weiteren Schritt hatte, lief dem Zwerg voraus und stockte unvermittelt. Einen Arm streckte er zur Seite aus, um Rhul am Weiterlaufen zu hindern. Fassungslos und den Atem anhaltend schauten sie in die kleine Halle, in deren Mitte ein schlichter Sarkophag stand. Auf diesem war das Abbild jener Szene in Stein gehauen, welche Abbe und Haledan seit dem Geschehen vor vielen Jahren verfolgt hatte - ein Kind, das eine sterbende Kriegerin in den Armen hielt.

Sich die Hand vor den Mund schlagend wich der Halun aufheulend zurück und wäre in seinem Entsetzen gestürzt, hätte Rhul ihn nicht gehalten. Langsam ließ dieser Haledan an seiner Seite zu Boden gleiten und sah nur zu der Va'ari, welche vor dem Grab ihrer Mutter stand und zitternd vor sich hinstarrte. Farasar nahm ihn gewahr und augenblicklich drehte sie ihren Kopf zu ihm, um ihn mit dunklen Augen anzusehen. Er war nicht in der Lage zu beschreiben, was er darin sah. Tief in ihrem Inneren rumorte der Schmerz, welcher dem seinigen über den Verlust seiner Väter gleichkam. Jeglicher Zorn ihn ihm verschwand und Mitleid breitete sich in dem Zwerg aus. Sein eigenes Empfinden erstaunte ihn, denn er hätte genauso gehandelt. Er seufzte auf und begriff, welch Trauer und Wut in der jungen Frau gegärt hatten, gefangen in jahrelangem Schmerz über den Verlust.

Das Wehklagen ebbte ab und verwandelte sich in ein leises Wimmern. Farasar wandte sich mit versteinerter Miene wieder dem Sarkophag zu und hob beide Hände, sodass Rhul jäh aufkeuchte. Er befürchtete, sie wolle die schwere Grabplatte hinfortschieben. Liebevoll legte die junge Frau ihre Handinnenflächen auf das kühle Gestein und schloss die Augen. Das Wimmern verstummte gänzlich, doch breitete sich augenblicklich ein leises vibrierendes Grollen in der Gruft aus. Rhul sah das Beben des Frauenkörpers, welcher Mühe hatte, sich auf den Beinen zu halten...

Und dann trat das Blut auf Farasars silberfarbenen Gewand hervor. Unzählige Runen schienen glühend durch den feinen Stoff, welche über den ganzen Leib der Va'ari zu erkennen waren und das Kleid Stück für Stück in Flammen setzten. Mit irrem Blick starrte der Schwarzhaarige auf diese lebendige Fackel vor sich, von der kein Laut des Schmerzes zu hören war. Nur das krampfhafte Festhalten des Halun an seinem Bein vernahm er und dessen Worte: "Kalt! Das Feuer ist kalt!"

Das dumpfe Grollen verstärkte sich und drang tief in des Zwerges Knochen. Er hatte Farasar schon einmal brennen sehen und es quälte ihn, dies erneut zu erleben. Dennoch wandte er seinen Blick nicht von der Va'ari. Fortwährend hielt sie sich zitternd am Grab ihrer Mutter fest. Ihre Hände schienen mit dem Gestein zu verschmelzen und in Rhuls

Wahrnehmung drang das Erbeben des Sarkophags, welcher durch die anwesende Macht, in Vibrationen geriet.

"Wir müssen ihr helfen, Haledan", brüllte der Zwergenmann entsetzt gegen das dämonische Dröhnen an, welches zunehmend in den Ohren schmerzte, und packte den Wächter fest an der Schulter.

"Das können wir nicht", erwiderte der Halun verzweifelt und krallte sich an den Zwerg, um sich nach oben zu ziehen. "Es sind die Runen, Rhul. Es ist ihr Erbe, welches zum Vorschein kommt. Zu lange hat sie sich dagegen gewehrt."

Hilflos standen die Männer nebeneinander und sahen zu, wie das Feuer auf Farasars Haut langsam erlosch und diese leise stöhnend zu Boden sank. Nur an wenigen Stellen züngelte vereinzelt eine Flamme. Das letzte Glühen erstarb und Stille kehrte ein. Mit dem Kopf an den Sarkophag gelehnt und den Armen vor der nackten Brust verschränkt, hockte die junge Frau auf ihren Knien. Die Luft stank ekelerregend nach verbranntem Fleisch und schwarzer Rauch stieg von dem Körper auf. Der Schwarzhaarige rang sich dazu durch, sich der Va'ari zu nähern.

"Rhul! Nicht!", flüsterte Haledan entsetzt, welcher nicht in der Lage war, sich zu bewegen. Mit Angst in den Augen beobachtete er, wie sich der Zwerg neben seine Tochter kniete und langsam eine Hand hob.

Tief atmete der König durch und kämpfte gegen den Kloß in seinem Hals an. Farasar so zu sehen, war für ihn unerträglich, und scheu legte er seine Hand behutsam auf ihre Schulter. Er achtete auf die Reaktion der jungen Frau, um ihr keine weiteren Schmerzen zuzufügen, doch sie regte sich nicht. Gleichmäßig ging ihr Atem und Rhul erhöhte leicht den Druck seiner Berührung. Augenblicklich wich er erschrocken zurück, hatte er doch das Kribbeln unter seinen Fingerspitzen vernommen und das Aufbrechen der verkohlten Haut, welches sich mit leisem Knistern über den ganzen Körper der Wächterin zog. Flimmernd schien feines Licht durch die Bruchstellen, die sich weiter ausbreiteten.

Farasar stöhnte tief auf und durch die leichte Bewegung ihres Körpers bröckelte die verkohlte Schicht, fiel von ihr ab und gab Stück für Stück zarte Linien und Muster auf ihrer Haut frei. Die einst tiefschwarzen Zeichen erstrahlten in einem leuchtenden Blau, das sich in Rhuls Augen widerspiegelte. Fasziniert betrachtete dieser die Runen und las. Nur einen Bruchteil der Geschichte, welche die Va'ari bisher erlebt hatte, nahm er auf.

In diesem Moment trat Haledan heran und der König sah beschämt zur Seite. Farasar hockte nackt vor den Männern und der Krieger war sich dessen bewusst, dass es dem Halun nicht gefiel, dass der Zwerg seine Tochter so sah.

"Ist es immer noch Euer Wunsch, dass wir sofort aufbrechen?", fragte Haledan leise und half Farasar vorsichtig beim Aufstehen.

Rhul schüttelte den Kopf: "Nein, ruht Euch diese Nacht aus. Doch morgen solltet ihr den Ambhradur verlassen. Mein Volk wird Eure Anwesenheit nicht lange akzeptieren, nachdem das Fest dieses Ende genommen hat."

"Danke", flüsterte eine Stimme und erstaunt sah der Schwarzhaarige auf. Heiß durchfuhr es ihn bei dem Blick in

Farasars Augen und am liebsten wäre er diesem ausgewichen. Er hatte die Befürchtung, dass dieser an ihrem Körper hängenblieb, stand sie doch jetzt in voller Pracht vor ihm. Er verfluchte sich in diesem Moment, sprach die Situation wahrlich nicht dafür, ein Ziehen in der Lendengegend zu aufkommen zu lassen. Erregt und mit kratziger Stimme wandte sich Rhul einen Takt zu schnell ab. "So könnt Ihr nicht durch die Hallen zu Eurem Gemach gehen", räusperte er sich und traf kurzerhand die Entscheidung, der jungen Frau seine Tunika zu überlassen, und zog diese im selben Augenblick über den Kopf. Ohne hinzusehen, reichte er ihr das Kleidungsstück und hörte das Rascheln des Stoffes. Augenblicke später wandte er sich den Wächtern wieder zu und bemerkte Farasars dankbares Kopfnicken, welche seinen Blick floh und über des Kriegers breite Brust glitt. Es war der jungen Frau peinlich, dass ausgerechnet in diesem unwirklichen Moment der Anblick des Zwergenmannes kribbelnde Wellen durch ihren Körper schickte. Rhuls gestählte Muskeln, die schwarzen Haare auf seiner Brust und die nach unten hin schmaler werdende Taille trieben ihr schiere Hitze durch die Adern. Sehnsucht kam in ihr auf, in diesen Armen zu liegen, gehalten zu werden und sich in den Berührungen der von Arbeit gezeichneten Hände zu verlieren.

"Wir sollten jetzt gehen", zerriss Haledan die angespannte Stille. "Die Nacht ist bereits fortgeschritten und viel Zeit zur Erholung bleibt nicht mehr."

Schweigend und in Gedanken versunken verließen die Wächter und der Zwergenkönig die Grabkammer.

Kapitel 10

Haluni vor dem Ambhradur!

Abbe hatte diesen Ausruf geschrien und diese überbrachten Wörter hallten in Rhuls Kopf nach. Eilig lief der König dem großen Tor entgegen. Die letzten Tage waren aufwühlend genug und jetzt tauchten zu allem Überfluss diese Schattenwaldratten hier auf. Der Schwarzhaarige fluchte innerlich, hatte er doch den Gedanken an Halvoron gänzlich beiseitegeschoben seit seinem Traum in jener Nacht. Ohne Pause war er mit den Ereignissen beschäftigt, welche vorgefallen waren. Zu oft hatte er die großen braunen Augen der Va'ari in seinen Gedanken gesehen. Regelmäßig hatte er sich in kurzen Momenten so manchem Tagtraum hingegeben. Doch eben diese Augen hatten gleichfalls den dunkelhaarigen Halun verfolgt. Rastlos war er in seinen Hallen umhergewandert. Wirr hatte er geträumt und ihre flehende Stimme gehört, welche nach Hilfe rief. Eingehüllt von Gefühlen der Angst um Farasar und der Machtlosigkeit, nicht zu wissen, was dieser Kurzgewachsene mit ihr anstellte, wurde er rasend. In Begleitung der Halungarde war er aufgebrochen, um die Wächterin aus diesem schändlichen Bergloch Ambhradur zu holen. Er sah nicht tatenlos zu, wie sie unter der Anwesenheit der Zwerge litt, kannte er doch ihren Hass auf dieses Volk. Seine Eifersucht überstieg zudem jedes Maß. Halvoron war sich eben nicht sicher, ob es der König des Zwillingsberges nicht doch versuchen würde, das Herz der Va'ari zu erobern.

Erhaben saß der Fürst auf seinem Pferd und schaute gespielt gelangweilt dem Heraneilenden entgegen.

"Halvoron", knurrte Rhul unwillig von unten herauf, "welch Überraschung, Euch hier anzutreffen. Ich empfinde es nicht als Ehre, dass Ihr mir Eure Aufmerksamkeit schenkt."

"Glaubt mir, Zwerg, meine Anwesenheit zwischen all dem herumliegenden Gestein betrifft nicht Eure Person. Wäre der Grund nicht so dringend, hätte ich mich nicht so weit herabgelassen, um diesen schmutzigen Boden zu erreichen", erwiderte der Halun abfällig und schneidend.

"Warum seid Ihr hier?", stützte der Schwarzhaarige seine Hände in die Seiten und hob herausfordernd den Kopf. Dumpf brodelte der Zorn in seinen Eingeweiden und ließ seinen Körper anspannen.

"Nun, ein Herz, welches liebt, spürt das Leid des anderen. Doch das sind Dinge, von denen die Zwerge einfach nichts verstehen. Und Ihr schon gar nicht! Ich verlange...", setzte der Fürst gezielt einen weiteren verbalen Seitenhieb.

"Ihr habt in meinem Reich nichts zu verlangen!", fiel ihm Rhul donnernd ins Wort, obwohl er sich augenblicklich dafür verdammte, vor diesem Mann so die Beherrschung zu verlieren. Er gab ihm somit die Genugtuung, welche dieser genoss. Das Verlangen, etwas Spitzzüngiges hinzuzufügen, unterdrückte er.

Rhul vernahm plötzlich die leichte Berührung eines Windhauches neben sich, welche diesen unsagbaren Duft des

Rhimdolin nach sich zog. Sprachlos sah der König der Wächterin hinterher, die geradewegs auf den Hengst des Schattenwaldhalun zuging und dem Tier liebevoll eine Hand auf die Nüstern legte. Es schien eine vertraute Geste zu sein und Rhuls Zähne mahlten verbissen aufeinander, denn die Nähe des riesigen Tieres schien ihr nicht unbekannt.

"Farasar", rief Halvoron erleichtert aus und stieg elegant von seinem Reittier. Ohne zu zögern, näherte er sich der jungen Frau, nahm ihre Hände in die seinen und führte sie sacht an seine Lippen. Tief sah er ihr in die Augen, welche ihn freundlich anlächelten, und vernahm Farasars leise Stimme: "Ihr solltet nicht hier sein, Halvoron. Und dennoch freue ich mich, Euch in meiner Nähe zu wissen."

"Ich spürte, Ihr seid in Bedrängnis, Wächterin. Ich litt unter dem Gefühl, Euch gehe es nicht gut. Daher hatte ich keine Wahl und musste nach Euch sehen", rang der Halun um die richtigen Worte. All die Gefühle, von denen das helle Schimmern in seinen eisblauen Augen ihr erzählte, sprach er so offen nicht aus. Nicht hier und nicht vor diesem Zwerg. Rhul sah den beiden aus kurzer Entfernung zu und wie eine Welle schlug glühender Zorn durch seinen Körper.

"Seid unbesorgt, mein Fürst. Wir waren gerade im Aufbruch. Zu lange haben wir die Gastfreundschaft der Zwerge genossen", lächelte Farasar beruhigend und legte eine Hand auf Halvorons Wange. Sie achtete nicht darauf, dass die Anwesenden um sie herum für einen Moment den Atem anhielten. Der Dunkelhaarige wehrte sich nicht gegen diese Berührung und nur einen Lidschlag kurz blitzte es in des Haluns Augen auf. Dies war für die Va'ari Antwort genug.

Doch schon wurde es ihr schlagartig bewusst, welchen Anblick sie den Umstehenden boten. Die Freude darüber, den Freund zu sehen und dessen Sorge um sie wahrzunehmen, hatte Farasar alles andere vergessen lassen. Errötend wandte sie sich ab und ihr Blick flog schuldbewusst einen Augenblick hinüber zu Rhul.

Der Zwerg hatte den Atem angehalten bei dem Schauspiel, welches Halvoron und Farasar darboten. Ihre Gestik und Mimik hatte er regelrecht in sich aufgesogen und trieben ihm die Wut bis unter die Schädeldecke. Kurz blitzten Bilder der beiden in seinem Kopf auf, wie sie eng beieinander nachts im Schattenwald standen und die Nähe des anderen genossen. Angewidert knurrte Rhul und fassungslos über sich selbst ballte er die Hände zu Fäusten. Er hatte zu oft geträumt, um zu meinen, dass dieses Schimmern in ihren Augen mehr bedeutete. Dass ihre manchmal scheue Art eher den Ausdruck von Verlegenheit darstellte, wenn er ihr zu nahe kam und dies sie erkennbar aufwühlte. Augenblicklich holte sich der Zwerg die Wut in Farasars Gesicht ins Gedächtnis. Ließ das Gefühl ihres Hasses auf ihn in sich aufsteigen, um dieses zutiefst innige Empfinden, welches so voller Wärme und Leidenschaft war, zu ersticken. Ein Gefühl, dessen Stärke so ungehindert in ihm zunahm und er kaum eine Möglichkeit hatte, dagegen anzukommen. Schweigend sah er mit an, wie die beiden Rappen der Wächter herangeführt und bepackt wurden. Ilunaos und Vadari hatten sich leise zu dem Zwergenkönig gesellt. Sie hatten die vergangene Nacht ebenfalls im Ambhradur verbracht. Zur

Sicherheit, wie sie gesagt hatten, doch ihre Hilfe war nicht vonnöten, da keine Gefahr mehr von der Va'ari ausging. Haledan kam auf den König zu, blieb still vor diesem stehen und schaute ihn traurig an. Leise verabschiedete er sich: "Wir werden uns nicht wiedersehen, Rhul. Mein Weg wird mich an einen Ort führen, wohin kein Zwerg folgen kann." Freundlich und zugleich wehmütig lächelte der alte Halun, denn er erkannte, dass der Schwarzhaarige den Sinn seiner Worte begriff. Ungläubig und aufrichtig bedauernd schimmerte des Zwerges Blau in den Augen, sodass Haledan fortfuhr: "Ich danke Euch. Für alles. Euer Volk kann wahrlich stolz sein auf seinen König. Mögen die ‚Ewigen' Eure Wege ebnen, wohin sie Euch auch führen mögen!", nickte der Halun dem Zwerg zu, welcher in diesem Moment tief gerührt war und mit belegter Stimme antwortete: "Möge Ambhrad über Euch wachen, Haledan. Ihr seid ein guter Mann." Ernst sah Rhul dem Hochgewachsenen nach und zog leicht die Augenbrauen zusammen. Gern hätte er etwas mehr Zeit mit dem Alten verbracht, welcher ihm in gewisser Hinsicht ans Herz gewachsen war, trotz dessen dieser aus dem Volk der Haluni stammte.

"Er hat seine Aufgabe in dieser Welt erfüllt", beugte sich Vadari brummend zu Rhul hinunter. "Er kann mit gutem Gewissen gehen. Alles, was ab jetzt geschehen wird, liegt in der Hand seiner Tochter."

Das sorgenvolle Gesicht der Wissenden bemerkte der König nicht, sah er doch umgehend zu der jungen Frau, von welcher Vadari gesprochen hatte. An der Seite ihres Pferdes stand sie zu Rhul abgewandt. Heiß brannte sich sein

Blick auf ihrem Rücken ein, über dem das lange Haar, wieder zu einem Zopf gebunden, pendelte. Farasar hatte dieselbe Kleidung wie bei ihrer Ankunft an und die Bündchen an Ärmeln und Hals waren fest zugezogen, damit kein Blick die Zeichnungen auf ihrer Haut erhaschte. Rhul hatte sie gesehen. Es war nur ein Bruchteil dessen, was sich auf dem Rest des Frauenkörpers abzeichnete. Erst waren sie tiefschwarz, um dann in einem leuchtenden Blau zu erstrahlen. Vertraute Zeichen - so tief in der Seele eines Zwerges verankert und doch so faszinierend, Runen auf diese Art zu sehen und zu lesen. Kurz hatte er Farasars Haut berührt. Zufällig und bewusst zugleich, doch die Erinnerung an diese Berührung hatte sich in seinem Kopf sofort eingebrannt. Die Wunde im Herzen würde sich niemals schließen, obwohl er das Empfinden für den Rest seines Lebens verdrängte. Qualvolle Nächte standen ihm bevor, da war er sich sicher. Wenn sie sich jetzt nicht von ihm verabschiedete und ihn keines Blickes mehr würdigte, er würde Farasar nie vergessen. Diese zarte Pflanze der Zuneigung auf dem Boden des Hasses gesät war leise und unsichtbar gewachsen.

"Ihr habt sie gesehen. Nicht wahr? Die Runen", riss Ilunaos den König sanft aus seinen Gedanken.

"Ja", sah Rhul fragend zu ihm auf und versuchte, Klarheit in seinen Kopf zu bringen, doch er erwiderte seinen Blick nicht und fragte nur: "In welcher Farbe erschienen sie Euch?"

"Blau", war die knappe Antwort des Kriegers, der sein Augenmerk erneut auf Farasar legte und die Erinnerung an das Gesehene in der Gruft stieg wieder in ihm auf. "Das Blau des Zwergenkönigs", hauchte der Halun kaum hörbar und lächelte wissend. Er bemerkte die aufkommende Anspannung in Rhul, welcher ungewollt aufkeuchte beim Erfassen seiner Wörter. Die Hitze überrollte den kleinen Mann augenblicklich. Ilunaos hörte des Zwerges heftigen Herzschlag, der hämmernd gegen dessen Rippen schlug. Doch auf seine Aussage antwortete er nicht. Schmunzelnd nickte der Allwissende über Rhuls Kopf hinweg zu Vadari und gab ihr das Zeichen zum stillen Rückzug. Nur der Halun besaß das Wissen in diesem Moment, dass die Wächterin den Ambhradur nicht schweigend verlassen würde, obwohl es diesen Anschein hatte.

Allein stand der Schwarzhaarige da und beobachtete ohne Unterlass die Va'ari, welche an den Schnüren ihres Sattels herumnestelte. Halvoron und Haledan saßen auf und warteten auf die junge Frau.

Sie würde so nicht fortgehen. Sie ließ ihn nicht so stehen – ohne Blick und Wort. Zitternd biss sie sich auf die Lippe und gab nach außen vor, die Knoten der Bündel an ihrem Sattel festzuzurren. Ihr Gesicht, welches so niemand sah, wies eine feine Röte auf und die Innenflächen ihrer Hände wurden feucht. Tief durchatmend und entschlossen drehte sie sich um und schritt langsam auf den Schwarzhaarigen zu. Nah vor ihm blieb sie stehen, sodass sie seinen Duft wahrnahm. "Ich…", sprach Farasar leise, doch Rhuls Blick ließ sie umgehend verstummen. Sie sah ihm seine innere

Zerrissenheit an, sein Suchen in ihren Augen nach einer klaren Antwort auf so viele ungestellte Fragen. Sie sah ihm den Gedanken an, sie hätte sich für den Fürsten des Schattenwaldes entschieden – und seine Wut. Scheu sah sie nach unten, heftete ihr Augenmerk auf des Kriegers Stiefel und versuchte erneut, ihre Gedanken in Wörter zu fassen: "Ihr hattet einen Traum. Einen bestimmten. Hab ich recht?"

Ein Vibrieren durchlief des Zwerges Körper und sein leises Aufkeuchen war kaum zu vernehmen: "Ihr wisst davon?", fragte Rhul und sein Gesicht wurde aschfahl.

Farasar sah ihn daraufhin an und nickte vorsichtig.

"Das könnt Ihr nicht. Ich habe niemandem davon erzählt", schüttelte er entsetzt den Kopf.

Die junge Frau lächelte gequält und knetete verlegen ihre Hände, doch anstatt zu antworten fragte sie ihrerseits: "Hat er Euch gefallen?"

Rhul kniff die Augen zusammen, ratlos darüber, welche Reaktion sie erwartete. Auf dieses Gespräch war er nicht vorbereitet und so blieb sein Mund wortlos offen stehen.

Kurz nickte sie und richtete ihren Blick hinüber zu der kleinen Gruppe der Reiter, um diesen einen Moment lang auf Halvoron verweilen zu lassen. Ein feines Lächeln legte sich auf Farasars Lippen und sie flüsterte: "Wenn er Euch gefallen hat, dann bewahrt ihn in Euren Erinnerungen. Denn Ihr, Rhul, durftet zumindest träumen. In diesen Genuss wird nicht einmal der Halun kommen, auch wenn er sich das wünscht", sah sie dem Schwarzhaarigen vielsagend in die Augen und verabschiedete sich mit brechender Stimme: "Lebt wohl, Rhul. Mögen die ‚Ewigen' ihre schützenden Hände über Euch und das Volk der Ambhradi halten", wandte sich die Wächterin ab und lief bedrückt zu ihrem Pferd, um endlich aufzusteigen. Das Gefühl, so schnell wie möglich von diesem Zwergenmann fortzukommen, hatte sich zügig in ihr ausgebreitet. Schlagartig saß der Kloß in ihrem Hals fest und ließ ihr kaum Luft zum Atmen. Sie saß auf und nahm die Zügel, da packte eine kräftige Hand nach der ihren und tiefblaue glänzende Augen schauten sie von unten herauf an. Farasar verfluchte innerlich den Zwerg, war er ihr doch gefolgt, ohne dass sie es bemerkt hatte, und ließ nicht ab von ihr. Sie wehrte sich, dass Rhul sie so sah, denn ihre heißen Tränen waren kaum zurückzuhalten.

"Bitte sagt mir, woher wisst Ihr von meinem Traum?", fragte der Krieger leise, aber eindringlich. Eine Ahnung war in ihm aufgekommen, denn ihre Magie war ihm wohlbekannt. Und das Erlebte in jener Nacht in seinem Bett war so intensiv, dass es für ihn schwer vorstellbar war, dass er nur geträumt hatte.

Farasar sah auf ihre Hand, welche ohne Unterlass von Rhul gehalten wurde, und strich kaum merklich sanft mit dem Daumen über seine raue warme Haut. Ein Schauer überlief ihn, welchen sie mit dieser Berührung dem Krieger bescherte, und sie hauchte: "Es war mein Traum. Ich schenkte ihn Euch."

Der Schwarzhaarige senkte fassungslos den Kopf und schluckte hart. Er hatte das Gefühl zu fallen. Alles schien ihm zu entgleiten, sich zu drehen und zu vermischen. Das Gewirr aus Angst, Ungläubigkeit, Hoffnung und ein Funke

Erregung ließen ihn innerlich erbeben: "Und Eure Entscheidung?", platzte es unvermittelt aus dem Zwerg heraus. Er biss sich augenblicklich auf die Lippe, da es doch vermessen war, so unverblümt zu fragen. Aus diesem Grunde sah er nicht auf, fürchtete er sich zudem vor der Antwort.

"Diese habe ich getroffen", antwortete Farasar tonlos und ließ den Zwerg nicht aus den Augen, der bei ihren Worten doch wieder zu ihr aufsah. Ein letztes Mal tauchte sie in dieses tiefe Blau ein, prägte sich das Gesicht jenen Mannes ein, den sie vor kurzer Zeit abgrundtief hasste und zu opfern gedachte. Sie wünschte sich, nur einmal seine weichen warmen Lippen nicht nur zu erträumen, doch ihr war bewusst, dass dieser Wunsch sich niemals erfüllte.

Langsam, aber energisch entzog sie dem Zwerg ihre Hand und sah gedankenversunken in die Weite. Tief und dunkel klang ihre Stimme und sie sprach die letzten Worte vor den Toren des Ambhradur: "Es wird keinen Wächter mehr geben. Nicht in dieser Welt." Knurrend gab sie dem Pferd die Sporen, sodass Rhul erschrocken zurückwich. Aufseufzend schaute er ihr nach, strich sich irritiert durch die Haare und stand eine Ewigkeit und in Gedanken versunken da.

Kapitel 11

Lange stand Haledan schon im Schatten des großen Baumes am Ende der schmalen Brücke und beobachtete den dunkelhaarigen Halun. Halvoron sah regungslos hinunter zu der Insel mitten auf dem zäh dahinfließenden Wasser. Ein kleiner Steg vom Ufer aus führte zu dem Eiland, auf dem ein Pavillon Ruhe und Abgeschiedenheit versprach. Dort hing er oftmals Gedanken hinterher oder traf sich zu tiefsinnigen Gesprächen.

Schon zu Beginn der eintägigen Pause im Schattenwald hatte sich Farasar zurückgezogen. Dunkel hatte sie sich gekleidet und die Kapuze ihres Umhangs tief in das Gesicht gezogen. So wandelte sie ohne Wort zwischen dem Blattwerk der Büsche und Sträucher inmitten des Lichtspiels der Sonnenstrahlen, welche durch die hohen Wipfel herabfielen. Der Wächter war in Sorge um seine Tochter und hoffte innig, dass diese sich dem Allwissenden endlich öffnete. Ilunaos stand in diesem Moment neben Farasar und versuchte behutsam, die Gedanken der jungen Frau zu ergründen. Doch die Va'ari hüllte sich in Schweigen. Wie erstarrt saß sie auf einem der beiden filigranen Sessel, welche zum Verweilen zwischen den Säulen des Pavillons einluden. Die Wächterin hielt sich seit dem Verlassen des Ambhradur bedeckt, scheute die Nähe jedes einzelnen und selbst zu den gemeinsamen Mahlzeiten hatte sie sich entschuldigen lassen.

"Ihr solltet sie nicht zu lange anstarren, Halvoron", schritt Haledan langsam und belanglos den Gehrock glattstreichend zu dem Fürsten, um dessen Blick hinunter zu den beiden Personen zu folgen.

Kurz zuckte der Hochgewachsene zusammen. Er hatte das Herannahen des Wächters nicht bemerkt. Dennoch ließ er nicht den Blick von der Dunkelgewandeten, welche wie ein Schatten neben dem in Weiß gekleideten Halun wirkte. "Ihr meint, ich könnte mich in sie verlieben?", bemerkte Halvoron übertrieben spitz und räusperte sich leise.

"Habt Ihr das nicht schon längst, mein Herr?", lächelte Haledan wissend und trat nahe neben den Mann. "So oft schon trafet Ihr Euch mit Farasar heimlich, dass es mir unverständlich wäre, wenn Ihr dieser Tage Eure Liebe zu ihr nicht gestehen würdet."

"Ihr wisst von diesen Treffen?", sah der Dunkelhaarige den Wächter erschrocken von der Seite an und bemühte sich umgehend darum, dass dieser kein falsches Bild von ihm bekam. "Ich versichere Euch, ich habe sie zu nichts überredet…"

"Macht Euch keine Sorgen, mein Fürst", lachte der alte Halun leise auf. "Ich weiß, dass meine Tochter ihrer Entscheidung nicht vorausgegriffen hat", vervollständigte Haledan seine Gedanken, um den Fürsten zu beruhigen.

"Sie hat mit Euch darüber gesprochen?", hakte Halvoron überrascht nach.

Haledan legte seufzend beide Hände auf das gewundene Geländer der Brücke und sah, erfüllt von Sehnsucht nach Ruhe, hinauf zu den Baumkronen. "Ja. Das hat sie. Nicht ganz freiwillig, doch sie hat mir auf meine Nachfrage hin ehrlich geantwortet."

"Darf auch ich Euch um eine ehrliche Antwort bitten?", wandte sich der Fürst dem Wächter zu, welcher ihm augenblicklich mit dem gleichen Respekt begegnete und auffordernd nickte.

"Würdet Ihr einer Verbindung zwischen mir und Farasar denn zustimmen?", zitterte des dunkelhaarigen Haluns Stimme und rief damit Haledans Erstaunen hervor. All die Jahre hatte er den Mann unterkühlt und abweisend wahrgenommen. Er erinnerte sich nicht daran, dass der Herr des Schattenwaldes jemals nach außen hin gezeigt hätte, welch Gefühlswelt er in sich barg. So oft schon hatte sich der Wächter im Stillen gefragt, was seine Tochter faszinierend an Halvoron fand, war sie doch eher ein offenes und lebensfrohes Wesen.

"Seid unbesorgt, mein Fürst. Ich habe keine Einwände, weiß ich doch, dass sich Farasar zu Euch hingezogen fühlt und Eure Nähe genießt. Jedoch…", sprach Haledan nicht weiter und sah sinnend auf seine Hände, welche er vor seinem Bauch verschränkt hielt.

"Jedoch was?", hakte der Hochgewachsene dunkel ahnend nach, doch bekam er nur einen gequälten Blick aus traurigen Augen zur Antwort. Eine leichte Hitze stieg in dem Halun auf und gepresst stieß er hervor: "Was ist in dem Berg geschehen? Warum hat Farasar sich so verändert?", musterte er mit eiskalten Augen den Wächter und sah, wie dieser leidlich nach Worten rang.

"Sie wollte Rhul opfern", flüsterte Haledan.

"Opfern?", rief Halvoron entsetzt aus und riss die Augen weit auf. Seine leicht geöffneten Lippen zitterten und die sanfte Röte auf seinen Wangen wich augenblicklich.

"Ja", sprach der Wächter bedrückt, "Rhul sollte sterben, doch dann entschied Farasar sich dagegen und entriss ihn dem ‚Roten' im letzten Moment."

Fassungslos hielt der Fürst eine Weile die Luft an und ließ seinen Blick unstet über das Wasser gleiten. Er kannte den Hass, welchen die Wächterin auf die Zwerge hatte, doch diesen barbarischen Schritt traute er ihr nicht zu. Letztendlich war er dankbar dafür, dass sie sich zurückgehalten hatte.

Trotzdem gefror ihm das Blut in den Adern bei dem Gedanken daran, dass dieses Wesen, welchem er Vertrauen und Freundschaft schenkte, solch ein Vorgehen geplant hatte. Halvoron brauchte eine Weile, um sich in den Griff zu bekommen, verhinderte dennoch nicht, dass seine Stimme vibrierte: "Wisst ihr den Grund dafür, dass sie sich anders entschied?"

"Nein. Sie hat mit mir nicht darüber gesprochen", schüttelte Haledan den Kopf und bemerkte den inneren Kampf des Halun, die nächste Frage zu stellen und sich damit zu offenbaren. "Ihr wollt wissen, ob Rhul Gefühle gegenüber meiner Tochter gezeigt hat und ob sie diese erwiderte?", fragte er deshalb seinerseits geradeheraus, um Halvoron die Entscheidung abzunehmen.

"Haledan!", sog der Fürst hörbar die Luft ein und schloss die Augen. Bebend presste er die Hände ineinander und sich gegen die Brust. Verzweiflung stieg in ihm auf bei dem

Gedanken daran, die Frau, die er aus tiefstem Herzen liebte, an jenen Zwerg zu verlieren, welchen er abgrundtief hasste. "Die Eifersucht plagt Euch, mein Fürst", lächelte der Wächter still. "Ihr solltet besser mit Farasar sprechen, anstatt einem alten Mann etliche Fragen zu stellen, welcher diese nicht annähernd zu Eurer Zufriedenheit beantworten kann."

"Oh", keuchte Halvoron fahrig auf, "bitte verzeiht. Es lag nicht in meiner Absicht, Euch mit meinen Ängsten zu belasten." Betreten sah der Halun zu Boden und befürchtete, sein Gesicht nahm bei jedem weiteren Wort das gleiche tiefe Rot an, wie sein Gewand, welches er trug.

Sacht nahm Haledan die Hände des Fürsten und zwang ihn mit dieser untypischen Geste zum Aufsehen. Geschockt und fragend starrte der Dunkelhaarige in des Wächters braune Augen.

"Sagt ihr selbst, dass Ihr sie liebt, Halvoron, und sie wird Euch antworten", klang des Haluns Stimme beruhigend und gleichsam aufmunternd, obwohl er die Antwort darauf längst kannte. Doch lag es nicht bei ihm, diese dem Fürsten kundzutun. Kurz schaute er hinunter zu seiner Tochter und Ilunaos, welche sich langsam in Bewegung setzten und den schmalen Steg zum Ufer entlangschritten. Tief wühlte ihn der Anblick Farasars auf - so zerbrechlich, kraftlos und schneeweiß im Gesicht. Welch große Bürde sie trug, wurde ihm in diesem Moment wieder einmal schmerzlich bewusst. Ohne Glanz schauten ihn diese großen Augen an, sobald sie und der Allwissende bei den Haluni angekommen waren und schweigend verweilten.

Halvoron, welcher neben dem Wächter stand, zitterte leicht, doch war er nicht in der Lage, bei dem Anblick nur einen Ton über die Lippen zu bekommen. Nie zuvor hatte er die junge Frau so gesehen. Das Lachen in ihrem Gesicht war verschwunden und jegliche Unbeschwertheit und Lebensfreude suchte er vergebens in ihrer Ausstrahlung, welche er so liebte.

Dunkel sah Farasar von unten herauf in Halvorons eisblaue Augen und vernahm dessen Erwartung, etwas von ihr zu hören, doch sie schaffte es nicht, ihm nur ein Wort zu schenken. Mit gesenktem Kopf schritt sie an ihn heran und bemerkte, wie sich der Körper des Mannes vor Kummer verkrampfte. Für einen kurzen Moment zögerte die junge Frau und berührte sanft mit der Hand des Haluns Arm, um weiter hinabzugleiten und die kalte Haut seiner Finger zu ertasten. Doch Halvoron sah sie nicht an. Er hatte Mühe, seine Fassung zu bewahren, denn er begriff, dass ihm die Geschehnisse aus der Hand zu glitten. Nichts war mehr so, wie er es einmal kannte. Das dumpfe Ziehen in seinen Eingeweiden nahm stetig zu und die Angst darum, erneut eine Liebe im Leben zu verlieren, ließ die Qual tief in seinem Inneren unerträglich werden.

Sie lief fort von ihm und ließ ihn zitternd stehen. Starr richtete Halvoron seinen Blick geradeaus, ohne ein wirkliches Ziel zu verfolgen. Hilflos nahm er wahr, wie sich der Abgrund in seinem Herzen öffnete. Jegliches Gefühl, welches an der Oberfläche brodelte, wurde ohne Erbarmen hinabgezogen. Eiseskälte zog sich durch des Haluns Glieder und endlose Verzweiflung stieg in ihm auf, wie sengendes Feuer.

"Ihr solltet ihr folgen, Halvoron", riss Ilunaos den Fürsten aus seiner Lethargie und nickte kaum merklich.

Verstört fuhr sich der Dunkelhaarige mit der Hand über die Stirn und schaute hilfesuchend zu Haledan, welcher ihn aufmunternd ansah. "Ja… ja, ich… werde ihr folgen", stotterte Halvoron leise und erschüttert. Dieses Chaos in seinem Inneren war ihm unbekannt und das Gefühl, völlig die Kontrolle über sich zu verlieren, lähmte ihn und ließ Schwindel in ihm aufkommen. Leise vor sich hinmurmelnd wandte der Fürst sich ab und folgte den Wörtern, welche er zuvor ausgesprochen hatte.

Bekümmert sah Haledan dem Mann hinterher. Nachdem dieser aus seinem Blickfeld verschwand, hob er zum Sprechen an: "Ihr wisst, dass Farasar sich für das Volk der Zwerge entschieden hat?"

Ilunaos sah den alten Halun kurz musternd an und wandte sich dem Geländer zu. Sein Blick lenkte er hinunter auf das Wasser. „Ja. So hat sie es mir gesagt und auch der König verriet mir, dass die Runen auf ihrer Haut blau erstrahlten."

"Und dennoch scheint es mir, dass sie sich dagegen wehrt", stellte der Wächter ungläubig fest.

Der Allwissende atmete tief durch: "Ihr kennt Eure Tochter, Haledan. Niemals würde sie von Rhul das Geschenk einfordern, ohne zuvor ihre Schuld beglichen zu haben. Sie weiß sehr wohl, was sie ihm angetan hat. Sie wird alles versuchen, um seinen Schmerz zu tilgen. Bevor dies nicht geschehen ist, kann ihr Herz für seine Liebe nicht frei sein."

"Liebe?", hauchte der Wächter fragend und sah, wie Ilunaos Lippen ein Schmunzeln preisgaben. Das Schimmern in seinen sternenklaren Augen verriet ihm die Wahrheit, bevor dieser aussprach: "Habt ihr es denn nicht gespürt, Freund? Zart noch, aber im Beginn zu wachsen. Stetig. Unaufhörlich."

Haledan durchzog ein wohliger Schauer bei dem Gedanken daran, Rhul würde das wahr werden lassen, was Khelog bei Thorgunn nicht vermochte. Würde der König seiner Tochter das geben, was ihrer Mutter verwehrt geblieben war? Zitternd schloss der Halun die Augen und holte sich die Erinnerung an den stattlichen Zwergenkönig zurück. Zugleich kam ihm Farasars Auftreten und Benehmen in den Sinn, wann immer Rhul in ihrer Nähe war und sie fahrig wurde. Außerdem hatte Haledan genau beobachtet, wie die beiden sich vor den Toren den Ambhradur verabschiedet hatten. "Ihr sagtet, sie wird ihre Schuld begleichen", öffnete der Wächter die Augen und hielt sich am Geländer fest. "Was meintet ihr damit?"

Ilunaos antwortete nicht sofort, denn diese Neuigkeit würde den Halun unwahrscheinlich aufwühlen. Mitfühlend sprach er: "Farasar wird zu Ende bringen, was sie einst begonnen hat. Rhuls Väter sind verloren in der Welt des ‚Roten‘, wurde Ihnen doch das Hinübergehen verwehrt. Sie wird sie suchen und an den Ort bringen, welcher für sie bestimmt ist." In diesem Augenblick vernahm der Allwissende das Beben des Wächters und griff unvermittelt nach dessen Hand, welche sich krampfhaft um das Geländer gekrallt hatte, sodass die Knöchel der Finger hervorstachen.

"Sie hätte es so einfach haben können", hauchte Haledan kopfschüttelnd. „Halvoron liebt sie und sie fühlte sich bisher zu ihm hingezogen. Warum jetzt plötzlich der Zwerg? Warum trifft sie diese Entscheidung, welche sie das Leben kosten könnte? Der ‚Rote' wird Khelog und Ghrum nicht ohne weiteres freigeben."

"Auch ich war bisher der Überzeugung, dass Eure Tochter den Halun vorziehen würde, doch wie mir scheint, fließt das Blut der Zwerge heißer durch ihre Adern. Sie hat das Herz ihrer Mutter, Haledan. Verwundert Euch dies?", klang Ilunaos' Stimme mit einem leisen Unterton in des Wächters Ohren. "Und ich erinnere mich an einen Mann, der sein Herz an eben diese Frau verlor, welche nichts davon abbringen konnte, den Zwergen im Kampf zur Seite zu stehen."

Mit großen Augen schaute Haledan den Allwissenden an, welcher ihm freundlich entgegenblickte, und antwortete: "Ihr habt recht, Herr, sie ist wie Thorgunn. Auch bei Farasar werden wir keine Macht haben, ihren Willen zu zähmen oder gar zu brechen. Die ‚Ewigen' haben sich bei dem Erschaffen der Zwerge in Sachen Sturheit und Dickköpfigkeit wahrlich nicht zurückgehalten", huschte ein ergebenes Lächeln über des Wächters Gesicht. Die Anspannung wich langsam aus seinen Gliedern und ihm war nur zu bewusst, dass er an den kommenden Geschehnissen nichts änderte. Er würde nur bereitstehen, wenn Farasar seine Hilfe brauchte.

Doch nach dieser verlangte die junge Frau im Moment nicht. Den schwarzen Umhang hatte sie beim Betreten des

Gemaches abgelegt und seitdem stand sie vor dem großen Spiegel und sah sich selbst suchend in die Augen. Farasar wünschte nicht, jemanden zu sehen oder gar in ihrer Nähe zu haben. Doch sie hörte die Tür, welche leise geöffnet und ebenso vorsichtig wieder geschlossen wurde. Abwartend beobachtete sie den Dunkelhaarigen, der hinter ihr im Spiegel erschien und sie nicht aus den Blick ließ. Schweigend musterten sie sich gegenseitig, flach war Halvorons Atem und das feuchte Schimmern in seinen Augen verbarg er nicht.

"Ich kann dich nicht so gehenlassen, ohne es wenigstens versucht zu haben", flüsterte der Halun. "Du warst mir immer so nah, hast mich im Inneren berührt und… Warum Rhul? Warum dieser…", brach Halvorons Stimme und bebend rang er nach Luft.

Der Blick der jungen Frau war gequält auf ihn gerichtet und ihre Augenbrauen im Schmerz zur Mitte gezogen. Sie litt. Genauso wie er.

"Ich liebe dich, Farasar", hauchte er kaum hörbar und sah, wie die Wächterin zitternd die Augen schloss. Sanft legte er seine Hände auf ihre Schultern, um ihr das Gefühl zu geben, bei ihm in Sicherheit zu sein und das Empfinden, hier bei ihm würde sie das Glück und den Frieden finden. Der Fürst hörte augenblicklich das Knistern und es kribbelte unter seinen Fingern. Aufkeuchend wich zurück: "Was ist das?" Durch das dunkle Gewand der Wächterin drang ein Leuchten und fasziniert starrte er darauf. Vorsichtig streckte er die Hände aus, doch jäh durchfuhr es ihn und er bereute, sich dem Licht genähert zu haben. Das zuerst gefühlte Kribbeln verwandelte sich in einen stechenden Schmerz, welcher sich durch die Hände über die Arme ausbreitete und rasend schnell durch seinen gesamten Körper fuhr. Fassungslos starrte Halvoron auf das blaue Leuchten, welches pulsierend unter dem Stoff immer stärker wurde, doch seine Hände lösten sich nicht von der Frau, die nur dastand und ergeben dem Geschehen zusah. *'Blau! Zwergenblau!'*, brach sich der Gedanke mit ungeahnter Wucht in des Haluns Hirn Bahn. Wellen heißer Wut durchpflügten den Körper des Hochgewachsenen und mit einer Klarheit über Farasars Entscheidung brüllte er: "Du liebst ihn! Das hast du schon immer getan!" Vom Schmerz gepeinigt krallte er seine schlanken Finger in die Schultern der Wächterin und riss ihr mit unsagbarem Zorn im Herzen das Gewand vom Leibe. Schneidend laut war das Geräusch des entzweigehenden Stoffes, doch Halvoron vergaß jegliches Maß. Ungezügelt ließ er seinem Jähzorn freien Lauf und ruhte erst, bis dass er den Frauenkörper auf das letzte Stück des Kleides entblößt hatte. "Bei allen ‚Ewigen'!", stürzte der Halun rückwärts zu Boden und sein Blick war getrübt hinter dem Schleier der Haare. Wirr klebten diese in seinem Gesicht und pures Entsetzen stand in seinen weit aufgerissenen Augen. "Du hast mir nie davon erzählt, dass…", brach er seinen Satz vorzeitig ab, denn ihm wurde bewusst, er hatte die junge Frau nie freizügig erlebt. Die Kleidung, welche sie getragen hatte, war stets hochgeschlossen und hatte lange Ärmel. Grübelnd sah Halvoron zu Boden, doch sein Stirnrunzeln verschwand bei eintretender Erkenntnis. Ihm wurde augenblicklich klar, warum Farasar bei ihrem letzten gemeinsamen Treffen nicht zu mehr bereit war.

Langsam wandte sich die Wächterin um und schritt auf den Dunkelhaarigen zu. Das Leuchten, welches schwächer wurde, bekam mit jedem Fußbreit näher zu ihm wieder Kraft. Pulsierend erstrahlte dieses schillernde Blau der Runen und hatte eine faszinierende Anziehungskraft, doch der Halun hob abwehrend die Hände und flehte: "Nicht! Komm mir nicht zu nah!"

Kapitel 12

Glutrot stieg der Mond über den Wipfeln des Hains auf. Die Haluni legten sich nach dem gemeinsamen Mahl zur Ruhe, um der bedrückenden Stimmung zu entfliehen. Nur vereinzelte Worte wechselten sie miteinander. Belangloses Geplänkel, welches von dem dumpfen und dunklen Gedanken der Anwesenden ablenkte. Regungslos blieb die junge Frau in der Tür stehen und sah sich zu dem schlafenden Mann um, welcher selbst in seinen Träumen keine Ruhe fand und die Sorgen in seinem Gesicht deutlich zu sehen waren. Farasars Blick glitt langsam durch das Gemach ihres Vaters, welches sie in allen Einzelheiten kannte, wie ihr eigenes. Wie oft war sie in Kindertagen in Haledans Bett gekrochen und unter seine Decke geschlüpft, um seine Nähe und Wärme zu genießen. Wenn er dann einen Arm um sie legte und nah an sich heranzog. Sie hatten nie gesprochen in solchen Momenten, nur mit dunklen Augen durch das große geöffnete Fenster hinaus in die Nacht gesehen und den Schmerz im Inneren zu bekämpfen versucht. Er war ihr Vater. Er war der Mann, welcher sie allein großgezogen und in allem gelehrt hatte, was sie wissen und beherrschen sollte. Und er war der Mann, der für Farasar da war und sie auffing, wenn sie fiel und aus ihrer Trauer keinen Weg mehr fand. Nur gesprochen hatten sie nie darüber. Erst im Ambhradur öffnete sich Haledan ansatzweise seiner Tochter. Er begriff, welch großer Fehler es war, all die Jahre zu schweigen.

"Ich werde dich niemals vergessen, Vater", hauchte Farasar und wandte sich ab. Sie schlich aus dem Haus, in welchem sie großgeworden war. Getrieben von Gewissensbissen und der Angst davor, gesehen und von ihrem Vorhaben abgehalten zu werden, stürzte sie fluchtartig davon. Eilig lief sie dem schmalen Pfad der Lichtung entgegen, welche nicht weit entfernt auf einer kleinen Anhöhe lag. In der Mitte hatte Damirie vor tausenden von Jahren seine Wurzeln geschlagen und es benötigte allein vierzig Männer, um den Stamm in seinem Umfang zu umfassen. Hell und samtweich erschien die Rinde des Baumes, welcher stets sein breites Blätterdach schützend über die Lichtung hielt. In diesem Ausmaß umspannten lebensgroße Steinblöcke, gehauen aus dem Gebirge des Schattenwaldes und in regelmäßigen Abständen in die Erde getrieben, das Rondell. Hierher zog sich Farasar oft zurück, wenn sie ihren Gedanken allein hinterher hing. So, wie Haledan in das Gebirge reiste, um über Geschehnisse und Lösungen zu grübeln, so verweilte sie meist tagelang in dieser Oase des Friedens und der Magie. An eben diesem Ort verstärkte und bündelte sich diese und gab der Va'ari neue Kraft. Regungslos saß sie dann in einer Kuhle der Baumwurzeln und driftete innerlich in weite Ferne.

Die Wächterin hatte ihr angestrebtes Ziel erreicht, doch eine helle Erscheinung schob sich auf die Lichtung und unweit an einem der Steine verharrte. Farasar drosselte ihren zügigen Schritt und lief langsam weiter. "Ihr habt mich erwartet?", blieb die junge Frau vor dem Allwissenden stehen, doch sie sah an diesem vorbei.

"Ja. Der Blutmond ließ mich ahnen, dass Ihr diese Nacht erwählt. Dinge werden geschehen, die ich nicht beeinflussen kann", sprach Ilunaos in freundlichem Ton.

"Und dennoch seid Ihr hier, um es zu versuchen", senkte die Wächterin den Kopf, um eben jene Antwort zu bekommen, welche sie nicht zu hören wünschte.

"Wenn ich Euch von Eurem Vorhaben abhalten kann, dann war es das wert."

Langsam hob die Va'ari den Kopf und sah dem Halun kalt in die Augen. In dessen Blick erkannte sie Unsicherheit, denn Ilunaos hatte zwar Macht, doch gegen Farasar würde er nicht ankommen.

Leise und mit unterschwelliger Angespanntheit versuchte der Allwissende, die junge Frau zu beeinflussen: "Ihr habt etwas vor, zu dem Euch keiner drängt, Farasar."

"Mein Gewissen zwingt mich", kam es knurrend über die Lippen der Dunkelhaarigen.

"Ihr seid eine Va'ari. Ein Gewissen ist in dieser Situation unangebracht. Eure Aufgabe besteht darin, einen neuen Wächter hervorzubringen", entgegnete der Halun etwas schärfer und zwang mit seinem Blick die Wächterin, diesen zu halten, um darin zu lesen.

Fassungslos starrte Farasar den Mann an und keuchte: "Ihr meint, ich solle den Zwerg einfach zu mir holen und ihn benutzen, als wäre nie etwas geschehen?"

"Ihr würdet Euch nicht an ihm vergehen", lächelte der Halun im weißen Gewand. „Dies ist Euch bekannt. Rhul ist

Euch zugetan, auch wenn Ihr ihn habt leiden lassen, so würde er sich Euch nicht verweigern, hat er Euch doch längst verziehen", beobachtete er aufmerksam die Reaktion der jungen Frau, welche sich leicht abwandte und die Augen schloss.

Innerlich weigerte sie sich, diese Tatsache zu akzeptieren. Sie rebellierte gegen die von Rhuls aufkommenden Gefühlen zu hören oder darüber nachzudenken. Die Vorstellung, dass der Zwergenkönig mehr für sie empfand, ließ sie erschauern. Die Furcht, eben diese Gefühlsregungen könnten sie beeinflussen, gebaren Sturheit in ihr: "Ich kann mir nicht verzeihen, Herr Ilunaos", hauchte die Wächterin nach Fassung ringend.

"Ihr habt Euch doch längst entschieden. Was ist so schwer daran, Eurer Aufgabe gerecht zu werden?", fragte der Halun und trat nah an Haledans Tochter heran.

"Nicht ich habe eine Entscheidung getroffen!", ließ Farasar die Schultern hängen. "Die Runen sind erwacht, ohne dass ich es wollte oder steuern konnte. Nicht ich will den Zwerg!", bekräftigte sie.

Ilunaos schüttelte leicht den Kopf und legte freundschaftlich eine Hand auf den feinen dunkelblauen Stoff, welcher Farasars Schultern umspannte: "Die Runen kennen Euer Wesen, Wächterin. Sie wissen um Eure Gedanken und hören das Rufen Eurer Seele. Sie gaben nur das preis, was sie von Euch wahrnahmen. Warum weigert Ihr Euch, dies anzunehmen? Rhul hat einen Weg zu Eurem Herzen gefunden und Ihr blockiert diesen mit aller Macht, anstatt

Euch dem Mann zu öffnen, welcher Euch doch mehr bedeutet, als ihr zugeben wollt."

"Ich kann nicht", hauchte Farasar und entfernte sich fluchtartig von dem Halun, um weiter auf den Baum zuzugehen.

"Was ist mit Dharag?", rief Ilunaos der Va'ari hinterher, ohne dieser zu folgen, denn das Betreten des Steinkreises war ihm verboten.

"Was soll mit ihm sein?", entgegnete die Wächterin tonlos und blieb stehen.

"Glaubt Ihr wirklich, er wird Khelog und Ghrum einfach so freigeben?", zitterte die Stimme des Mannes. "Jetzt, da er sie nun einmal besitzt, wird der ‚Rote' sie nicht gehenlassen."

"Nein. Das wird er nicht. Dessen bin ich mir wohl bewusst", stöhnte Farasar leise auf und legte den Kopf in den Nacken. Es kribbelte auf ihrer Haut und sie nahm das Einsetzen des Zaubers wahr, welchen der Halun wob.

"Was seid Ihr bereit zu geben? Wie hoch wird der Preis sein?", rief Ilunaos entsetzt und hob flehend beide Hände, doch er bekam keine Antwort und sah mit an, wie sich die junge Frau weiterhin von ihm entfernte. "Farasar!"

"Ihr tut gut daran, jetzt zu gehen", schaute die Va'ari mit Feuer in den Augen und grollender Stimme zurück. Im selben Augenblick bündelte Ilunaos seine Macht, um sie zurückzuhalten, doch die Va'ari hatte es vorausgesehen und reagierte umgehend. Blitzschnell erhoben sich Wände gleich flüssigem Anzsili zwischen den Steinen und boten dem Baum und der jungen Frau Schutz im Inneren. "Ihr habt keine Macht", knurrte sie dunkel durch das Lichtspiel, welches sich schimmernd in leichten gleichmäßigen Wellen bewegte.

Entsetzt schlug sich Ilunaos die Hände vor den Mund und sah nur die rote Flamme in den Augen der Wächterin. Er hatte zu spät reagiert. Die Ahnung, dass Farasar nicht nur entschwand, um Rhuls Ahnen zu befreien, wuchs mit jedem Herzschlag und nahm ihm die Luft zum Atmen.

"Ruft mich, wenn Ihr mich braucht", keuchte der Halun mit Tränen in den Augen auf und wandte sich zitternd ab. Hilfesuchend stürzte er den schmalen Pfad zu Haledans Haus entlang. Er erreichte diesen nicht, schleuderte doch die Druckwelle ihn zu Boden, deren Ausgangspunkt in der Mitte der Lichtung lag. Gleichzeitig flog krachend die Tür des Anwesens an die Außenseite der Hauswand, aus welcher der Wächter mit angstgeweiteten Augen heraus stürm-te. Mit nichts außer einer leichten Hose bekleidet und einem Amulett in der Hand, rannte Haledan zu dem Halun und nahm ihn schützend in den Arm. "Sie ist fort, Ilunaos!", schrie er gegen das Tosen an, welches sich nach der Druck-welle erhoben hatte. "Sie ist einfach gegangen! Warum hiel-tet Ihr sie nicht zurück... Sie ist... mein... Kind...!", sah Haledan tränenüberströmt in Richtung Lichtung, aus der sich ein in sich selbst drehender Strom silberfarbenen Lichts in den Himmel ergoss und über Meilen hinweg zu sehen war.

"Ich konnte sie nicht umstimmen", rief der Allwissende bebend zurück und klammerte sich hilfesuchend an den Mann. "Sie wird zurückkommen, Haledan", versuchte er, den Wächter zu beruhigen, doch dieser sah ihn nur traurig an. Er kämpfte gegen den kalten Wind, welcher sich über dem Hain erhoben hatte und ihm die langen Haare durch das Gesicht peitschte. Verzweifelt schüttelte er den Kopf und hielt dem Halun das Amulett vor Augen, das in seiner Hand pendelte. "Das, Ilunaos", missachtete er jegliche Höflichkeitsform, "ist ihr Abschiedsgeschenk an mich. Farasars Mutter gab es ihr, als sie starb!", brach der Halun endgültig zusammen und blieb kraftlos und von Schmerz gepeinigt liegen. Nur die nächste Druckwelle und die Intensität des Sturmes, welcher schlagartig stärker wurde, ließen den Körper erbeben. Blau spiegelte sich das Flirren der Lichtung in Ilunaos weit aufgerissenen Augen, der zu begreifen versuchte, was in diesem Moment geschah...

...Ebenso wie der Halun, dessen eisblauer Blick durch das Dunkel der Nacht zu ergründen suchte, was ihn aus dem Schlaf gerissen hatte. Ein heftiger Windstoß brachte die langen Vorhänge an den Fenstern in Wallung. Dessen Enden wirbelten über den kleinen Tisch und schleuderten die sich darauf befindlichen Gläser und Karaffen mit einem lauten Klirren herunter. Eilig erhob sich Halvoron aus dem Bett und vorsichtig die Scherben auf dem Boden umgehend, näherte er sich dem ausladenden Balkon seines Gemaches und schaute in Richtung Schattenwaldgebirge. Erschauernd nahm er den Anblick in sich auf, zog fröstelnd den leichten Morgenmantel zusammen und legte die Arme eng auf die Brust. Ahnend zitterte der Fürst und der eiskalte Wind jagte durch seine Haare. Das Sirren in der Luft nahm beständig zu und weit oben unter der Sternendecke des nächtlichen Himmels zuckten grelle Blitze in unregelmäßigen Abständen. Bebend wandte sich der Hochgewachsene ab, doch ein tiefes Grollen hielt ihn zurück. Ein unheilvolles Vibrieren erfüllte die Luft. Augenblicklich fuhr der Wind mit einem unnachgiebigen Druck durch den Schattenwald und tauchte das Land in tiefes leuchtendes Blau...

...dasselbe Blau, welches unter buschigen Augenbrauen gebannt über den Torwall des Ambhradur in Richtung Südwesten sah. Es war nicht nur das Vibrieren des Zwillingsberges, dass den König aufspringen ließ von dem Sessel, in dem er mit Sehnsucht erfüllt eingeschlafen war. Zugleich setzte das Wehklagen aus den Grüften wieder ein und trieb Rhul hinaus. Nicht einmal die Zeit zum Anziehen nahm er sich und hetzte barfuß und ohne Tunika auf die Mauer. Der Schwarzhaarige bemerkte nicht den kalten Sturm, welcher ihm mit Macht die Haare aus dem Gesicht trieb und schwer auf seinen Rücken schlagen ließ. Er nahm nicht den Druck der Welle wahr und nicht das blaue Leuchten. Das Dröhnen und Tosen drang nicht in sein Bewusstsein. Des Zwerges Gedanken galten nur einer Person - Farasar! Es geschah etwas, welches er nicht imstande war zu begreifen. Es war nah bei ihm - in ihm - und doch entglitt es Rhul mit jedem Schlag seines Herzens und überließ den freiwerdenden Platz einem schmerzhaften Empfinden. Hilflos strich er sich mit beiden Händen durch die Haare und ließ sie zusammen gekrallt in seinem Nacken verharren. Unstet irrte sein verzweifelter und tränenverhangener Blick durch die Nacht und doch eine Erklärung für das Geschehen fand er nicht.

Rasselnd jagte des Zwerges heftiger Atem durch seine bebende Brust. Er schritt, wie ein gefangenes Tier, den Torwall ab und merkte, wie sich am Ende der Mauer im Dunkel die Luft veränderte, um flirrend in Gestalt eines Wesens dichter zu werden.

Langsam sammelte sich Farasar, die nach dem erneuten Beben des Ambhradurs dem hämmernden Herzschlag des einen Zwerges gefolgt war. Dröhnend klang Rhuls Lebenstakt ihr entgegen und ließ ihre Erscheinung vibrieren, wie feinster aufgewirbelter Silberstaub. Es war nur ein Teil von ihr, welcher abdriftete, bevor sie den Weg ins Dunkel beschritt. Ihren Körper hatte sie zurückgelassen im Schutz des Baumes auf der Lichtung, versiegelt mit flüssigem Anzsili zwischen den Steinen.

"Rhul", flüsterte die Va'ari, doch der Schwarzhaarige hörte sie nicht. Nicht wie in jener Nacht, in der er von ihr träumte und sie beruhigend auf ihn einsprach. Damals sah er sie nicht, hatte sie seinem Körper doch befohlen, nur zu empfinden. Diesmal war es kein Traum und so blieb sie dem König verborgen, hatten die Zwerge seit jeher keine große Bindung zu Magie in jedweder Form. Und trotz alledem blieb der Krieger einige Schritte von ihr entfernt stehen und starrte in ihre Richtung. Sah er sie? Die Wächterin war fassungslos und sah ihn langsam auf sich zukommen. Ungläubig kniff er die Augen zusammen und seine Lippen zitterten. Der Anblick seines freien Oberkörpers ließ sie atemlos werden und das Bemerken der tief und locker sitzenden Hose auf seinen Hüften brachte sie in Aufruhr.

"Nein!", keuchte sie abwehrend und wich ein kleines Stück zurück. Rhul blieb genau vor ihr stehen und streckte vorsichtig die Hand nach ihr aus. Sie hätte nicht herkommen dürfen, doch Farasars Wunsch, den Zwerg ein letztes Mal zu sehen, brannte lichterloh.

„Du… bist… hier…", verzichtete der Schwarzhaarige flüsternd auf sämtliche Höflichkeitsformen und hielt in seiner Handlung inne, das schillernde Wesen vor sich zu berühren. Schweigend stand die Va'ari da und traute sich nicht, irgendetwas zu sagen oder sich zu bewegen. Sie war erschüttert über die Erkenntnis, dass Rhul sie sah, denn dies war nicht möglich. Nur eine Sache würde ihn dazu befähigen, das Unvermögen der Zwerge zu durchbrechen - Liebe! "Rede mit mir, Farasar. Gib mir nur ein Wort, damit ich weiß, dass ich mir deine Anwesenheit nicht einbilde", bat Rhul mit flehendem Blick und das Sprechen fiel ihm hörbar schwer. Doch die Wächterin antwortete nicht. Ergriffen sah sie zu, wie sich in des Zwerges traurigen Augen das Wasser sammelte und das flackernde Blau ertränkte. Unweigerlich drängten sich Ilunaos' Worte in ihr Gedächtnis. Farasar ließ ihrer Begabung freien Lauf und wurde mit Macht von einer Welle überrollt, welche tief aus dem Inneren des Schwarzhaarigen auf sie zukam. So intensiv und gewaltig hatte sie nie die Gefühle eines anderen vernommen und in sich aufgesogen. Doch die Signale, welche Rhul unbewusst aussendete, setzten eine Reaktion frei, die bisher nicht vorstellbar war. Knisternd tanzte der Silberstaub immer schneller werdend. Festere Knäuel entstanden, welche sich mit rasender Geschwindigkeit aneinanderhefteten. Sie verbanden sich zu einer funkelnden Masse und gaben damit dem Zwerg einen Anblick auf die junge Frau, die scheinbar aus flüssigem Anzsili bestand. Fassungslos sah die Wächterin an sich hinab, hob die Hände und betrachtete diese ungläubig. Fragend schaute sie dem Zwerg in die Augen, welcher sie nur fasziniert ansah und seinen Blick nicht von ihr wandte.

"Rhul...", flüsterte Farasar und hoffte auf eine Reaktion des Mannes, doch dieser schüttelte nur den Kopf: "Ich sehe, deine Lippen bewegen sich, jedoch kann ich dich nicht hören", sah er gequält in die silberfarbenen Augen der Va'ari und keuchte ergeben auf: "Ich kenne deine Stimme. Ich muss diese nicht hören, singt sie doch ein Lied tief in mir", hob er wieder die Hand und näherte sich dem Flimmern, welches ihm nicht unbekannt war, hatte doch eine Wand aus eben dieser Beschaffenheit verhindert, dass er durch das rote Tor gezogen wurde. Angenehm kühl und weich lag Farasars Wange in seiner Hand. Atemlos schaute er zu, wie die junge Frau sich zögerlich hinein schmiegte und die Augen schloss. Und obwohl das Schimmern und Flirren den Blick des Mannes irritierte, sah er sie - diese einzelne Träne, welche sich hervor schob, über Farasars Wange glitt und sich unter seiner Hand versteckte.

"Ich liebe...", brach Rhul unvermittelt ab und wich entsetzt zurück. Er sah das Feuer, welches in den schlagartig aufgerissenen Augen der Va'ari ausbrach und der Fluss des Silbers sich auflöste in feinsten Staub. Jetzt endlich nahm er den Sturm wahr, der das Gemäuer erbeben ließ und sein Körper vibrierte unter dem Dröhnen, das über die Lande zog. Ruckartig riss er den Kopf herum und sah hinüber zum

Schattenwald, welcher in flammendem Rot unter dem nächtlichen Himmel erstrahlte. "Nein…", schrie der Zwerg und lehnte sich über den Torwall. Seine Fingerkuppen platzten blutend auf beim Schlagen seiner Hände gleich Pranken in das kalte Gestein und die Nägel brachen. Doch dies übertraf den sengenden Schmerz in seinem Herzen nicht ansatzweise. Der König tobte und brüllte gegen den wütenden Sturm und die innere Qual an. Langsam schrammte er an der Mauer entlang, bis er mit aufgerissener Haut kraftlos und entmutigt auf den Knien hockenblieb und die Stirn gegen den harten Untergrund presste. Rhul merkte nicht mehr, wie eine letzte Welle das Land glutrot unter sich begrub, um letztendlich in tiefem Schwarz und eisiger Stille zu enden.

"Bei meinem Barte, Rhul!", rief Abbe erschrocken, denn er entdeckte den Freund zusammengesunken auf dem Torwall und eilte zu ihm. Schützend legte er den Arm um des Kriegers Schultern und zog ihn zu sich heran. Eiskalt war des Königs Haut und in dem Moment, in dem dieser den Kopf hob, um mit leeren Augen den Weißhaarigen anzublicken, schüttelte es Abbe vor Grauen. "Sag mir, was ist passiert? Warum hockst du hier halbnackt? Und wie lange schon?", erdrückte der Alte den König mit Fragen und erkannte doch, dass dieser zu keiner Antwort fähig war. "Komm mit rein. Ich helfe dir", packte er ächzend den stämmigen Mann unter den Armen und zog ihn nach oben. Flüchtig sah er die Haut, welche in langen Striemen heruntergerissen war und sich eine blutige Kruste darüber gebildet hatte. Abbes

Blick glitt über Rhuls Hände. Leise stöhnte er auf und schluckte hart. Egal, was geschehen war, es hatte den Krieger in den Tiefen seines Inneren aufgewühlt und gequält. Nur langsam und schlurfend kamen sie voran, doch durch die Bewegung pulsierte Rhuls Blut wieder schneller durch die Adern und trieb die Hitze in seine Haut. Das Zittern vor Kälte wich dem der Anstrengung, Leben kehrte in seinen Körper zurück und ließ sein Hirn auf Hochtouren laufen.

Abrupt blieb er stehen und sah Abbe grübelnd an: „Sag mir, das Gemach, in dem die Wächterin untergebracht war, hat dies seit ihrer Abreise jemand betreten?"

„Nein", schüttelte der Zwergengreis energisch den Kopf. „Bei allen Bärten der im Ambhradur lebenden Zwerge, keiner würde sich dort hineintrauen. Nicht nach alldem, was geschehen ist."

Der König nickte verständnisvoll und drehte den Kopf nach rechts, um festzustellen, dass er vor der richtigen Tür stand. Langsam straffte er sich und atmete tief durch. Abbe begriff und bekam große Augen, ob des Gedankens in Rhuls Kopf. Mahnend sprach er: „Glaubst du wirklich, dass dies eine gute Idee ist, Freund? Du solltest dich besser um dich kümmern, dass du dich ankleidest und etwas isst. Zudem wollte Vadari noch mit dir sprechen. Es schien mir, dringlich zu sein."

Der Schwarzhaarige lächelte, doch er genoss die Fürsorge des Kriegers und sprach beruhigend: „Die Wissende muss noch etwas warten. Und das Essen auch. Ich habe das Gefühl, dass ich nur in diesem Raum eine Antwort auf meine Frage erhalte, welche letzte Nacht in mir aufgekommen ist. Und ich möchte allein hineingehen. Verstehst du?"

Eine Weile sah Abbe den Zwergenfreund abschätzend in die blauen Augen, welche wieder schimmerten vor Tatendrang, und brummte: „Sie gefällt dir nicht nur, hab ich recht? Du machst dir Sorgen um sie, du denkst und fühlst tiefer."

Mit zusammengezogenen Augenbrauen sah Rhul auf den Boden und sinnierte mit einem leichten Knurren in der Stimme: „Ich habe mich dagegen gewehrt, Abbe, doch es wuchs stetig weiter und ließ mich nicht zur Ruhe kommen. Letzte Nacht...", sah der Zwerg auf, „ist etwas geschehen, was tief in mir etwas aufgerissen hat. Es brodelt. Es zerreißt mich. Und ich weiß, dass jeglicher Kampf dagegen sinnlos ist."

„Dann geh hinein", seufzte der Alte. „Ich werde Vadari vertrösten und ihr sagen, dass du sie später aufsuchen wirst", nickte er kurz dem Schwarzhaarigen zu und überspielte halbherzig das ungute Gefühl in der Magengegend. Er war nicht einverstanden mit Rhuls Vorhaben, doch er war sich sicher, der Freund ließ sich nicht davon abbringen.

Kurz sah der König dem Weißhaarigen hinterher, um sich dann langsam der Tür zu nähern und sie zu öffnen. Kaum hatte er diese einen Spalt weit aufgeschoben, überkam ihn ein wohliger Schauer und tief sog er die Luft ein. Er kannte diesen Duft und war erstaunt, dass dieser fortwährend in dem Gemach so intensiv zu vernehmen war, obwohl Farasar diesen vor einiger Zeit verlassen hatte. Vorsichtig schlich Rhul hinein und sah sich um. Auf den ersten Blick war nichts Auffälliges zu entdecken und so näherte er sich dem Tisch. Auf diesem standen Krüge und Gläser, welche für den Gast bereitgestellt und mit verschiedenen Getränken befüllt worden waren. Rhul erinnerte sich, dass die Wächterin das Essen hatte wieder hinausschaffen lassen und war in diesem Moment dankbar dafür, hätten sich die Speisen nach den vergangenen Tagen offenen Stehens doch wahrlich nicht mehr der anfänglichen Frische erfreut. Der Krieger sah genauer hin. Die Karaffen mit Wasser und Wein waren unberührt, ebenso die dazugehörigen Gläser. Zögerlich langte der Zwergenkönig nach dem benutzten Krug, hob ihn an die Nase und roch daran. Bier! Farasar hatte das Gebräu der Zwerge getrunken! Ein kurzer überraschter Laut entrang sich aus des Schwarzhaarigen Kehle und das breite Grinsen verkniff er sich nicht. Dennoch zog es im selben Moment schmerzlich in seinem Herzen. Die Erkenntnis fachte seine Sehnsucht umso mehr an, je länger er sich mit diesen kleinen und unscheinbaren Begebenheiten befasste. Er klammerte sich an diese, wie ein Ertrinkender an ein Seil. Wirr rumorte dieses Gefühl in ihm und - Bei Ambhrad! - Rhul war ein Mann und kein Jungzwerg mehr, dennoch kribbelte es in ihm und pure Hitze trieb durch seine Glieder. Die Qual, welche gleichzeitig mit dem Hochgefühl einherging, wuchs ins Unermessliche.

Eilig und mit einem dumpfen Laut stellte er den Krug wieder ab und ließ seinen Blick wandern. Alles war ordentlich und sauber, fast hätte er gemeint, in diesem Raum hatte niemand genächtigt. Augenblicklich hielt Rhul den Atem an beim Betrachten des Bettes. Er erkannte die blaue Tunika, welche er in der Nacht des Seelenwandelns getragen und später der Wächterin gegeben hatte. Langsam überbrückte er den Abstand zwischen Tisch und Bett und blieb vor dem letzteren stehen. Ohne Falte lag das Kleidungsstück ausgebreitet auf den Kissen und löste in dem Krieger glühende Erinnerungen aus. Wieder sah Rhul vor seinem geistigen Auge die junge Frau brennen und auf die Knie sinken. Selbst das Kribbeln unter seinen Fingerspitzen meinte er wieder wahrzunehmen, bevor die verkohlte Hautschicht bröckelte und Farasars Runen in einem intensiven Blau erleuchteten. Er hatte sie gesehen - nackt. Zitternd hatte sie vor ihm gestanden und der Anblick ihres Körpers hatte sich sofort in seinem Gedächtnis eingebrannt. So oft hatte er sich in letzter Zeit an genau diesen Moment erinnert, obwohl die Situation zu dem damaligen Zeitpunkt unangenehm und für sinnliche Gedanken unangebracht war. Schon in jenem Moment beschlich ihn das Gefühl, dass die junge Frau ebenfalls um ihre Fassung rang. Er hatte mit freiem Oberkörper vor ihr gestanden und ihren eindringlichen Blick genossen, welcher über seine Brust glitt.

Rhul stöhnte leise auf. Seine Erinnerungen ließen ihn innerlich beben und er war froh, dass er allein im Raum war, denn er schämte sich über das sichtbare Resultat seiner Gedanken. Doch das war es nicht allein, was ihn beschäftigte. Er grübelte unablässig über Farasars Wörter. Sätze, welche ihn in ihren Bann gezogen hatten, um jäh Schauer der Kälte durch seinen Körper zu treiben. Die braunen Augen der Wächterin hatten oftmals deren Sehnsucht und Verletzlichkeit erkennen lassen, ebenfalls brannte purer

Hass in ihnen und sie wünschte seinen Tod. Welche Wut hatte doch in Rhul getobt beim Auftauchen des Haluns vor dem Ambhradur. Er hatte sich nichts sehnlicher gewünscht, Halvoron möge samt seiner Geliebten so schnell wie möglich aus seinem Reich verschwinden. Ilunaos nannte die Farbe der Runen ‚das Blau des Zwergenkönigs' und Rhul stand nur fassungslos da, doch Hoffnung keimte auf. Wie hatte er sich gewünscht, dass die Va'ari sich ein letztes Mal umdrehen und von ihm verabschieden möge. Dann stand sie vor ihm und er wäre fast geborsten. Sie hatte ihn mit einem Blick angesehen, der so intensiv war, dass ihn das Gefühl überrollte, er würde jeden Augenblick in Flammen aufgehen. Und wie war er über sich selbst überrascht, mit welcher Erleichterung er vernommen hatte, dass Farasar dem Halun nicht das gegeben hatte, wovon Rhul träumte.

Hilflos beugte sich der Schwarzhaarige nach vorn und strich zärtlich über den weichen Stoff, welchen die Wächterin auf ihrer Haut getragen hatte. Rhul kämpfte darum, an sich zu halten, die Tunika nicht hochzureißen und sein Gesicht hineinzudrücken, um Farasars Duft in sich aufzusaugen. Bei Ambhrad! Was war nur mit ihm los? Hatte er die Wächterin so tief in sein Herz gelassen, die ihn nur kurze Zeit zuvor verabscheute und umzubringen wünschte? Alle Versuche scheiterten bisher, sie aus seinen Gedanken zu verbannen. Wo kam diese unerträgliche Sehnsucht her, die in jeder Faser seines Körpers zu stecken schien und ihn rasend werden ließ? Ein Verlangen, das barbarisch schmerzte. Welches ihm schon so oft den heißen Knoten in den Hals trieb und glitzernde Feuchtigkeit in die Augen steigen ließ, sodass er gegen sich selbst rebellierte, um sich nicht hilflos der Qual hinzugeben und seinen Gefühlen freien Lauf zu lassen.

Und wieder kämpfte er. Mühsam presste der Krieger die Lippen aufeinander und schloss die Augen. Doch je mehr er versuchte, seinen Atem zu beruhigen, umso so stoßartiger kam dieser hervor. Er würde es nicht schaffen - nicht dieses Mal! Mit dem letzten Versuch der Verzweiflung drückte er eine Faust auf seine Lippen, um sich unter Kontrolle zu bekommen. Panisch und hilfesuchend irrte sein Blick ziellos umher, doch seine Sicht verschwamm zunehmend. Rhul stieg das Wasser in die Augen, welches sich jeden Moment einen Weg in die Freiheit bahnen würde...

Der Zwergenmann brach endgültig und sank langsam in die Knie. Schluchzend und die Stirn an das Bett lehnend, legte er die Arme darauf und krallte seine Finger in den blauen Stoff, um ihn zu sich heranzuziehen. Der Duft der Va'ari, welcher in den Fasern hing, ließ den Zwerg hemmungslos werden und ohne sich weiter dagegen zu wehren, weinte der Krieger, sodass sein Körper darunter bebte.

"Vater?", flüsterte es vorsichtig neben ihm und eine Hand legte sich liebevoll auf seine Schulter. Jäh fuhr der König herum, um in zwei große braune Augen zu starren, welche ihn fragend ansahen.

"Trynn!", erkannte der Schwarzhaarige seinen Sohn und keuchte kopfschüttelnd auf. "Du solltest mich so nicht sehen", vergrub er sein Gesicht in den Händen und wandte sich ab, doch der Dunkelhaarige hielt ihn zurück: "Du musst dich nicht schämen. Nicht dafür", beruhigte der

Jungzwerg den Krieger und sah zufrieden, dass dessen Zittern weniger wurde und das heftige Schluchzen abnahm.

"Wie hast du mich gefunden?", lenkte Rhul, sich peinlich berührt räuspernd, auf ein anderes Thema.

"Ich traf Abbe unterwegs, welcher mir sagte, dass ich dich hier antreffen würde. Allerdings riet er mir davon ab, diesen Raum zu betreten, doch das machte mich erst recht neugierig", senkte Trynn beschämt den Kopf. "Verzeih mir. Ich wollte dich nicht in Verlegenheit bringen, doch als ich dich so sah, konnte ich auch nicht einfach wieder gehen."

Rhuls Tränen versiegten endgültig und wieder einmal genoss er das Gefühl, dass er nicht allein war. Dass es immer einen anderen um ihn herum gab, welcher auf ihn aufpasste und zur Seite stand. Der ihn auffing und hielt, ohne etwas dafür zu verlangen. Dankbar lächelnd nickte er dem Jüngeren zu.

"Du", flüsterte Trynn, "hast dein Herz verschenkt, Vater", und leicht errötend sah er auf des Schwarzhaarigen Hände, welche ohne Unterlass die Tunika hielten und krampfhaft an des Kriegers Brust drückten.

Der König seufzte auf: "Ich konnte es nicht verhindern. Ich...", löste er eine Hand von dem Stoff und fuhr sich tränenwegwischend über das Gesicht.

"Warum hättest du dies auch tun sollen? Sie ist eine wunderschöne Frau und auch wenn seltsame Dinge geschehen sind, so konnte doch ein jeder fühlen, dass zwischen dir und der Wächterin etwas vorging. Ein Zauber, leicht und schimmernd", leuchteten Trynns Augen. Dies bescherte ihm Rhuls erstaunten Blick, welcher eine unbekannte Seite an seinem Sohn entdeckte, sprach dieser doch eben in diesem Moment von Liebe und nicht davon, ein holdes Weib für die Nacht zu erwählen.

"War es wirklich so offensichtlich?", fragte der König kopfschüttelnd nach.

Trynn nickte schmunzelnd: "Dein Kampf gegen die Gefühle in dir erschienen beinahe lächerlich, verrieten deine Augen doch längst, was dein Herz dir zuflüsterte."

"Aber sie ist fort...", hauchte Rhul hilflos und sah zu Boden.

„Ich weiß", kramte der Jungzwerg in seiner Hosentasche und holte etwas hervor. "Ich weiß, es wird dir nicht helfen, vielleicht sogar deinen Gram noch größer werden lassen, doch ich dachte mir, dass es bei dir besser aufgehoben ist."

Ungläubig schaute der Zwergenvater auf des Sohnes Hand, welche sich leicht öffnete, und flüsterte: "Was ist das?"

"Die Figur, an der ich so lange gearbeitet habe und mir nie ein passendes Gesicht einfallen wollte. Erst als ich Farasar sah, wusste ich, wie ich es zu schnitzen hatte. Sie soll dir gehören", legte Trynn das Holz in Rhuls Hand und erhob sich.

Erschüttert sah der Schwarzhaarige auf die kleine Holzfigur, welche der Wächterin in allen Einzelheiten glich. Hatte sie Trynn beim Schnitzen leibhaftig gegenübergestanden? Wie war es möglich, dass er jedes Detail genau erfasst hatte?

"Siehst du das?", fragte der König erschrocken.

"Was soll ich sehen?", erwiderte der Jungzwerg und beugte sich zu dem Älteren hinunter.

"Das Flimmern!", rief Rhul aufgeregt, doch eine Antwort vernahm er nicht. Wie erstarrt hockte er da mit festgefrorenem Blick. Um ihn herum versank die Welt und es schien nur ihn und diese Frauenfigur zu geben, welche in seiner Hand lag und sanft schimmernd zum Leben erwachte. Ihre Haare bewegten sich wie wogendes Wasser und mit traurigen Augen sah sie zu dem Krieger hinauf. Zögerlich öffnete sie die Lippen: "Ein Herz, welches liebt, spürt das Leid des anderen", hörte Rhul in dieser ungewöhnlich tiefen und brummenden Stimme. Er hatte diesen Satz schon einmal gehört, aber aus dem Mund eines anderen. Irritiert sah er in das Gesicht der kleinen Figur und hoffte auf weitere Wörter. "Das Blau des Zwergenkönigs... Ihr hattet einen Traum... Es wird keinen Wächter mehr geben... Ich schenkte ihn Euch... Lebt wohl, Rhul... Nicht in dieser Welt...", kamen die Silben unzusammenhängend. Abertausende Bilder schossen in Rhuls dröhnenden Kopf. Er begriff, dass sie ihm etwas mitteilte, doch wie grelle Blitze durchzogen Fetzen des Geschehenen in seinen Gedanken auf. Sie vermischten sich, um im selben Moment wieder auseinandergerissen zu werden. "Nicht in dieser Welt", raunte der Schwarzhaarige die letzten Worte vor sich hin und verzweifelte innerlich. "Sag mir, was du meinst!", flehte er, doch auf eine Antwort wartete er vergebens. Mit Entsetzen sah er diese einzelne Träne, welche sich ihren Weg hinter geschlossenen Lidern nach draußen bahnte. Alles geschah wie in letzter Nacht und er fürchtete das Grauen Farasars brennender Augen, das ihn befallen hatte. Rhul wollte ihr in seiner Aufgewühltheit etwas sagen, welches er nicht beendete, erstarb es doch jäh, da Dharags Flamme... "Dharag!", rief der Krieger bebend aus. "Nicht in dieser Welt! Der neue Wächter!", stand der Zwerg ruckartig auf und starrte weiterhin auf die Figur. Er suchte das Feuer, welches er meinte, schon zu erkennen. Entsetzt beobachtete er, wie die flimmernde Figur ihre Augen öffnete und ihn durchdringend ansah. Mit zitternden Lippen schickte sie einen allerletzten Gruß an den Zwergenmann: „Ich liebe dich", bevor die Glut in ihr zum Vorschein kam und sie innerhalb von wenigen Augenblicken in Flammen setzte.

Rhul war nicht in der Lage, das brennende Holz von sich zu werfen, empfand er doch keinen Schmerz auf der Haut, da das Feuer kalt war. Lichterloh brannte es in seiner Handfläche und ließ das Holz vergehen, um schwarzgrau in sich zusammenzufallen und wie von einem leichten Windhauch aus dem Nichts hinfortgeweht zu werden.

Schweigend starrten die Männer einen kurzen Moment der Asche hinterher, bevor sich ihre Blicke trafen. Mit schierer Wucht überrollte sie das Begreifen.

"Sie ist bei dem ‚Roten!", fand Rhul zuerst seine Stimme wieder. "Der neue Wächter wird von ihm sein, Trynn! Verstehst du? Sie kommt nicht zurück! Nie wieder!", schrie er den Jungzwerg mit grollendem Zorn und Verzweiflung in der Stimme an und wurde sich dessen erst bewusst, als dieser ihn bei den Schultern packte und heftig schüttelte.

"Wir brechen auf! Heute noch. Ich muss mit Vadari sprechen und du sagst den anderen bescheid", drehte sich der Schwarzhaarige entschlossen um und eilte in Richtung Tür.

"Wohin brechen auf?", hakte Trynn nach und folgte dem Krieger leicht verdutzt.

"Zum Hain! Vielleicht ist es noch nicht zu spät", rief Rhul keuchend. Und obwohl ihn die Furcht befiel, dass er nichts mehr ändern würde, um Farasar von diesem Irrsinn abzuhalten, mochte er es dennoch nicht unversucht lassen. Das war er ihr schuldig - und seinem Herzen.

Kapitel 13

Khoraz! Riesig und imposant erhob sich die Festung des ‚Roten' vor der schwarzen Bergkette und mit dunklen Augen sah die Wächterin hinüber zu dem rotglühenden Gestein, in welchem der Fürst seit Jahrtausenden hauste. Farasar würde nicht lange brauchen, um von ihrem Schutz in der Felsenhöhle dahinzukommen. Sie stand hinter der flimmernden Wand am Eingang und zögerte, war sie sich doch bewusst über das Geschen, welches sie erwartete. Einige Tage lang hatte sie die Ebenen nach Khelog und Ghrum abgesucht. Unentwegt hatten unzählige Schatten an ihren Fersen gehangen und sie verfolgt, deren Wehklagen fortwährend in ihr nachhallten. Stickig war die Luft vor der Höhle, welche von gelbgrünem Dunst durchzogen wurde. Dieser stieg vom kargen Boden empor und ließ das Licht kalt und fahl erscheinen. Kein Vogel sang in dieser Welt und nicht ein Tier streunte des nachts durch die staubige Steinlandschaft, um Beute zu schlagen. Kein Blatt hing an den vereinzelt stehenden Holzskeletten, deren schwarzbraune Rinde nicht zum Anlehnen und Verweilen einlud. Klebrig und stinkend troff das dunkelrote Harz an ihnen herunter und sickerte in den vergifteten Boden, welcher jegliches Leben im Keim erstickte.

Farasar schauerte zusammen. Wie so oft merkte sie, dass sie nicht allein war. Unsichtbar und doch friedvoll, umgab dieses Schemen sie und ließ sie innerlich zur Ruhe kommen. Etwas gab auf sie acht und beschützte sie, doch es zeigte sich ihr nicht. Nur manchmal hatte die junge Frau das Gefühl einer liebevollen Hand auf ihrer Wange, wenn sie sich ruhesuchend niedergelassen und an die Felsenwand gelehnt hatte, um für kurze Zeit die Augen zu schließen.

"Sie sind nicht hier", flüsterte die Wächterin zu sich selbst und doch hatte sie eine leise Hoffnung, das Schemen aus seiner Zurückhaltung hervorzulocken und sich ihr zu erkennen zu geben. Ein leichtes Schmunzeln legte sich auf ihre Lippen, denn neben ihr setzte sich die Luft sanft flimmernd in Bewegung.

"Ja. Du wirst sie hier nicht finden. Sie sind bei Dharag." Hörbar sog Farasar die Luft ein und erstarrte. Diese Stimme kannte sie. So lange hatte sie auf dieses warme und weiche Brummen verzichtet, das ihr Geborgenheit und Liebe gab. Welches sie getadelt hatte, wenn sie Unfug getrieben und Streiche den im Hain lebenden Haluni gespielt hatte. Doch lobend und voller Freude über ihre Erfolge in der Kampfeskunst oder der Zauberei.

"Du bist noch hier. Warum?", traute sich die Dunkelhaarige nicht, den Blick neben sich zu richten, doch sie hörte das Lächeln in der so vertrauten Stimme: "Viele haben ihre Aufgabe im Leben zu erfüllen, jedoch manch andere im Tod. Ich konnte noch nicht gehen, Farasar."

Langsam wandte sich die Wächterin um und sah in ein Augenpaar, welches sie so liebevoll und dennoch traurig ansah, dass es ihr schier das Herz zerriss und sie keines Wortes fähig war. Das Wesen, das neben ihr schwebte, gab ihr die Zeit zu sehen und zu begreifen. Das Lächeln in dessen Gesicht ließ Farasar weich werden und langsam hob die Wächterin eine Hand, um zärtlich über die Wange der Frau zu streichen, welche ihr einst das Leben schenkte.

"Mutter", hauchte Farasar und es kribbelte auf der Haut. Sie griff durch den weißgrauen Nebel, der sich unter ihrer Bewegung leicht kräuselte, um sich augenblicklich wieder in seine alte Form zurückzubegeben. Fröstelnd zog die Wächterin ihre Hand zurück und hielt diese mit der anderen verzweifelt umschlossen, um sich selbst Halt zu geben.

"Wenn du die Zwerge retten willst", sah Thorgunn sehnsüchtig zur Festung hinüber, "dann musst du zu ihm gehen. Er wird sie dir geben, jedoch kenne ich nicht den Preis dafür."

'Aber ich', sprach die junge Frau im Stillen und folgte dem Blick ihrer Mutter. "Wieso bist du dir so sicher, dass er mir die Männer überlässt?"

"Weil sie wertlos für ihn werden, sobald er hat, wonach er verlangt. An ihrer Angst kann er sich nicht laben, habe ich den beiden doch deutlich gemacht, was Dharag am Leben hält", knurrte die Seele. „Khelog und Ghrum geben ihm nicht die Genugtuung und halten ihre Gefühle verschlossen. Sie sind stark in ihrem Willen", fügte Thorgunn mit Stolz in ihrer Stimme hinzu.

Fragend wandte die Wächterin den Kopf: "War dies deine Aufgabe? Auf Rhuls Ahnen zu warten und diesen beizustehen?"

155

Die ehemalige Kriegerin lächelte wissend: „Nur ein kleiner Teil von dem Großen und Ganzen, welcher sich in diesem Moment ereignet. Es ist noch nicht zu Ende."

Schweigend sah die Va'ari zu Boden und grübelte. Langsam schob sich der Gedanke in ihr Bewusstsein, dass ihre Mutter sich sicher war, dass sie hierherkommen würde. Thorgunn hatte auf sie gewartet, um ihr zur Seite zu stehen und zu helfen. Unweigerlich kam die Frage in ihr auf, was alles zu deren Aufgabe gehörte, von denen Farasar keine Ahnung hatte.

Seufzend hob sie wieder den Kopf: "Warum bist du damals in den Krieg gezogen?", hauchte sie kaum hörbar und traf den verlorenen Blick der anderen, welcher wehmütig auf ihr ruhte.

„Aus demselben Grund, warum du hier bist - Liebe. Du wärest nicht hergekommen, wenn du Khelogs Sohn nicht lieben würdest. Du hast einen Fehler begangen und du weißt nur zu gut, wie sehr du Rhul im Herzen verletzt hast. Um diesen Schmerz zu tilgen, bist du bereit, alles zu geben, was in deiner Macht steht. Du willst, dass es ihm wieder gut geht. Und dies willst du nur aus einem Grund – weil du ihn liebst. Mehr als alles andere", flüsterte Thorgunn.

Hart schluckte die junge Frau bei diesen Sätzen, klangen sie doch seltsam aus dem Mund ihrer Mutter. Innerlich hatte Farasar sich schon längst eingestanden, dass der Zwergenkönig ihr mehr bedeutete und sie alles versuchen würde, um ihm den Trost zu geben, welchen er so dringend benötigte. Rhul sollte wenigstens seine Familie, die er so innig liebte, in Sicherheit wissen. Eine Frau würde er finden. Ein Weib, das ihm nicht aus Hass den Tod wünschte, sondern sich um ihn sorgte.

Aufkeuchend ob dieser Gedanken wandte sich die Wächterin mit tränenverhangenen Augen ab und sah erneut über das Land zur Festung. Hatte sie bis zu diesem Moment gezögert, so stand ihr Entschluss endgültig fest. Sie würde vollenden, was sie angefangen hatte. Aus Hass war ihr Handeln geboren worden, aus Liebe würde es begraben werden. Ohne einen Blick zurückzuwerfen, schob sie sich durch die schillernde Wand und trat in den stinkenden Dunst. Übelkeit stieg in ihr auf und augenblicklich schwebten schwarze Schlieren herbei, die sie regelrecht umgarnten. Sie nahmen wahr, dass die junge Frau die Möglichkeit besaß, sie in die Freiheit zu entlassen.

"Bring sie hierher, Farasar. Ich warte auf euch", rief Thorgunn ihrer Tochter hinterher und sah, sich selbst wieder auflösend, wie diese ihre Schritte fest und zügig in Richtung Khoraz setzte. Ihren Kummer behielt sie bei sich und hoffte, dass Dharag einen anderen Preis verlangte…

…Welchen die Va'ari ohne Klagen bezahlen würde. Kräftig schritt sie aus und rief sich Dharags Bild vor Augen. Er war eine Bestie in Reingestalt. Ein Monstrum, vor dem selbst der abgeklärteste Krieger Angst bekam und lieber die Flucht ergriff. Mehrfach hatte Farasar den ‚Roten' so gesehen. Er labte sich an den Seelen und bereitete diesen selbst im Tode Schmerz und Qual. Er lebte davon. Es war seine Nahrung. Angewidert hatte sie ihm zugeschaut und war dennoch jedes Mal erstaunt, wie anziehend er auf sie wirkte, wenn er seine menschliche Gestalt annahm. In beiden Formen war er ihr gefährlich, überragte er sie doch an schierer Größe und Masse, welche nur aus Muskeln zu bestehen schien. Das Versprechen der Geborgenheit und beschützenden Stärke hatte gleichzeitig etwas Bedrohliches an sich. Seine Arme waren imstande, diese kleingewachsene Frau doch innerhalb eines Lidschlages zu erdrücken. Wie überwältigend war Dharag, wenn er…?

Abrupt blieb Farasar stehen und stöhnte laut auf. Fassungslos begriff sie, dass der ‚Rote‘ ihr wehtun würde. Es würde sie zerreißen, obwohl sie sich ihm freiwillig hingab. Ein Umgehen dieser Tatsache war nur möglich, wenn sie in der Höhle verharrte, bis sie sich endgültig von ihrem Körper löste. Doch darauf wartete sie und hoffte, dass keiner auf der anderen Seite es schaffte, ihre errichtete Mauer um den Baum zu durchbrechen und Fleisch und Knochen am Leben zu erhalten. Ihre jetzige Form erschien im festen Zustand, aber erst, wenn sie wahrhaftig starb, wandelte sie frei. Sie wäre nicht mehr an die Grenzen von Haut und Knochen gebunden und würde sich formen nach eigenem Ermessen. Ihr lief die Zeit davon mit jedem Tag, der ohne Ergebnis verstrich. Farasar war es nur möglich, die Zwergenmänner an den ihnen vorbestimmten Ort zu bringen, solange sie in fleischlichen Fesseln gefangen war. Und das wiederum…

Heiß schossen ihr die Tränen in die Augen bei dem Gedanken daran, was auf sie zukam. Und zum ersten Mal in ihrem Leben erlebte sie Furcht in sich. Pure unerträgliche Angst. Und doch trieb es sie weiter. Die Erinnerung an

Rhuls traurige blaue Augen ließen ihr keine Ruhe und krampfartig stieg das dumpfe Gefühl der Scham darüber in ihr auf, was sie ihm angetan hatte.

Eilig lief sie den Rest des Weges hinauf zum Festungstor, überbrückte den weiten Platz, an dessen Flanken übergroße steinerne Schalen standen, in denen hoch lodernd die Flammen des Fürsten emporschlugen. Schlagartig bäumte sich ihr Magen nach oben, denn sie öffnete das Tor und schlüpfte hindurch. Würgend sank sie auf die Knie und versuchte verzweifelt, die Krämpfe zu besänftigen, die schmerzhaft ihren Brustkorb zu bersten schienen. Der Gestank des Todes, welcher sich seit Anbeginn der Zeit hier sammelte, war überwältigend und nahm jeglichem Leben die Luft zum Atmen. Fahrig fuhr sie sich mit dem Ärmel über das Gesicht und Speichel vermischte sich mit den Tränen auf ihren Wangen.

Mühsam kämpfte Farasar sich auf die Beine, die weich waren und drohten, ein weiteres Mal unter der Last des Körpers nachzugeben. Zitternd und um Fassung ringend drang die Va'ari dennoch vor, um den langen Weg der Brücke, die über einen tiefen Abgrund führte, hinter sich zu lassen. Geradewegs lief sie dem Rondell entgegen, auf welchem der Thron in schwarzes Felsgestein gehauen war und dessen Platz ausgefüllt wurde mit Feuer, das tänzelnd emporschlug und sich langsam zu einem Flammensturm aufbauschte, je näher die Wächterin ihm kam.

"Du hast mich warten lassen", grollte es dunkel durch die weite Halle.

Farasar senkte den Kopf und schwieg.

"Und du hast mich hintergangen", zischte es weiter. "Bloß-
gestellt hast du mich und vor den Zwergen lächerlich
gemacht! Ich, Dharag, wurde von einer kleinen armseligen
Gestalt vorgeführt, als wäre ich eine dumme Kreatur!",
brüllte der Fürst, sodass es in Farasars Ohren zu schmerzte.
Allein schon die Übelkeit quälte sie und zusätzlich befiel sie
das Gefühl, ihr Kopf würde jeden Augenblick zerspringen.
Das Feuer wälzte sich auf die junge Frau zu und umzingelte
sie, um sich hinter ihrem Rücken hoch und eindrucksvoll zu
manifestieren. Tief atmete Farasar ein und hob den Kopf.
Starr richtete sie ihren Blick nach vorn und konzentrierte
sich verbissen auf das Geschehen, welches ihren Augen verborgen blieb. Das Kribbeln auf ihrer Haut verwandelte sich
in sengende Nadelstiche und die Runen fingen an, sich
gegen die Anwesenheit des ‚Roten' zu wehren.
"Du willst die Zwerge mitnehmen", flüsterte der Fürst.
Ohne Vorwarnung baute er sich vor ihr auf und zwang sie
somit, ihn anzusehen.
Erleichtert sah Farasar, dass er ihr nicht in monströser
Gestalt gegenüberstand. Ergeben sah sie zu ihm auf und
suchte seinen Blick, um das leichte Lächeln in ihm zu entdecken. Er vernahm ihre Angst und genoss es ausgiebig.
Tief aus seinem Inneren erklang ein wohliges Knurren, welches seinen kräftigen Brustkorb vibrieren ließ.
"Ja", brachte die Wächterin kaum hörbar über ihre Lippen
und langsam glitt ihr Blick am Körper des ‚Roten' hinunter,
welcher so überwältigend war, dass sie nicht umhinkam,
sich verstohlen auf die Unterlippe zu beißen. Sie hasste sich
für ihre Gedanken und dennoch wurde ihr bewusst, dass sie

sich damit anzufreunden hatte. Den Erfolg ihres Vorhabens würde sie nicht gefährden.

Ohne darüber nachzudenken, hob sie langsam die Hände und fing an, den Verschluss ihres Kleides zu öffnen, um es von ihren Schultern zu ziehen. Schmerzhaft glitt der Stoff über ihre Haut und fiel zu Boden. Das Keuchen des ‚Roten‘ drang zunehmend in ihr Bewusstsein, obwohl er für einen Moment vor ihr zurückgewichen war, um sie ungläubig anzustarren.

"Diese Runen!", fauchte Dharag und ballte seine Pranken wütend zu Fäusten, doch mit einem Male brach er in dröhnendes Lachen aus.

Irritiert sah Farasar auf. Der ‚Rote‘ wandte sich von ihr ab und drehte ihr den Rücken zu, welcher fortwährend unter seinem Lachen erbebte. Die Gelegenheit nutzend sah sich die junge Frau unauffällig in der Halle um, in der Hoffnung, einen Hinweis darauf zu finden, wo sich Khelog und Ghrum aufhielten.

"Hast du wirklich geglaubt, du könntest einfach hierherkommen, deinen Körper anbieten und diese armseligen Kreaturen mitnehmen? Stellst du dir das alles wirklich so einfach vor?", brüllte der Fürst wütend und breitete seine Arme aus, als wolle er seinen Thron mit diesen umfangen. Flammen schlugen aus Dharags Händen, welche sich an seinen Armen entlang fraßen, um den gesamten Körper einzuhüllen und in seinen Besitz zu nehmen.

"Ist es nicht das, wonach du verlangtest?", brachte Farasar wimmernd hervor und wich kurzerhand zurück, denn der Fürst baute sich blitzartig vor ihr auf und sah sie angewidert an. Wild hingen ihm die langen roten Haare ins Gesicht und sein Blick war pures Feuer. Er beugte sich zu ihr hinunter und sah ihr tief in die Augen: "Ja, ich verlange danach. Doch nicht so! Du solltest zu mir kommen in Liebe und nicht als... als... Zwergenhure!", spie Dharag der jungen Frau seinen Hass entgegen. "Du wirst leiden! Mehr, als du dir jemals hättest vorstellen können", fuhr er mit den Fingern über Farasars Gesicht hinunter zum Hals. Die erste Rune, die er berührte, war entlang des Schlüsselbeins eingebrannt. Ekelerregender Geruch stieg in einer dünnen dunkelgrünen Rauchsäule auf und das leuchtende Blau des Zeichens verwandelte sich in pechschwarze klebrige Flüssigkeit, welche kleine Blasen bildete.

Farasar biss die Zähne zusammen. Der Schmerz der Verätzung war unerträglich und sie war sich dessen bewusst, Dharag würde nicht damit aufhören, sog er ihre Pein doch mit einem gehässigen Grinsen in sich auf. Er zerstörte ihr Erbe. Er genoss es. Herausfordernd sah er die Wächterin an und berührte die nächste Rune, welche sich mit einem leichten Zischen und dem gleichen Gestank verformte. Die Va'ari schloss die Augen, doch sie bereute es sofort. Sie sah nicht die Hand, welche sich blitzartig und in voller Größe auf ihren Brustkorb legte und somit acht Runen gleichzeitig zerstörte. Farasar schrie gellend auf, hatte sie doch das Empfinden, die Haut würde ihr bei lebendigem Leibe abgezogen. "Dharag... bitte...", keuchte sie vor Schmerz und Angst zitternd auf und sah dem Mann flehend in die Augen.

Kalt erwiderte er ihren Blick und trat einen Schritt zurück. Einen Moment lang musterte der Fürst die schlotternde Frau von oben bis unten und nickte dann grollend: "Also gut. Streck deine Arme aus."

Irritiert sah Farasar auf, doch sie folgte der Aufforderung schweigend. *'Keine Schmerzen mehr'*, betete sie in Gedanken. *'Alles, nur keine Schmerzen'*, und sah, wie der Rote dicht vor sie trat und etwas in den Händen hielt, doch sie erkannte nicht, was dieses war. Mit hämmerndem Herzen vernahm sie Dharags Stimme: "Nimm deine Zwerge und lasse sie frei. Du jedoch wirst wiederkommen, wenn die Ketten der Macht ihre Aufgabe erfüllt haben. Du, Farasar, wirst mich nie wieder zurücklassen."

Sie hörte nur das Klicken der Verschlüsse und das Glühen des Metalls drang um ihre Handgelenke. Schreiend stürzte sie auf die Knie und starrte fassungslos auf Hände und Arme. Schwarz traten ihre Adern bis in die kleinste Verästelung unter der Haut hervor. Mit jedem Herzschlag pulsierte die Macht der glühenden Eisen ein Stück weiter durch ihren Körper und setzte diesen innerlich in Flammen.

"Geh endlich! Du widerst mich an!", knurrte der Fürst und riss die junge Frau an den Armen nach oben. Fauchend drückte er ihr das Kleid samt einer roten schädelgroßen Kugel in die Hände, deren Finger vor Schmerz sich wie Krallen zusammengezogen hatten und im Krampf erstarrt waren.

Farasar floh. Stolpernd und am ganzen Leibe zitternd entkam sie dem ‚Roten' und stürzte panisch über die Brücke hin zum Tor. Sie rang nach Luft und mit schmerzverzerrtem Gesicht überquerte sie den Platz mit den Feuerschalen und umrundete die nächste kleine Felsformation, wo sie endgültig zusammenbrach und sich laut weinend übergab. Nur die Dunkelheit, welche die Va'ari überkam, schenkte ihr einen Moment der Ruhe. Ihre Gedanken schwanden und sie rollte sich auf dem kalten Boden liegend zusammen. Mit letzter Kraft hielt sie sich an dem Gefäß fest, in dem es sanft pulsierte im Takt ihres Herzens.

Kapitel 14

"Meint Ihr wirklich, dass es so gut ist, wenn Rhul allein zu ihr geht?", fragte Vadari und strich sich müde über die Augen.

"Er ist nicht allein. Haledan ist auf der Lichtung und nimmt Abschied", erwiderte Ilunaos leise, welcher neben der Wissenden stand und in sich ruhend sanft lächelte.

"Wird er nicht dennoch versuchen, diese Wand zu durchbrechen, wenn er Farasar so sieht? Der Zwerg muss wahnsinnig werden bei diesem Anblick. Es hat mich vorhin schon sehr überrascht, dass er so ruhig und gefasst geblieben ist, als er erfuhr, was geschehen ist", brummte die Alte kopfwiegend vor sich hin und die Falten in ihrem Gesicht erschienen tiefer vor Sorge.

"Nein, Freundin. Dafür ist Rhuls Achtung vor der Wächterin zu groß, als dass er sich gehenlassen würde. Zusätzlich wird Haledans Anwesenheit ihn davon abhalten, Farasars Grab zu attackieren."

"Herr Ilunaos!", sog Vadari hörbar die Luft ein und bedachte den Halun mit einem entsetzten Blick. "Wie könnt Ihr so etwas sagen?"

"Ist es das nicht? Ihr Grab?", erwiderte dieser mit leiser Stimme und er war hörbar bemüht, das Zittern darin zu unterdrücken. "Sie wird in den Armen des Baumes sterben. Und an seinen Wurzeln wird sie begraben werden, Vadari", wandte sich der Allwissende ab und ließ die Menschenfrau allein mit ihrer Trauer. Diese schickte erneut einen verzweifelten Blick dem Zwergenkönig hinterher, welcher gebückt und kraftlos den Pfad zur Lichtung entlangging.

Der Schwarzhaarige war des Beschreibens seiner Gefühle nicht imstande. Er erkannte, dass er zu spät gekommen war und jegliche Unternehmung, der Wächterin zu helfen, umsonst sein würde. Ungebremst hatte sich der Gedanke in seinem Hirn eingebrannt, dass sie wegen ihm gegangen war. Um ihre Schuld ihm gegenüber zu begleichen. Eine Schuld, welche es für ihn nicht gab und er niemals Genugtuung für ihr Handeln verlangt hätte.

Rhul hatte die Wächterin genau beobachtet. Abbes Erklärung über Farasars Verbindung zu den Zwergen hallten fortwährend in seinem Kopf nach, ebenso die Andeutungen Haledans und Vadari. Er empfand gelegentlich den Traum, welchen er geschenkt bekommen hatte. Er sah in jedem nur denkbaren Moment die großen traurigen Augen der jungen Frau vor sich, welche so oft zu erkennen gab, dass sie sich nach ihm sehnte, aber sich selbst genau diesen Schritt verweigerte. Nein, für ihn hatte sie keine Schuld. Für Rhul ergab alles einen Sinn und er empfand nach, warum die Abläufe so geschehen waren, wie er sie in der letzten Zeit erlebt hatte. Obwohl der Krieger am Anfang unsägliche Wut in sich getragen hatte, welche ihn fast zerriss, so warf er Farasar dennoch nichts vor. Er hätte genauso und in reiner Zwergenmanier stur und dickköpfig sein Ziel verfolgt.

Schon von weitem leuchtete dem Krieger das glühende Rot der Wände zwischen den Steinen entgegen, welche die Va'ari heraufbeschworen hatte, um sich vor dem Zugriff von außerhalb zu schützen. Solange diese existierten, lebte die Wächterin. So zumindest hatte Ilunaos es dem Zwergenkönig erklärt und dass keine ihnen bekannte Macht den Zauber brechen könne. Vor Entsetzen erstarrt hatte er den Wörtern des Allwissenden gelauscht und erst allmählich begriffen, was diese wahrhaftig bedeuteten – sie sahen Farasar beim Sterben zu.

Mit der gleichen Starre stand Rhul jetzt an der Grenze des Steinkreises und bohrte seinen Blick durch das rote Flimmern. Dieser kam auf dem Frauenkörper zu liegen, welcher leicht in sich gesunken an dem riesigen Baum lehnte. Farasars Gesicht erschien schneeweiß und wurde sanft von ihren dunklen Locken umrahmt, welche sich schwer zu beiden Seiten auf ihrer Brust bis hinunter zum Bauch ergossen. Das Blau ihres hochgeschlossenen Kleides erstrahlte in derselben Intensität wie Rhuls Tunika beim Seelenfest. Schmerzlich drang die Ahnung in dem Zwerg hervor, dass die Wächterin bewusst diese Farbe für ihren Abschied gewählt hatte.

Innerlich aufgewühlt biss Rhul die Zähne fest aufeinander und senkte den Kopf. Im selben Moment nahm er aus den Augenwinkeln heraus eine Bewegung wahr und lenkte seine Aufmerksamkeit hinüber zu den niedrigen Sträuchern zu eben jener Stelle, an der er jemanden vermutete: "Haledan!", rief der Zwerg überrascht aus und schritt auf den

Halun zu, welcher aufseufzend stehenblieb und ihn mit leeren Augen ansah.

Erschüttert vom Anblick des Hochgewachsenen hielt der Krieger vor diesem und griff ohne Vorwarnung nach dessen Hände. Eiskalt und steif waren diese und scheinbar hatte der Tod schon von dem Mann Besitz ergriffen. Fragend sah Rhul in Haledans Augen, doch diese berichtetem ihm nur von unendlicher Trauer und Hoffnungslosigkeit. "Gibt es denn wirklich gar keinen Weg mehr, sie zurückzuholen?", flüsterte der König hilflos.

Haledan schüttelte kaum merklich den Kopf: "Es ist vorbei, Rhul. Endgültig. Ich habe sie verloren", sah er auf und kreuzte des Zwerges flehenden Blick. "WIR haben sie verloren", korrigierte er sich und wandte sich ab.

"Wo wollt Ihr hin? Gebt Ihr einfach so auf? Es muss eine Möglichkeit geben. Dies kann nicht das Ende sein. Haledan!", rief der Schwarzhaarige dem Wächter hinterher. Die Traurigkeit in seinem Inneren wich und überließ leiser Wut den Platz. "Sie ist Eure Tochter! Ihr müsst um sie kämpfen. Bitte!"

Abrupt blieb der Halun stehen und ballte seine Hände zu Fäusten, um tief durchzuatmen, ehe er mit knurrender Stimme auf den unterschwelligen Vorwurf reagierte: "Glaubt Ihr wirklich, ich lasse mein eigen Fleisch und Blut im Stich? Meint Ihr denn nicht, dass ich als Vater nicht alles versucht habe, um die Liebe meines Herzens zu retten? Wer, wenn nicht ich, hätte jede Möglichkeit längst ausgeschöpft und in Betracht gezogen, doch…", stockte Haledan mitten im Satz, bevor er bebend flüsterte: "Noch ein

Leben… werde ich nicht auf's Spiel setzen… nie wieder…",
schloss der Wächter die Augen und presste die Lippen aufeinander.

Zornig lief der Zwergenkönig auf den Mann zu, packte
diesen fest am Arm und riss ihn mit aller Macht zu sich
herum. Geschockt betrachtete er Haledans Gesicht, welches
aschfahl war und die Knochen unter den eingefallenen
Wangen deutlich zum Vorschein traten. Die Stumpfheit in
den braunen Augen zeugten von unsagbarem Schmerz und
dem Aufgeben, hatte der Halun doch alle Hoffnung verloren.

"Was meint Ihr damit?", fragte Rhul grollend und sah den
Hochgewachsenen mit zusammengekniffenen Augen musternd an. Er bemerkte das nervöse Zucken um dessen
Mundwinkel und das leichte Aufbegehren des Körpers, sich
abzuwenden. Der Zwerg umschloss des Wächters Arm mit
deutlichem Druck und flehte: "Haledan! Bitte, Ihr müsst
mir sagen, was Ihr wisst. Ich werde alles tun, um Euch und
Eurer Tochter zu helfen."

"Das ist es ja eben", keuchte der Wächter zurück, "Ihr
würdet alles für sie tun… auch sterben", sah er mit feuchten
Augen dem Krieger ins Angesicht, um die stumme Antwort
zu bekommen, ehe Rhul etwas sagte, und schüttelte den
Kopf: "Das werde ich nicht zulassen und ich werde das
auch nicht von Euch verlangen."

"Solltet Ihr diese Entscheidung nicht besser mir überlassen?", straffte sich der Zwerg und nahm seine Hand von
des Haluns Arm. "Wollt Ihr mir vorschreiben, was ich zu
tun habe? Bin ich in Euren Augen nicht Mann genug, um

selbst zu bestimmen, was mit meinem Leben geschieht?"", stemmte er entrüstet die Hände in die Seiten und sah den Wächter herausfordernd und mit hervorgeschobener Kinnlade an.

"Mein König", wimmerte Haledan erschrocken auf, "das ist es nicht! Nie würde mir dies in den Sinn kommen, doch ich möchte nicht derjenige sein, der Euch zu solch einer Entscheidung ermuntert. Das könnte ich nicht verantworten."

"Ich will es wissen! Jetzt! Hier! Aus Eurem Munde!", knurrte der Schwarzhaarige dunkel und drohend von unten herauf und das Schimmern in seinen blauen Augen glühte vor Wut, welches den Halun gefangen nahm und diesen sich gequält winden ließ.

"Also gut", gab Haledan am ganzen Körper schlotternd auf. "Ihr sollt es erfahren", sah er betreten zu Boden und suchte nach den richtigen Wörtern. Verzweifelt rieb er die Hände ineinander und seine Stimme zitterte leicht: "Ihr wisst, dass die Zwerge bei ihrer Geburt einen Namen erhalten, welchen sie niemals einem Wesen eines anderen Volkes verraten würden. Selbst in ihrer eigenen Sippe sind diese oftmals unbekannt und nur derjenige, welcher absolutes Vertrauen genießt, hat die Möglichkeit, dieses Geheimnis zu erfahren."

Mit wachem Blick beobachtete Rhul des Wächters Gesicht und hütete sich davor, den Mann mit nur einem Wort oder einer Bewegung zu unterbrechen. Jetzt, da dieser im Begriff war, ihm alles zu offenbaren.

"Farasars wahrer Name ist von noch größerer Bedeutung, da sie das Erbe mehrerer Völker in sich birgt. Es gilt, diesen herauszufinden und nur ein einziges Mal laut auszusprechen. In dieser Welt kennt diesen keiner, hat bisher doch kein Zwerg zu ihr vordringen können. Und ich bin mir nicht einmal sicher, ob ihre Mutter darüber Kenntnis hatte", hob Haledan hoffnungslos den Blick und traute sich nicht, den Schwarzhaarigen direkt anzusehen. Er bemerkte sofort, dass Rhul die richtigen Schlüsse aus seinen Ausführungen zog.

"Es müsste ihr also ein Zwerg folgen, solange sie in dieser Welt noch lebt, um ihren Geist zurückzuholen", schluckte der König hart und nickte sacht vor sich hin. Wie froh war er darum, dass der Wächter nicht wahrnahm, wie die Hitze in ihm aufstieg. Die Welle der Erkenntnis beim lauten Aussprechen seiner Gedanken, brachen sich mit geballter Wucht in seinen Gliedern Bahn und ließen ihn erbeben. "Rhul", keuchte Haledan flehend auf und packte den Krieger an beiden Armen, um ihn sanft zu schütteln. Mit tränenverhangenem Blick suchte er in des Zwerges Augen und wurde umgehend fündig, sodass seine Stimme brach: "Das dürft Ihr nicht… Euer Volk braucht Euch… tut mir das nicht an…", sank er weinend und sich an der Kleidung des anderen festhaltend in die Knie.

Tief gerührt sah der Schwarzhaarige dem Geschehen zu und versuchte krampfhaft, den aufsteigenden Kloß in seinem Hals hinunterzuschlucken, um mit belegter Stimme zu antworten: "Ich darf, Haledan. Und ja, mein Volk braucht mich, doch diese Welt benötigt eine Wächterin dringender, kann sie sich doch nicht einfach eine neue erwählen. Die Zwerge werden einen geeigneten Nachfolger krönen und Euch lasse ich hier mit gutem Gewissen zurück, weiß ich doch, dass Farasar im Hain besser aufgehoben ist als bei diesem Scheusal."

"Ihr dürft nicht sterben, Rhul. Ich will es nicht!", begehrte der Halun ein letztes Mal auf und handelte sich eine Reaktion des Kriegers ein, welche er niemals in seinem langen Leben für möglich gehalten hätte. Ruckartig packte dieser ihn bei den Schultern und sah ihn ergriffen an, bevor er ihn zu sich heranzog und fest umarmte. Wie erstarrt hing Haledan in diesen kräftigen Zwergenarmen und Rhuls heftiger Atem fuhr ihm über den Nacken. Der Wächter selbst sah hilflos zum Himmel empor und flehte alle ‚Ewigen' um Beistand und Schutz für den Schwarzhaarigen an.

"Geht nun", gab Rhul den Halun leise frei und half ihm auf die Beine. Selbst peinlich berührt von seinem Gefühlsausbruch dem Wächter gegenüber und der darauffolgenden Geste, strich er sich fahrig über den kurzen Bart. Abrupt wandte er sich ab, um an den Rand der Lichtung zu fliehen. Weg von diesem Steinkreis und dem riesigen Baum. Weg von diesem immerwährenden Leuchten, welches die junge Frau beschützte und gleichzeitig gefangen hielt.

Der König kam nicht weit und blieb jäh nach wenigen Schritten wie versteinert stehen. Er sah in ein eisblaues Augenpaar, welches ihn mit einem durchdringenden Blick musterte, dass es ihm durch Mark und Bein fuhr. Schlagartig wurde dem Zwerg klar, dass der Dunkelhaarige jedes Wort gehört hatte, und selbst die Umarmung war ihm nicht entgangen. Verlegen sah Rhul zur Seite: "Mir war bekannt, dass Ihr Euch im Hain befindet, jedoch ahnte ich nicht, dass Ihr Euch gerade jetzt hier aufhaltet", brummte er unwirsch, obwohl ihm nicht der Sinn nach Streit stand. Vorsichtig trat der Halun ein Stück vor und hielt verkrampft seine Hände vor dem Bauch ineinandergefaltet. "Auch ich habe das Bedürfnis, ihr nahe zu sein... und mich zu verabschieden", flüsterte der Fürst und verhinderte nicht, dass seine Stimme leicht zitterte.

"Noch ist sie nicht tot, Halvoron!", erklang Rhuls aufbrausende Antwort unmittelbar und schneidend. Dicht trat er an den Hochgewachsenen heran und zischte: "Und sie wird auch nicht sterben. Niemals! Solange ich es verhindern kann", sah er lauernd hinauf.

Hörbar sog der Fürst die Luft in seine Lungen und musterte verwundert den Krieger von oben bis unten. Fassungslos erkannte er den unbändigen Willen in Rhuls Augen, das wahrzumachen, was Haledan versucht hatte, diesem auszureden. Stetig wuchs des Haluns Achtung vor dem Zwergenkönig und zum ersten Mal erkannte er die unsagbare Stärke und wilde Leidenschaft des Mannes, welche Farasar in ihren Bann gezogen hatten. Irritiert und aufkeuchend schaute Halvoron über Rhuls Kopf hinweg und sein Blick irrte ziellos. Seine Gefühle in ihm versanken im Chaos. Er war sich nicht sicher, ob er diesem Rumoren, welches hämmernd in ihm tobte, lange standhielt. Und ohne darüber nachzudenken, was er von sich gab, flüsterte er abermals: "Wisst Ihr, was sie am meisten liebte?"
Verwirrt und fragend sah der Zwerg auf und zog die Brauen zur Nasenwurzel. Leise und im friedvollen Ton antworte er: "Nein. So viel Zeit mit ihr war mir leider nicht vergönnt",

und sah das schmerzliche Zucken in des Haluns Gesicht, bevor dieser weitersprach: "Bei jedem Vollmond stieg sie hinauf in die Berge, um mitzuerleben, wie er über dem Ambhradur aufging und das Zwergenreich in silbernes Licht tauchte", fuhr Halvoron bebend fort. "Rhul, sie war schon immer bei Euch, auch wenn sie es nicht wahrhaben wollte, doch ihr Herz schlug seit ihrer Geburt für Euer Volk."

Siedend heiß durchzog es den Krieger bei diesen Wörtern und hilflos suchte er nach eigenen: "Dennoch fühlte sie sich bei Euch geborgen und Ihr liebt sie aus tiefstem Herzen", hoffte der König innerlich aufgewühlt, ein wenig Trost zu geben.

"Ihr wisst darum?", sah der Dunkelhaarige erstaunt dem Zwerg in die Augen, welche ihn mit einem Blick bedachten, den er nicht einzuordnen vermochte.

"Ich sah Euch zusammen in jener Nacht am Fluss", nickte der Schwarzhaarige, "und ich beobachtete Euch, als Ihr Farasar vom Berg wegholtet. Wir Zwerge wissen sehr wohl, was es heißt, innig zu lieben, Halvoron. Und wir erkennen auch, wenn ein anderer sein Herz verschenkt hat. Haltet uns nicht für so stumpf und gefühllos. Das Brennen vor Sehnsucht und Leidenschaft ist auch uns bekannt."

"Ja, ich liebe sie", sah der Halun beschämt zu Boden und errötete, hatte er es doch niemals in Betracht gezogen, sich einem Zwerg - ausgerechnet Rhul - zu offenbaren. Verwirrt und mit einem heißen Knoten in den Eingeweiden, welcher geknüpft war aus so vielen unterschiedlichen Empfindungen, die auf ihn einströmten, wankte er leicht und sein Atem kam gepresst über die zitternden Lippen.

"Dann helft mir, Halvoron", forderte der König den Mann mit fester Stimme und ohne Scheu auf. "Oder tragt Ihr den Dolch unter Eurem Gewand nur, um Euch daran festzuhalten?"

"Rhul!", rief der Fürst erschrocken aus und mit aufgerissenen Augen bohrte sich sein entsetzter Blick in den des anderen. Das gutmütige Schimmern darin und das leise Lächeln auf des Zwergs Lippen entgingen ihm nicht. Dieser trat näher an den Halun heran und er nahm intensiv die Wärme an seinem Körper wahr.

"Einen Wunsch habe ich noch", knurrte der König grollend und packte den Hochgewachsenen am Kragen, um ihn zu sich hinunterzuziehen. "Gebt gut auf sie acht. Beschützt sie und gebt ihr all Eure Liebe. Das müsst Ihr mir versprechen, Halvoron."

Doch dieser brachte keinen Ton über die Lippen angesichts dieser Worte aus des Zwerges Mund. Aschfahl wurde des Haluns Antlitz. Er begriff und sein Körper schien, unter der Anspannung zu bersten.

"Versprecht es mir!", stöhnte Rhul flehend auf und das Blau seiner Augen glühte im Wahn des Wissens, was er von dem Halun verlangte. Unnachgiebig krallte er seine Finger in das Gewand des Fürsten und zog ihn näher an sich heran, sodass dieser seinen Atem auf der Haut vernahm.

"Ich verspreche es", jaulte Halvoron kläglich auf, nicht bewusst steuernd, wie er handelte. Blitzschnell schlang er einen Arm um des Mannes breite Schultern, um diesem Halt zu geben, wenn…

Das Geräusch des Metalls, welches wie von selbst durch Stoff und Fleisch glitt, erschien ohrenbetäubend laut. Bis zum Heft stieß der Fürst die Klinge in des Königs Körper und ließ nicht los. Der Zwerg hob seinen Blick und versank in Halvorons eisblauen Augen: "Danke."

"Bring sie zurück, Rhul. Hörst du? Bring sie zurück", wimmerte der Halun weinend und von innerer Pein zerrissen. Er begriff, welch scheußliches Werk er vollbracht hatte, doch er sah das Lächeln auf des Zwerges Gesicht, der frei zu sein schien im Angesicht seines Todes. Halvorons Tränen begleiteten Rhul auf dem Pfad ins Dunkel und ließen ihn wissen, dass er sich für den richtigen Weg entschieden hatte.

Der Schwarzhaarige hörte nicht mehr den gellenden Aufschrei Haledans, der dem Treiben der beiden Männer schweigend zugesehen und dennoch nicht eingegriffen hatte. Rhul nahm nicht mehr die Arme des Dunkelhaarigen wahr, welcher ihn hochhob, um ihn eilig in die Hallen des Hains zu bringen und den heilenden Händen Ilunaos' zu übergeben. Nur die beruhigende Nähe der Wächterin wurde stetig intensiver, je mehr er in die Dunkelheit hinabglitt.

Die stickige Luft, welche sie umgab, vibrierte, doch Farasar hielt die Augen geschlossen und gab sich der Schwäche ihres Körpers hin. Nur das Pulsieren der glasartigen Kugel in ihren Händen bescherte ihr ein beruhigendes Gefühl und ließ den Schmerz auf der Haut, wo das Gefäß sie berührte, geringer werden. Gleich einem Kampf schienen die gefangenen Zwerge, gegen das schwarze Gift in ihrem Körper anzugehen.

Leicht bebte der steinige Boden unter der jungen Frau und sie bemühte sie sich, den Blick über die Ebene wandern zu lassen. Etwas veränderte sich, doch es blieb ihr verborgen. Unheilvoll kroch die Kälte ihren Rücken aufwärts. Ächzend richtete sie sich auf, um das Gefäß vorsichtig neben sich zu legen und das Kleid über den geschundenen Körper zu ziehen.

Tief atmete Farasar durch, kam endlich auf die Beine und das kleine rote Gefängnis der Zwerge presste sie an sich. Still stand sie da und betrachtete das Flimmern der Luft, welches stetig zunahm und von einem leisen Sirren begleitet wurde, das nur hin und wieder durch das dumpfe Grollen der Beben unterbrochen wurde. Woher kam dieses Leuchten? Und was löste das Erzittern des Gesteines aus? Suchend sah sich die Wächterin um und erkannte im nächsten Augenblick eine Stelle, an der sich das Flimmern zu konzentrieren schien. Hell leuchtete dieser Fleck auf und formte sich langsam zu einer Gestalt, welche nicht zu erkennen war. Doch schlagartig stellten sich die feinen Härchen in ihrem Nacken auf. Sie meinte zu wissen, was sich da herauskristallisierte. Geschockt und erstarrt verharrte sie, um das Geschehen zu begreifen, welches sich in diesem Moment vor ihr abspielte, was sie so niemals in ihrem Vorgehen eingeplant hatte.

Donnerndes Grollen riss sie jäh aus ihren Gedanken und ließ sie erschrocken herumfahren. Hell stand Khoraz' Tor in

Flammen und flog krachend aus den Angeln. Roter Nebel quoll daraus hervor, um im nächsten Augenblick das in der Festung lebende Monstrum auszuspucken.

"Nein!", keuchte Farasar jäh auf und schon setzten sich ihre Füße wie von selbst in Bewegung. Siedend heiß überkam sie die Erkenntnis und ihr Inneres zog sich krampfartig zusammen. Die Erscheinung war keine arme Seele, welche ihr Dasein in den nächsten Jahren in dieser Welt fristete. Sie war auf Abwegen und schwebte zwischen Leben und Tod auf dieser verfluchten Ebene. Und Dharag würde alles daran setzen, diese kümmerliche Kreatur endgültig ins Dunkel zu führen.

Die Wächterin stolperte mehr, als dass sie rannte. Panisch und mit hämmerndem Herzen jagte sie vorwärts mit nur einem Ziel. Dieses nahm immer deutlichere Konturen an und trieb Farasar Tränen des Entsetzens in die Augen. "Komm, steh auf! Lauf!", rief sie verzweifelt, doch ihr Rufen wurde nicht gehört. Die Gestalt hatte ersichtliche Mühe, auf den Beinen zu stehen, und krampfhaft presste diese eine Hand auf den Brustkorb.

Erneut bebte der Boden und knurrendes Dröhnen erhob sich hinter der jungen Frau, doch sie sah nicht mehr zurück. Mit einer Hand das Gefäß haltend, stürmte sie zu dem hilflosen Mann, packte diesen an der Schulter und riss ihn mit aller Macht nach oben.

Der Schwarzhaarige stöhnte qualvoll auf und wankte, doch ehe er begriff, zog ihn die Kraft weiter und hin zu dieser blau schimmernden Wand. Nicht nur der Schmerz in seinen Eingeweiden war unerträglich, ebenfalls der feste Griff der

Va'ari, dessen Stärke er in dieser Präsenz niemals vermutet hätte. "Lass mich hier", presste Rhul hinter zusammengebissenen Zähnen und mit schmerzverzerrtem Gesicht hervor. "Rette dich vor ihm!"

Kurz hielt Farasar inne, um den Arm des immer wieder strauchelnden Kriegers um ihre Schultern zu legen und ihn fest um seine Hüfte zu packen. Ihr Blick glitt aufwärts und flüchtig nahm sie die zerrissene Tunika wahr. Kopfschüttelnd kniff sie die Augen zusammen: "Er will dich, Rhul!", schaute sie gehetzt über die Schulter, um sich wieder in Bewegung zu setzen. "Mich hat er schon", murmelte sie leise und bündelte erneut alle Kraft auf.

"Farasar…", keuchte der Schwarzhaarige auf, doch der Ausdruck in ihrem Gesicht zeigte ihm strikt, dass jetzt nicht der richtige Zeitpunkt war, mit ihr darüber zu diskutieren. Zudem ergriff ihn die Angst vor der schimmernden Wand. Er erinnerte sich, dass diese undurchdringlich war, aber die Wächterin ließ sich nicht beirren. Mit unbändiger Wucht schleuderte sie den Krieger durch den von Magie getränkten Eingang und stürzte aufknurrend hinterher. "Nicht hinsehen!", drehte sie sich blitzschnell herum und versperrte dem Schwarzhaarigen mit der Hand die Sicht, welcher mit aufgerissenen Augen und auf dem Rücken liegend nach ihrem Verfolger spähte. Zornerfüllt drosch Dharag auf die Wand ein und erzeugte damit gleißend helle Blitze, welche nicht nur die Augen in Mitleidenschaft zogen, wenn man direkt hineinsah, sondern tief ins Hirn vordrangen und unvorstellbare Schmerzen hervorriefen. Das Dröhnen der vor Wut brüllenden Bestie zog den beiden durch jede Faser ihrer Körper.

"Ich sehe nicht hin", flüsterte Rhul mit geschlossenen Augen und griff nach der schützenden Hand der jungen Frau. Sacht zog er sie herunter und legte sie auf seine bebende Brust. Erleichtert stellte der Zwerg fest, dass sich Farasar nicht dagegen wehrte und stattdessen ihre Stirn auf seine Schulter sinken ließ. Zitternd hockte sie neben ihm und rang nach Atem. Rhul selbst beruhigte sich und sammelte seine Sinne.

Scheinbar endlos verging die Zeit, bis sich der Rote fauchend und fluchend zurückzog, erkannte er doch, dass er gegen die Magie der Va'ari keine Macht hatte. Diese war zu präsent für ihn, als dass er sie hätte durchbrechen können. Farasar stand nicht auf und weigerte sich innerlich, den Kopf anzuheben. Unendlich schwer erschien ihr dieser und zudem umgab sie die beruhigende Nähe und Wärme des Zwerges. Zum ersten Mal ertastete sie die vielen Härchen auf Rhuls Haut, welche weich und dicht ihre Fingerkuppen kribbeln ließen.

"Er ist fort", hauchte der Schwarzhaarige und legte vorsichtig eine Hand auf das Haupt der Wächterin, um ihr sanft über das dunkle Haar zu streichen.

Farasar verkrampfte sich sofort und hob den Kopf, aber sah den Zwerg nicht an. Ihre Hand zog sie schlagartig von seiner Brust zurück und suchte nach dem Grund, warum Rhul hier war. Schon auf der Flucht vor Dharag war ihr die zerrissene und blutdurchtränkte Tunika aufgefallen. Jetzt sah sie die Ursache dafür und keuchte erschüttert auf. Tief und breit klaffte die Wunde unter des Kriegers Brustbein, doch hatte sie schon längst aufgehört zu bluten. Liebevoll berührte Farasar den Einstich, um dann ihre ganze Hand darauf zu legen. Das Zusammenzucken und Aufstöhnen des Zwerges beachtete sie dabei nicht, war ihr doch bewusst, dass die Schmerzen nicht so leicht hinfortzunehmen waren.

"Was tust du da?", fragte Rhul leise und sah, wie die Va'ari die Augen schloss und sich konzentrierte.

"Dein Leben retten", knurrte sie unwillig zurück. "Noch ist es nicht zu spät."

"Ich bin doch schon tot", richtete sich der Zwerg jäh auf und Farasar merkte unter ihrer Hand, wie die Wunde weit aufsprang. Fassungslos sah sie den Mann an: "Nein! Bist du nicht. Ich könnte dich sonst nicht berühren. Jemand hilft dir auf der anderen Seite, Rhul."

Verwirrt und grübelnd sah der Mann in ihre dunklen Augen: "Er hat es nicht richtig gemacht!", jaulte er entsetzt auf. "Dieser Halun kann nicht einmal das!", ließ er sich hilflos nach hinten sinken und starrte aufgewühlt an die Höhlendecke.

Langsam setzte sich die Wächterin auf ihre Fersen und legte die Hände in ihren Schoß. Sich zu einem regelmäßigen Atem zwingend, starrte sie auf die Wunde und fragte kaum hörbar: "Was hat wer nicht richtig gemacht?"

Rhul antwortete nicht und nur sein hartes Schlucken war zu vernehmen. Er begriff, was er preiszugeben sich weigerte.

"Rede mit mir", sah Farasar dem König flehend ins Gesicht. "Ich will wissen, was geschehen ist."

"Er sollte es tun", presste der Zwerg gequält hervor. "Ich habe ihn darum gebeten."

"Wer?", schloss Farasar zitternd die Augen.

Der Krieger schwieg.

"WER?", fuhr sie wütend auf, packte den Schwarzhaarigen an den beiden oberen Enden der Tunika und riss ihn nach oben. Dunkel glühten ihre Augen vor Missbilligung, dass sie dem anderen jedes Wort abrang.

"Halvoron", gab Rhul erschüttert über diesen Ausbruch auf. Er sackte stumpf nach hinten, denn die Va'ari ließ los und wich atemlos ein Stück vor ihm davon.

"Warum?", schüttelte Farasar ungläubig den Kopf.

"Ich will, dass du zurückkommst. Du darfst nicht hierbleiben. Die Welt braucht dich", redete der Zwerg ihr ins Gewissen und fügte leise hinzu: "Ich brauche dich."

"Und dafür wolltest du sterben? Sag mir, was soll ich dort, wenn du nicht mehr da bist?", stellte die Va'ari ihre Fragen. Ruckartig hob der Krieger den Kopf und rollte sich auf die Seite. Ächzend stützte er sich ab, um den Oberkörper hochzudrücken, und sah der jungen Frau suchend in die Augen. Mit ihrer letzten Frage hatte sie ihm alles gesagt, was er jemals zu hören hoffte. Leise keimte in ihm der Glaube auf, dass es ihm möglich war, Farasar umzustimmen. "Dank Halvorons Unvermögen können wir beide zurück", schimmerten seine blauen Augen dunkel und er griff nach ihrer Hand, welche sie scheu zurückzog.

"Der Halun wusste, was er tat. Ich sehe es an der Art deiner Wunde. Niemals hätte der Fürst dir diesen Gefallen getan, dich zu töten, auch wenn er es sich oftmals wünschte. Er hat dir die Möglichkeit gegeben, auf deine Seite zurückzukehren, und mir erspart, ihn zu hassen, ob im Leben oder im Tod. Ich hätte es ihm niemals verziehen, wenn er dir deinen Wunsch erfüllt hätte", erwiderte Farasar ernst und nachdenklich des Schwarzhaarigen Blick.

"Dann komm mit mir", versuchte Rhul erneut, nach ihrer Hand zu greifen.

"Ich kann nicht. Es gibt keinen Weg für mich", schüttelte sie den Kopf und wandte sich ab. Die Nähe des Zwerges beunruhigte sie, obwohl seine Anwesenheit die Schmerzen auf der Haut linderten.

Erstaunt sah Rhul ihr nach, denn sie stand auf und entfernte sich wenige Schritte von ihm, doch er gab nicht auf: "Es gibt einen Weg. Dein Vater sagte…"

"Mein Vater?", fuhr Farasar entsetzt herum und starrte den Zwerg an. "Wieso ist mein Vater noch bei euch? Er hätte schon längst gehen müssen", kam sie eilig auf den Mann zu, kniete sich vor ihm nieder und packte ihn an den Schultern. Gequält sah sie ihn an und erkannte doch, dass dieser selbst überrascht war.

"Das wusste ich nicht", brachte Rhul erschüttert hervor und sah dasselbe Leid in ihren Augen wie kurze Zeit zuvor bei Haledan. "Er hat mir nichts darüber erzählt. Nur wie ich dir helfen kann."

"Mir kann keiner helfen…", sackten Farasars Schultern kraftlos nach vorn und sie senkte den Kopf.

Vorsichtig hob der Schwarzhaarige seine Hand und führte diese an ihre Wange. Weich und warm lag diese auf seiner rauen Haut und erneut war er dankbar, dass sie es zuließ. Wieder erlebte er diesen Augenblick der Nähe, welcher ihm das Herz weit werden ließ und sanfte Wellen der Geborgenheit durch seinen Körper schob. Fasziniert beobachtete er, wie sich Farasar in seine Hand schmiegte, doch schon drängte sich die leise Angst in ihm hervor, dass dieser Moment jäh vorbei sein würde und dieses Gefühl in ihm schmerzlich zerriss.

"Was hat er dir gesagt?", hauchte sie kaum hörbar und sah ihn nicht an. Jeden Augenblick seiner Zuneigung kostete sie aus. Es waren die letzten Momente, die ihr mit ihm blieben.

"Du birgst ein Geheimnis, wie es jeder Zwerg in sich trägt", hob Rhul ihr Gesicht zärtlich an und sah ihr hoffnungsvoll in die Augen. "Sag mir deinen wahren Namen, Farasar", zitterte seine Stimme und ehe er zu einem weiteren Wort fähig war, erkannte er die Abneigung der jungen Frau, welche ihren Körper augenblicklich anspannte und ihr Gesicht sich in eine undurchdringliche Maske verwandelte. Ein letzter Funke Wärme lag in ihren Augen, bis dieser endgültig erlosch und jener Eiseskälte Platz verschaffte, welche Rhul nicht unbekannt war.

Ohne Wort entzog sich die Wächterin der liebevollen Berührung und stand auf. Langsam schritt sie zum Eingang der Höhle und spähte hinaus auf die trostlose Ebene. Ihr Blick glitt hinüber zur Festung, dann klärte sie den Krieger mit tonloser Stimme auf: "Selbst wenn dies eine Möglichkeit wäre, was ich bezweifel, so würde ich es dennoch nicht zulassen. Dies würde deinen Tod bedeuten, Rhul. Ich kann den Schutz dieser Höhle nicht aufrechterhalten, wenn ich nicht mehr da bin. Dharag würde dich umgehend holen und Halvorons Plan wäre somit zunichte gemacht. Und noch ist dein Körper unter Ilunaos' Händen nicht soweit, als dass du schon zurückkehren könntest. Der Allwissende kämpft noch um dich, sah ich doch, dass deine Wunde erneut aufriss, als du dich aufrichtetest."

"Glaubst du", hievte sich der Schwarzhaarige stöhnend auf die Beine, "es interessiert mich, was der ‚Rote' vorhat? Ich will, dass du zurückgehst!", knurrte er grollend und wankte auf die Wächterin zu. Abrupt blieb er stehen, denn diese drehte sich zu ihm und und bedachte mit einem Blick, dessen Ausdruck ihm schier die Luft nahm.

"Ich kann nicht zurück! Verstehst du denn nicht?", fauchte sie zornig. "Das", und sie hielt ihm beide Arme entgegen, "bindet mich hier. Mein Name ist nur ein Wort. Ohne Bedeutung. Ohne Macht. Nur ein Hauch", flüsterte Farasar und zog die Ärmel des Kleides ein Stück nach oben.

Mit blankem Entsetzen starrte Rhul auf die schwarzen Narben, welche einst Runen darstellten. An manchen Stellen schimmerte es glutrot durch die abbröckelnde Kruste und zeigte die Zeichen des Seelenfürsten, welche sich Stück für Stück durch die Haut der Wächterin fraßen. Schon trat der Krieger nah an die junge Frau heran, um ihre Hände zu fassen, doch wie erstarrt blieb er stehen und sah hilflos mit an, wie diese das Kleid langsam öffnete und von ihrem Körper abstreifte. Schwarz hatte sich Farasars Haut verfärbt und stetig pulsierend trieben Dharags Ketten dessen Willen durch ihre Adern. Sie hatten ihr Werk nicht gänzlich vollbracht, sodass an manchen Stellen die Runen der Zwerge blau durchschienen und funkelnd knisterten. Sie hatten den Kampf gegen den ‚Roten' nicht aufgegeben. Farasars Körper barg ihr im Schutze des großen Baumes Leben und die Wände zwischen den Steinen gaben sie nicht preis. Ihre Kraft würde ausreichen, bis sie Rhuls Väter freigelassen hatte und Ilunaos den Krieger zurückholen würde.

Traurig sah sie dem Zwerg in die tränenverhangenen Augen, welcher sich einen Handrücken vor die Lippen gepresst hatte, um nicht laut aufzuweinen. Rhul hatte längst begriffen, dass es keine Macht mehr gab, um die Frau, die er liebte, aus den Fängen dieser Kreatur zu reißen. Zitternd und stürzend wich er vor der Va'ari zurück und ließ sich mit dem Rücken am blanken Gestein der Höhlenwand auf den Boden sinken. Heiß rannen ihm die Tränen über die Wangen und er schloss die Augen. Nur das Beben seiner Schultern zeugte davon, welche Welt in ihm qualvoll zusammenbrach.

Er merkte nicht, wie lange er schon an der Wand hockte und gedankenverloren vor sich hinstarrte. Hin und wieder hatte er zu jener Gestalt hinübergesehen, welche ebenfalls zusammengekauert an das Felsengestein lehnte und fest das rote Gefäß an den Körper presste, um mit geschlossenen Augen regungslos zu verharren. Nur das pulsierende Glühen der Zeichen auf der schwarzgrauen Haut und das leichte Heben und Senken des Brustkorbes zeugte von Leben in ihr.

"Sie sammelt ihre letzten Kräfte", hörte Rhul es leise, aber er hielt seinen Blick fest auf Farasar gerichtet. Er kannte das Schemen, welches neben ihm schwebte, hatte er es doch so oft in der letzten Zeit bei der Wächterin gesehen. Das liebevolle und innige Miteinander der Frauen hatte er fasziniert beobachtet. So ähnlich waren sich Mutter und Tochter, dass es dem Schwarzhaarigen beim ersten Anblick der beiden zusammen schier den Atem genommen hatte. Er verübelte es seinem Vater wahrlich nicht, dass dieser sich vor so vielen Jahren in Thorgunn verliebte.

"Ich wünschte, ich könnte noch irgendetwas für sie tun. Ihr einen letzten Wunsch erfüllen oder eine kleine Freude bereiten", hauchte der Zwerg und verhinderte nicht, dass ihm die Stimme fast versagte.

"Was würdet Ihr vorschlagen?", fragte Thorgunn und hoffte, das Gespräch in die richtige Bahn zu lenken, denn ihre Aufgabe war nicht abgeschlossen.

Kurz schaute der Krieger auf seine Hände, welche er vor den angewinkelten Beinen verschränkt hatte, und zog die Augenbrauen überlegend zur Nasenwurzel: "Der Halun sagte, dass sie am liebsten in die Berge ging, um den Ambhradur im Licht des Mondes zu betrachten."

"Also hat sie das Ritual niemals aufgegeben", schmunzelte die ehemalige Kriegerin vor sich hin und bedachte die Dunkelhaarige mit einem liebevollen Blick.

"Was meint Ihr damit?", sah Rhul fragend auf und suchte in den nebligen Augen der Älteren.

"Als ich noch bei ihr war", erinnerte diese sich wehmütig, "sind wir gemeinsam hinaufgegangen. Wir haben es nicht ein einziges Mal verpasst oder vergessen, seitdem sie das Licht der Welt erblickte. Und ich liebte jedes Mal den Ausdruck in ihren Augen, wenn sich das Silber des Mondes darin widerspiegelte, war sie doch den Zwergen in diesen Momenten näher als es das Blut in ihren Adern jemals vermochte. Es war derselbe Blick, welchen ich sah, als sie das erste Mal die Augen öffnete und ihr Schreien verstummte."

Fortwährend sah der König das graue Flimmern neben sich schweigend an und versuchte, den Sinn hinter den Worten zu erkennen. Hilflos bemerkte er das leichte Zucken um Thorgunns Lippen, bevor diese weitersprach: "Sie kam in den Bergen zur Welt. Etwas trieb mich in jener Nacht dorthin, obwohl es zu dieser Jahreszeit noch empfindlich kühl war, auch wenn der Frühling in den Tälern bereits seine ersten Boten ausschickte. Eiskalt fegte der Wind um die Felsen und nur eine Decke für das Neugeborene nahm ich mit, doch die Kälte schien es nicht zu stören. Farasar war wunderschön und nichts deutete darauf hin, dass sie anders war. Erst als sie die Augen öffnete und deren tiefes Schwarz das Rot des Mondes, welcher über dem Zwillingsberg aufging, erblickte und sie ruhig in meinen Armen lag, wusste ich, dass ihr Wesen mehr barg, als ich es mir jemals hätte vorstellen können."

"Sie wurde in einer Blutmondnacht geboren?", keuchte der Schwarzhaarige erschrocken auf und ließ seinen Blick erneut zu der jungen Frau wandern.

"Ja", lächelte Thorgunn verträumt, "und nicht nur sie. In jener Nacht hallte auch durch den Ambhradur das Weinen eines kleinen Zwerges, welcher seine ersten Atemzüge in dieser Welt tat. Ich weiß, der Blutmond wird in den Hallen der ‚Steinernen' niemals erwähnt, ranken sich doch zahlreiche Mythen um ihn, welche Unheil und Sorgen in sich tragen. Auch wurde er niemals aufgezeichnet, obwohl es dafür eine Rune gibt."

'Isadi', sprach Rhul still bei sich, 'würde keiner der Zwerge aussprechen'. Ein kalter Schauer zog über seine Haut und ließ ihn frösteln. Es würde des Kriegers Geheimnis bleiben, welches er mit sich herumtrug, seitdem er atmete und…

Unvermittelt riss er den Kopf herum: "Ihr meint, Eure Tochter kam in der gleichen Nacht zur Welt wie…", brach er mitten in seinem Satz ab und erkannte das Nicken des Schemens, welches lächelnd seinen Blick erwiderte: "Ja, Rhul. Euch beide verbindet diese eine Nacht, ohne dass ihr davon Kenntnis hattet. Euch beide plagen dieselben Träume und treiben die gleichen Wünsche. Ihr tragt den einen Teil des Ganzen in Euch, mein König, dessen andere Hälfte tief in Farasar verwurzelt ist."

Wirr jagten die Gedanken in Rhuls Kopf und er versuchte verbissen, diese zu ordnen. Wenn Farasar seit jeher den Zwergen so verbunden war, warum ließ sie ihrem Hass dann regelrecht freien Lauf? Sie hatte innerlich nicht nur sein Volk bekämpft, sondern gegen sich selbst und wäre am Ende elendig zugrunde gegangen.

"Eines Tages wird sie Euch alles erklären, wenn die Zeit reif dafür und Ruhe in den Hain eingekehrt ist. Doch nun, König Rhul, muss ich mich von Euch verabschieden", wisperte Thorgunn und das grauflimmernde Schemen setzte sich in Bewegung, um in Richtung der Wächterin zu schweben.

"Wartet!", erhob sich der Krieger augenblicklich. "Bitte… Ich… Wie soll es dieses 'eines Tages' geben, wenn Eure Tochter mir nicht zu sagen vermag, was ich hören möchte?", sah er der nebligen Gestalt hilfesuchend hinterher.

Diese wandte sich zu ihm um und antwortete: "Wenn Eure Ohren zu taub und Eure Augen zu blind, dann lasst Euer Herz fühlen. Tief im Inneren wisst Ihr es bereits, doch noch fehlt Euch der Mut dazu, es laut auszusprechen. Habt keine Angst, Rhul. Traut Euch!", munterte Thorgunn mit der liebevollen Stimme einer Mutter auf. Das herzliche Lächeln, welches sie ihm dabei schenkte, brannte sich mit sagenhafter Macht in des Zwerges Gedächtnis ein.

Der Schwarzhaarige wurde innerlich wild bei all diesen Andeutungen, welche er kaum einzuordnen vermochte. Die Zeit lief ihm davon und Ilunaos' Hände trieben seine Heilung voran. Und jetzt schlug er sich mit Rätseln herum, die ihm ein Chaos an Gefühlen bescherten. Unwillig sah er dem Schemen nach und bemerkte die sanften Bewegungen Farasars, welche sich auf ihre Knie hockte und auf den Fersen niederließ. Mit beiden Händen umschloss sie das kleine Gefängnis seiner Ahnen und konzentrierte sich. Schneller wurde das Pulsieren darin und ließ das Rot hell aufleuchten, um wie ein glühender Stein die Sicht auf Farasars Hände zu verschlucken. Gleißend und mit einem leichten Vibrieren brach das Glas entzwei, um einen silberblauen Lichtstrahl freizugeben, welcher sich bis hinauf an die Höhlendecke erstreckte und deren Oberfläche wie flüssiges Metall erscheinen ließ. Atemlos sah Rhul diesem Vorgang zu und war zu keiner Bewegung fähig. Das Bedürfnis, hinüberzugehen und seinen Vätern ein letztes Lebewohl mit auf den Weg zu geben, ebbte in ihm spürbar ab. Zu faszinierend war der Anblick der Wächterin, welche mit nacktem Körper ihren Zauber wob und in des Kriegers Empfinden einen Sturm auslöste, der mit Wörtern für ihn nicht zu erklären war. Farasars Äußeres hatte nichts mehr mit der jungen Frau gemein, die er einmal kannte. Nur der traurige Blick ihrer Augen war geblieben, welcher Rhul in diesem Moment traf und ihn verlegen schlucken ließ. Sie zeigte sich nicht mit Absicht so, um ihn zu reizen, hatte er doch die Qual erlebt, welche sie peinigte und der Schmerz auf ihrer Haut unerträglich war. Jegliche Berührung auf dem geschundenen Körper ließ sie leise aufstöhnen und erzittern.

Umso erstaunter nahm der Krieger wahr, wie sie ihm lächelnd zunickte und ihn einlud, zu ihr zu kommen. Zögerlich überbrückte er den kurzen Weg und kniete sich schweigend vor sie nieder. Gebannt verfolgte er, wie sie seine Hand nahm und eine Hälfte des zerbrochenen Gefäßes umschließen ließ. Rhul wurde ein Teil des Zaubers und ergriffen wurde ihm bewusst, welch inniges Geschenk sie ihm damit zukommen ließ. Er sah nicht nur Khelag und Ghrum. Des Kriegers Brust schien zu bersten und unzerstörbar verband die Männer das Gefühl der Liebe und des Stolzes. Laut und inbrünstig gab der König seinem Empfinden freien Lauf. Mit unsäglicher Wucht entlud sich das angestaute Gewirr aus unzähligen Eindrücken der letzten

Tage, welches ihn zu erdrücken schien. Dennoch hatte er versucht, es stetig unter dem Deckmantel der Stärke zu bändigen. Er schämte sich seiner Tränen nicht, welche von Glück und Dankbarkeit getragen wurden.

Die Zwerge stiegen langsam empor und strahlten eine tiefe Zufriedenheit aus, denn sie näherten sich dem schimmernden Tor hoch über ihnen. Ergeben sah der Schwarzhaarige den beiden hinterher und eine nie dagewesene Erleichterung breitete sich in ihm aus. Schmerzlich erkannte er, was es ihm in Wahrheit bedeutet hatte, dass Khelog und Ghrum an jenen Ort kamen, welcher für sie vorgesehen war. Rhul begriff in dem Moment, warum Farasar mit aller Macht versucht hatte, den von ihr gewählten Weg zu gehen, um genau dies zu ermöglichen. Bis auf den Grund seines Herzens war sie vorgedrungen und hatte erkannt, was zu bewerkstelligen war, um seinen inneren Frieden wieder herzustellen. Das Gefühl, welches ihn in diesem Augenblick der Erkenntnis überrannte, war für den Zwerg nicht in Wörter zu fassen.

Zufrieden sah Farasar den Regungen des Schwarzhaarigen zu. In jenem Moment seines inneren Aufbrechens und er sich nicht mehr zurückhielt, wurde sie darin bestätigt, dass sie eine richtige Entscheidung getroffen hatte. Die tiefe Ruhe, welche sich in Farasar ausbreitete, ließ sie wohlig aufseufzen und lächeln. Sie hatte ihr Werk endlich vollbracht, zu dem sie geboren worden war - alle Seelen hinübergehen zu lassen.

Doch ein Abschied stand ihr jetzt bevor. Der zweite von derselben Person und dieser würde endgültig sein. Gern hätte sie mehr Zeit mit ihrer Mutter verbracht und viele Fragen gestellt, zu denen sie all die Jahre keine Gelegenheit hatte. Farasar hatte von Beginn an gewusst, dass Thorgunn den beiden Zwergen folgen würde, und dennoch traf sie es in diesem Augenblick wie ein Schlag.

Die Nebelgestalt tauchte neben dem Lichtstrahl auf und suchte traurig lächelnd den Blick der Tochter: "Ich konnte dir nicht die Mutter sein", sprach die ehemalige Kriegerin leise, "die du so dringend gebraucht hättest, mein Kind. Deshalb kann ich dich jetzt nur bitten, dass du meinem Rat folgst. Ob du dies tust, liegt ganz bei dir."

Kindlich und mit großen Augen sah Farasar die Ältere fragend an: "All die Jahre hätte ich so manchen Rat von dir gebrauchen können, Mutter. Diesen letzten werde ich bestimmt nicht von mir weisen, sehne ich mich doch danach, eine starke Stimme an meiner Seite zu wissen."

"Du wirst eine neben dir haben, wenn du dich recht entscheidest. Und diese wird stärker sein, als ich es jemals hätte sein können", zitterte Thorgunns Stimme. Behutsam tauchte sie in das Licht ein und sandte einen liebevollen Blick zum Zwergenkönig, um sich einen Moment später wieder ihrer Tochter zuzuwenden: "Was auch geschehen mag, Farasar, lass es zu. Hör auf dein Herz und kämpfe nicht dagegen an. Dann wirst auch du bekommen, was du dir verdient hast", trat sie langsam den Weg an, welchen vor ihr schon Rhuls Väter gegangen waren. Ergriffen sahen ihr zwei Augenpaare nach und sie verharrten schweigend, bis sich die Säule aus silberblauen Licht sanft auflöste und verschwand.

Rhul rührte sich und atmete tief durch, um seinen Blick endlich wieder auf die junge Frau zu richten, welche unentwegt an die Höhlendecke starrte und das Wasser in ihren Augen überzulaufen drohte. Erschüttert sah er dem schwarzen Mienenspiel zu, welches regelrecht nach Hilfe zu schreien schien. Abrupt richtete er sich auf und riss Farasar in seine Arme. Keines Wortes fähig drückte er sie an sich und hielt sie, bis er merkte, wie ihr Körper die Starre verlor, welche sie vor Trauer und Verzweiflung befallen hatte. Die Wächterin brach zusammen und ergab sich ihrem Schluchzen. Hilflos presste sie sich an Rhuls Brust und suchte nach Halt und Wärme. Der Zwerg gab sie ihr – bedingungslos. Nie zuvor hatte er ein wertvolleres Wesen in seinen Armen gehalten, dessen heftiges Atmen heiß über seinen Hals fuhr. Rhul erinnerte sich nicht, jemals diese Art des Glücks in sich vernommen zu haben, wenn er jemandem Halt und Geborgenheit gab. Sanft wandte er sein Gesicht der jungen Frau zu, welche sich langsam wieder beruhigte. Scheu hauchte er einen Kuss in das dunkle Haar und strich kaum merklich mit einer Hand über Farasars Rücken, welche augenblicklich zusammenzuckte und den Krieger zurückschrecken ließ: "Es tut mir leid", flüsterte der Schwarzhaarige entschuldigend. "Ich wollte dir nicht wehtun."

"Das tust du nicht", schüttelte die Wächterin leicht den Kopf, ohne diesen ein kleines Stück von des Mannes Schulter zu heben. "Deine Nähe lindert den Schmerz. Sie tut mir gut."

Erleichtert aufatmend und doch vorsichtig legte Rhul seine Hände bewusst auf die schwarzgraue Haut und versuchte, den Körper zu ertasten, nach dem er sich so lange gesehnt hatte. Es waren nicht nur seine Finger, welche die Wärme genossen. Die Haut auf seiner Brust schien in Flammen zu stehen. Farasars feste Weiblichkeit schmiegte sich sehnsüchtig an ihn. Leise keuchte er auf starrte fassungslos an die ihm gegenüberliegende Wand. Er wollte das nicht! Nicht jetzt und nicht hier! Rhul schämte sich zutiefst ob dieser heißen Welle, welche ihn durchzog und die Begierde erwachte. Zitternd zog er sich ein wenig zu heftig zurück und packte die junge Frau bei den Schultern, um sie fassungslos anzustarren, und stöhnte gequält auf: "Nein!"

Farasar hielt den Kopf gesenkt und verharrte ergeben: "Ich kann verstehen, wenn dich meine Erscheinung anwidert", hauchte sie kaum hörbar. "Dieselbe Abscheu würde auch ich empfinden."

"Das ist es nicht. Ich…", ließ Rhul seinen flackernden Blick langsam und intensiv über den Frauenkörper gleiten. Erschüttert biss er sich auf die Lippe, um seine Erregung im Zaum zu halten, doch sie gänzlich verstecken vermochte er nicht. Kurz wurden seine Gedanken unterbrochen, denn er sah das zarte Blau über Farasars Bauchnabel sanft aufleuchten, doch schon wurde seine Aufmerksamkeit auf die leichte Bewegung der Wächterin gelenkt, welche sich von ihm abwandte. Blitzschnell griff er nach ihrem Gesicht und suchte ihren Blick, doch sie verweigerte sich stur und verbissen.

"Sieh mich an", bat der Zwerg leise und bereute seine Bitte sofort. Die Va'ari hob ihren Blick und Rhul sah in zwei tiefschwarze Augen, in denen das Weiß vollständig verschwunden war. "Bei Ambhrad!", rief der Krieger entsetzt aus, doch er lockerte nicht seinen Griff um Farasars Kinn.

"Du solltest mich niemals so sehen…", versagte der jungen Frau die Stimme. Kein Gefühl in ihrem Blick war mehr zu erkennen, doch Rhul hörte ihre Verzweiflung, welche ihn tief berührte.

"Ich liebe dich, Farasar. Es ist gleich, was mit dir geschehen ist. Ich sehe nur dieses wunderbare Wesen, welches mir mehr gegeben hat, als es jemals ein anderer vermochte. Da drin", legte Rhul eine Hand auf die Stelle ihrer Brust, unter der das Herz hämmernd gegen ihre Rippen schlug, "ist genau diese Frau, welche ich nie mehr hergeben möchte. Welche mich mit derselben Inbrunst liebt, wie sie mich einst gehasst hat."

Bebend öffnete Farasar die Lippen, doch sie brachte keinen Ton hervor. Sie nahm das leise Vibrieren des Mannes, welcher sich ihr langsam näherte und behutsam seine Stirn an die ihrige lehnte, wahr. Zärtlich ließ er seine Nase über ihre Haut gleiten und suchte mit den Lippen ihren Mund. Die Wächterin verharrte atemlos und wünschte sich diese Berührung sehnlich herbei, von welcher sie so lange geträumt hatte.

"Ich liebe dich! Vergiss das niemals", ließ Rhul seinen Atem über ihr Gesicht streicheln, um in nie dagewesener Zärtlichkeit zu versinken, welche zögernd und zweifelnd erwidert wurde. Kurz zog er sich zurück, um erneut in dieses glänzende Schwarz ihrer Augen zu sehen, doch dann stillte er seinen Hunger nach Farasars Hingabe.

Und die Va'ari gab sich hin, als sie die liebkosenden Lippen kostete und Rhuls fordernde Zungenspitze Einlass verlangte. Knurrend bäumte sich der Mann vor ihr auf und vergrub seine Hände in ihrem Nacken, um sie zu halten. Tief drang er in ihren Mund ein, welcher ihn stöhnend empfing. Wild presste der Krieger die junge Frau an sich und glitt mit seinen Händen abwärts zur ihren Hüften. Fest zog er sie an sich und somit Farasar drängte, ihre Schenkel zu öffnen und sich auf seinen Schoß rutschen zu lassen. Sich festhaltend legte sie ihre Arme um seinen Hals und vergrub ihre Hände in den langen schwarzen Haaren. Mit lustverhangenen Augen sah er zu ihr auf.

"Lass mich nicht los, Rhul. Nie wieder...", hauchte Farasar bebend und legte ihren Kopf in den Nacken. Sanft biss der Mann an ihrem Hals entlang und wanderte kostend mit seinen Lippen an ihrem Körper abwärts. Rhul hielt die Augen geschlossen und versuchte damit, das Bevorstehende zu verhindern, welches unausweichlich schien. Innerlich zweifelnd und dennoch unablässig vordrängend, wanderten seine Hände über die heiße Haut der Wächterin. Glühend durchzogen ihn Wellen der Hitze und ein seliges Lächeln legte sich auf des Kriegers Gesicht. Kräftig umschloss er Farasars Brüste, die sich ihm stöhnend entgegen drückte. Fest presste sie ihren Unterleib in seinen Schoss, dessen gefangene Härte um Freiheit flehte. Genüsslich brummte Rhul auf und doch bemerkte er Farasars sanften Rückzug, welchen er missachtete und stumm flehend sein Gesicht zwischen ihren Brüsten vergrub.

"Er ruft dich", keuchte die Wächterin auf. Heiße Tränen brachen sich Bahn und sie presste ihren Mund auf Rhuls Kopf.

"Ich will nicht gehen", rutschte des Kriegers Haupt ein Stück hinunter, sodass er mit gequältem Blick auf Farasars Bauch starrte. Er merkte selbst, wie er schwand. Nahm den Sog der anderen Seite wahr, welche ihn mit unnachgiebiger Stärke zurückzuholen versuchte.

"Deine Zeit läuft ab, Rhul. Und meine auch... Die letzte Rune schwindet", flüsterte die junge Frau und löste ihre Umarmung, um sich leicht nach hinten zu lehnen und dem Blick des Kriegers zu folgen. Blass erleuchtete das Zeichen über ihrem Bauchnabel, dessen Vergehen das Sterben der Va'ari ankündigte.

Fassungslos starrte der Zwerg auf die Linien und zum ersten Mahl sah er bewusst hin, um zu lesen. Er war keines klaren Gedanken fähig, drangen doch Wörter in seine Erinnerung, welche er erst vor kurzem gehört hatte: *'Euch beide verbindet diese eine Nacht... Obwohl es dafür eine Rune gibt... Tief im Inneren wisst Ihr es... Habt keine Angst...'*

Die Zerstörung ließ sich nicht aufhalten. In quälender Langsamkeit fraß sich sengendes Feuer durch Farasars Haut und Rhul war nicht in der Lage, irgendetwas zu sagen. Er versuchte, sich zu bewegen, und bemerkte doch gleichzeitig, wie sein Blick neblig wurde und sich die Konturen der jungen Frau vor ihm langsam auflösten.

"Rhul!", riss die Wächterin ihn laut flehend aus seiner Starre und entsetzt presste er eine Hand auf die Rune, welche unter seiner Haut schmerzvoll verging. Seine Gedanken drohten zu bersten und erneut hörte er die Stimme, die ihm so eindringlich den Weg aufgezeigt hatte: *'Wenn Eure Ohren zu taub und Eure Augen zu blind, dann lasst Euer Herz fühlen'*, und bebend verdunkelte der Krieger seinen Blick. Er spürte nichts mehr, löste sich sein Körper doch langsam, aber stetig auf. Heiß ballte sich die Liebe in seinem Herzen zusammen und schloss die Angst wie in einem Gefängnis ein, um die Wahrheit, welche sich dröhnend und vibrierend in ihm ausbreitete, in die Freiheit zu entlassen.

"Isadi", flüsterte der Schwarzhaarige und er vernahm seine Stimme kaum selbst. Grollend bäumte er sich auf und mit der Angst der Verzweiflung schrie er diesen Namen, welcher ihn, seit seiner Geburt begleitete, doch niemals ausgesprochen wurde. Rhul sah nichts mehr. Fühlte nichts mehr. Schreiend wiederholte er dieses eine Wort - und versank in der kalten Dunkelheit, welche ihn gefangen nahm und die Ungewissheit alle Hoffnung schwinden ließ.

Der Boden unter Farasar erzitterte und feine Staubrinnsale rieselten von der vibrierenden Höhlendecke herunter. Mit festem Tritt stellte sie sich breitbeinig auf den steinernen Boden und hob die Arme leicht in die Höhe, um die prasselnden Feuerkugeln in den Handflächen preiszugeben. Das Beben verstärkte sich grollend und mit einem ohrenbetäubenden Knirschen zogen sich feinste Risse, welche gefüllt waren mit glühendem Rot, durch die Höhle.

"Komm zu mir", knurrte der Seelenfürst aufgewühlt in unsäglicher Erregung. Zu lange hatte er heimlich den beiden bei ihrem sanften Liebesspiel zugesehen und jetzt hielt ihn nichts mehr zurück. Dröhnend barst das Gestein in einer energiegeladenen Explosion und gab den Blick auf die junge Frau frei, welche in ihrer neuen Erscheinung pures Verlangen in dem Mann auslöste und dieser sich nicht mehr zügelte. Eilig überbrückte er die kurze Distanz zu ihr und riss sie mit Macht an sich, um sie wie ein Leichtes emporzuheben und auf seine kraftstrotzende Mitte zu setzen.

Die Wächterin schrie gellend auf und schlug ihre Finger tief in des ‚Roten' Haut, um sie vor Zorn bebend herunterzureißen und glühende Wunden zu hinterlassen. Doch der Schmerz befeuerte die Lust des Fürsten ins Unermessliche und wie im Wahn, füllte er Farasar bis in den letzten Winkel ihres Körpers aus. Zu spät bemerkte Dharag, dass der vor Qual zuckende Leib in seinen Armen weich wurde und er hindurch fasste. Er vernahm nicht das Verstummen ihrer Schreie und er sah nicht das leise Lächeln auf ihren Lippen, als sie sich ihm entzog.

Kapitel 15

Das Erste, was Rhul wahrnahm, war dieser sinnlich verführerische Duft, welcher ihn umgab, ja regelrecht einhüllte und wohlig durchatmen ließ. Träge waren seine Gliedmaßen und die Augenlider schwer wie Blei. Leicht bewegte er seine Hand und weich glitt der Stoff unter seinen Fingern hinweg. Ein Fenster wurde geöffnet, denn die morgendlichen Geräusche der Natur, gepaart mit der kalten Luft der Nacht, drangen mit erschreckender Lautstärke in sein Bewusstsein und ließen ihn zusammenzucken. Grübelnd fragte er sich, wo er war.

"Du bist wieder hier. Endlich...", knurrte eine vertraute Stimme leise und erleichtert nah bei ihm.

Die Bewegung des Bettes ermunterte Rhul, doch zu blinzeln: "Braga", klang des Schwarzhaarigen Stimme ihm selbst fremd und weit entfernt. Das Sprechen fiel dem Mann hörbar schwer, doch ein sanftes Lächeln legte sich auf seine Lippen. Er erkannte den Freund, welcher sich zu ihm gewandt auf die Bettkante gesetzt hatte und ihn mit ernster Miene betrachtete. Nur das Schimmern in des Kriegers hellen Augen zeugte von großer Freude über das Erwachen des anderen.

"Wie fühlst du dich, alter Mann?", fragte der Glatzköpfige besorgt, kannte er doch keinen, welcher jemals von der dunklen Seite zurückgekehrt war, um zu berichten.

"Noch etwas benommen, aber gut", öffnete Rhul seine Augen vollständig und sah sich im Raum um. Langsam wurde sein Blick klarer und die Gedanken lenkten sich in geordnete Bahnen. Er kannte dieses Zimmer, lag er doch einst für eine Nacht schlaflos in jenem Bett, nachdem er im Dunkel am Fenster gestanden und die beiden Personen auf dem Hof beobachtet hatte. Die Erinnerung überrollte Rhul mit purer Macht und sein Blick erstarrte. Ruckartig riss er den Kopf herum und meinte schon, die Antwort in Bragas Augen zu erkennen, bevor er diesen fragte. Entsetzt vernahm er dessen leichtes Kopfschütteln und den traurigen Blick, welcher sich hilflos senkte.

"Sie ist...?", getraute sich Rhul nicht, weiterzusprechen und die Übelkeit in seiner Magengegend ließ ihn blass werden.

"Nein", sah der Krieger gequält auf, "doch sie ist nicht hier."

"Wie meinst du das?", richtete sich der Schwarzhaarige in den Kissen auf und war dankbar über des Freundes helfende Hände, welche ihn stützten. Ein sanftes Ziehen drang durch seinen Körper, doch er zuckte nur leicht zusammen. Er wurde der Wunde gewahr, die sorgfältig verbunden unter der Tunika verborgen lag. Fragend und hoffend sah er den Freund an, welcher nicht zu erkennen gab, dass er Rhuls Reaktion bemerkt hatte.

"Sie lebt. Zumindest ist Leben in ihrem Körper", stockte der Jüngere, "doch sie selbst ist noch nicht zurückgekehrt. Ich kann das nicht erklären, Mann. Ich bin für so etwas nicht geschaffen", brummte Braga verzweifelt und aufgewühlt.

"Ich will zu ihr. Wo ist sie?", wurde der schwarzhaarige Krieger aufgeregt und zog sich die Bettdecke von den Beinen, um aufzustehen.

"Du kannst nicht zu ihr!", rief der Glatzköpfige entsetzt aus. "Du bist noch viel zu schwach."

Knurrig zog Rhul die Augenbrauen zusammen: "Erzähl mir nicht, was ich bin. Ich sagte, ich will zu ihr. Also werde ich dies auch tun."

"Rhul!", packte Braga den Freund kräftig bei den Schultern und drückte ihn zurück. Flehend sah er dem anderen in die Augen, welche ihn wütend anblickten. "Tu dir das nicht an. Jetzt noch nicht... Bitte...", ließ er die Hände kraftlos an des Königs Armen hinabgleiten.

"Was ist es?", flüsterte der Schwarzhaarige. "Was kann schlimmer sein, als das, was ich erlebt habe?", kniff er die Augen zusammen und unterdrückte nicht das Zittern in seiner Stimme.

Traurig schüttelte Braga den Kopf und stand auf. Langsam schritt er um das Bett herum und durch den Raum, um an das Fenster zu gelangen und hinaus zu starren. "Sie hat sich verändert. Du würdest sie nicht wiedererkennen", flüsterte er.

Rhul sank zurück in die Kissen und sah an die Zimmerdecke: "Ich weiß, dass sich ihr Aussehen verändert hat. Ihre Haut ist schwarz wie Kohle und die Runen glühen", erinnerte er sich schmerzlich an den Anblick der Wächterin. Wogenartig strich eine zarte Welle über seine Haut und er nahm erneut ihre Wärme wahr.

Braga drehte sich um und sah grübelnd zu dem Mann im Bett hinüber: "Nein", schüttelte er erneut den Kopf, "da ist nichts. Absolut gar nichts. Die Runen sind verschwunden. Alle Farbe scheint entwichen", schauerte er zusammen, denn Rhuls entsetzter Blick traf ihn. Genau vor diesem hatte er sich die ganze Zeit gefürchtet. Das Elend des Freundes zu sehen, war im zuwider.

"Bring mich zu ihr", bat der Schwarzhaarige leise.

"Ich kann nicht und ich will nicht", ballte Braga die Hände zu Fäusten. "Verstehst du nicht? Ich weigere mich! Ich halte das nicht mehr aus", lief er bebend zum Bett und baute sich vor dem erschrockenen Mann auf, welcher erschüttert zu ihm aufsah. "Ich habe das Leid in deinen Augen gesehen, als deine Väter nicht gehen durften. Ich habe deine Qual gespürt, als diese Frau den Ambhradur verließ. Ich habe dich gesehen, als du in Halvorons Armen lagst mit dem Dolch in der Brust", dröhnte des Kriegers Stimme grollend und sein Blick irrte verzweifelt hilfesuchend durch den Raum. "Und ich war es auch, welcher Haledan schließlich in die Gruft trug und Farasar von diesem Baum wegholte, damit Ilunaos sie versorgen konnte", brach er zitternd auf dem Rande des Bettes zusammen und vergrub das Gesicht in seinen riesigen Händen.

Fassungslos ruhte Rhuls Blick auf des Kriegers breiten Rücken, welcher bebte unter dem leisen Schluchzen. Es war bisher selten vorgekommen, dass sich dieser Mann so aufgelöst und mitgenommen zeigte. Beruhigend legte der Schwarzhaarige eine Hand auf des Freundes Schulter, doch er brachte kein Wort des Trostes über die Lippen.

"Du kannst", flüsterte der Hüne, "alles von mir verlangen, Rhul. Ich ertrage es. Ob in der Schlacht oder in der Schmiede. Ich verbinde Wunden oder arbeite tagelang durch. Das Schreien von Krepierenden nehme ich stumpf zur Kenntnis. Körperliche Schmerzen sind mir nicht fremd und sie hören irgendwann einmal auf. Doch eines wird mich umbringen...", drehte er sich um und sah dem Krieger flehend in die Augen: "Dich leiden zu sehen... Rhul... Ich schaffe das nicht mehr."

„Braga", schluckte der Schwarzhaarige hart und sah verlegen zur Seite, berührten ihn die Worte des Mannes doch tief in seinem Herzen.

"Lass gut sein, Freund. Ich besorge dir etwas Essen, damit du wieder zu Kräften kommst", stand der Glatzköpfige unvermittelt auf und rieb sich über die Augen, um den feuchten Schimmer wegzuwischen. Gebeugt unter der Last seiner Sorgen begab sich der Krieger zur Tür. Ehe er den Raum verließ, hörte er des Königs Stimme: "Du sagtest, du brachtest Haledan in die Gruft. Was will er dort? Ich muss mit ihm sprechen. Vielleicht kann er mir Antworten auf meine Fragen geben."

Regungslos blieb Braga in der geöffneten Tür stehen und hielt den Atem an. Nur einen Augenblick später verließ er schweigend das Gemach, ohne sich einmal umzuwenden.

Fassungslos über dieses schweigsame Zurücklassen wandte Rhul seinen Blick ab, um diesen ziellos durch das Fenster hinauszuschicken. Wirr sprangen des Freundes Wörter in seinem Kopf herum und jedes Mal, wenn er eines fasste, um genauer darüber nachzudenken, entglitt es ihm und das nächste kam zum Vorschein. Mit unsagbarem Druck hämmerte es hinter seiner Stirn und wurde stetig stärker, bis es mit einem gequälten Stöhnen aus ihm hervorbrach: "Haledan!" Mit vor dunkler Ahnung zitternden Händen zog Rhul den Rest der Bettdecke fort, um sich aus dem Bett zu wälzen und dem Krieger wankend zu folgen. Wie im Wahn und sich an der Wand festhaltend stolperte er mehr die hölzernen Stufen hinunter, als dass er sie hinabstieg. Tief im Inneren bereute er, aufgestanden zu sein. Er hatte sich grenzenlos überschätzt und seinen Zustand falsch beurteilt. Das Weichwerden seiner Beine merkte Rhul nur allzu deutlich, genauso wie die feinen Schweißtropfen, welche sich auf seiner Stirn bildeten.

"Was ist mit Haledan?", fragte der Schwarzhaarige im Nehmen der letzten Stufe und lief langsam in den Raum hinein, um nicht zu stürzen, drehte sich doch alles, sobald er nur einen Moment schneller wurde.

"Bei Ambhrads Axt!", rief Braga überrascht aus und ließ vor Schreck die Tonschale fallen, die er soeben mit heißer Suppe gefüllt hatte. Eilig schritt er dem Krieger entgegen und knurrte diesen zornig an: "Ich hatte gesagt, du sollst dich ausruhen. Tagelang hast du nichts gegessen. Dein Geist hat Qualen durchstehen müssen. Was glaubst du, woher die Kraft kommen soll, wenn du hier einfach so spazieren gehst?"

"Und ich will wissen, warum du Haledan in die Gruft gebracht hast. Ist er noch dort? Ich will zu ihm und du wirst mich begleiten, da ich nicht weiß, wo ich diese finden kann", blaffte der König genauso unverhohlen zurück und drückte sich augenblicklich die flache Hand auf das Brustbein, denn das schmerzhafte Ziehen der Wunde durchfuhr jäh seinen Körper.

"Rhul, ich…", fuhr sich Braga mit der Hand über das Gesicht, um sein Entsetzen zu verbergen. "Ich kann nicht…"

"Ich werde Euch bringen, wenn es Euer Wunsch ist, den Halun aufzusuchen", kam eine leise und doch eindringliche Stimme aus der Richtung des Tores, welches den Durchgang vom Haus zur Terrasse darstellte.

Verwundert wandte sich Rhul zu dem Mann um, welcher seiner Bitte zu folgen wünschte. Staunend betrachtete er den Dunkelhaarigen, der in der schlichten beigefarbenen Kleidung so anders aussah. Der Zwergenkönig kannte Halvoron nur in Taft und Seide gehüllt. Selbst der Schmuck, den dieser gewöhnlich zu tragen pflegte, fehlte auf seiner Haut und gab dem Anblick einen merkwürdigen Ausdruck. Kurz zuckte der Zwerg unter der aufblitzenden Erinnerung zusammen und vernahm das Aufbegehren des jüngeren Kriegers in seinem Rücken. Im letzten Moment hielt er Braga zurück, doch dieser fauchte wütend: "Glaubt Ihr wirklich, ich werde Euch noch einmal allein mit meinem König lassen? Wie lange wartet Ihr schon auf Eure zweite Gelegenheit, endlich das zu vollenden, was Euch beim ersten Mal misslang?"

"Braga!", rief Rhul erschüttert aus und starrte geschockt in des Mannes Antlitz, welches das Rot des Zornes angenommen hatte, doch schon hörte er wieder des Haluns Stimme: "Ihr solltet Euren Unmut zügeln, Herr Zwerg. Bedenkt, was geschehen ist, als Ihr schon einmal auf mich losgegangen seid."

Sprachlos und fragend sah der Schwarzhaarige zwischen den Männern hin und her, um an Bragas gequältem Blick hängenzubleiben, welcher nur keuchte: "Ihr wagt es nicht, davon zu sprechen!", ballte er drohend die Hände zu Fäusten.

"Er wird es ja doch erfahren", senkte der Fürst ergeben seinen Blick, um dem Glatzköpfigen keinen Anlass zu geben, ihn anzugreifen.

"Braga, was ist geschehen? Rede mit mir", bat Rhul den Jüngeren leise und flehend, doch dieser sah ihn nur einen kurzen Moment an und wandte sich abrupt ab. Er fand den Weg aus dem Haus, dessen plötzliche Enge ihn zu erdrücken drohte. Hilflos sah der König dem Krieger hinterher und erneut kam Schwäche in ihm auf.

"Euer Freund hat recht, Zwerg, Ihr solltet etwas essen und zu Kräften kommen", sprach Halvoron freundlich und schritt langsam auf den Krieger zu. "Setzt Euch. Währenddessen kann auch ich vielleicht Eure Fragen beantworten."
Irritiert und dennoch dankbar sah Rhul zu dem Halun auf. Er nickte leicht und lief wenige Schritte, um auf einem der Stühle Platz zu nehmen, welche im Speisezimmer um den großen einladenden Tisch standen. Grübelnd und erneut fasziniert von Halvorons Erscheinung sah er dem Hochgewachsenen zu, wie dieser eine neue Schüssel hervorholte und die dampfende Nahrung darin ergoss. Kurz blitzte der Schalk durch Rhuls Hirn, denn ihm wurde bewusst, dass ihn dieser Halun in eben diesem Moment bewirtete. Eine Vor-

stellung, bei der sich ein sanftes Lächeln auf die Lippen des Kriegers legte, aber so schnell, wie es gekommen war, verflog es.

Halvoron nahm Rhul gegenüber Platz und sah diesen ernst an: "Farasar lebt, auch wenn es kurzzeitig so aussah, dass sie es nicht schaffen würde. Die Wände zwischen den Steinen verschwanden unerwartet schnell und Vadari und ich eilten zu ihr", starrte Halvoron gedankenversunken in Rhuls Suppe und sein Blick schien weit entfernt. "Sie sah so anders aus. Schmal. Eingefallen. Weiß. Nichts erinnerte mehr an einst."

"Braga sagte mir, die Runen seien verschwunden", warf der Zwerg vorsichtig ein und löffelte dennoch weiter seine heiße Mahlzeit, in welche er das in kleine Brocken geteilte Brot versenkt hatte.

"Ja", seufzte Halvoron ergriffen auf und hob seinen Blick, in denen das blanke Grauen zu erkennen war. "Alles ist fort. Die Runen. Die Farbe ihrer Haare. Das Braun ihrer Augen."

Starr richtete sich Rhul auf und verharrte mitten in seiner Bewegung, doch er unterbrach den Halun nicht und wartete geduldig auf dessen weitere Ausführung. Das feuchte Schimmern in den eisblauen Augen entging ihm nicht.

"Es dauerte eine Weile und wir hatten schon alle Hoffnung fahren lassen, als plötzlich ihr Atmen zu vernehmen war. Rasselnd. Stossweise. Kämpfend. Doch sie lebte. In dem Moment wussten wir, Ihr hattet es vollbracht", sah er dankbar den Schwarzhaarigen an, um im nächsten Augenblick traurig den Kopf zu schütteln: "Doch etwas scheint sie zu hindern, vollständig zurückzukommen. Sie atmet, sie wechselt zwischen Wachen und Schlafen, doch ihre Augen sind wie Milch. Blind für die Dinge, welche um sie herum geschehen. Herr Ilunaos ist durchgehend bei ihr und gibt ihrem Körper die nötige Energie, um langsam wieder zu Kräften zu kommen, doch ihre Seele kann er nicht finden."

Schweigend sahen sich die Männer an und erkannten das Leid des anderen in dessen Augen. Das, was sie in diesem Moment beide empfanden, bedurfte keiner Wörter, waren derer doch nicht ausreichend genug, um das Zerreißen der Herzen zu beschreiben.

Langsam und nachdenklich aß Rhul weiter, obwohl er Mühe hatte, nach dem Gehörten, sich auf das Schlucken zu konzentrieren. Dennoch zwang er sich, die Schale zu leeren. Wärme und Lebensgeister kehrten in seinen Körper zurück.

Aschfahl und trotzdem zufrieden sah der Halun dem Schwarzhaarigen zu und wartete geduldig auf die Frage, welche seit Beginn an in dessen Blick stand. Die Schüssel von sich schiebend fuhr sich der Zwergenmann über Lippen und Bart, um im nächsten Augenblick seine Stimme leise zu erheben: "Und Haledan?", sah er dem Dunkelhaarigen vorsichtig in die Augen.

"Der Wächter ist tot, Rhul", seufzte der Halun geräuschvoll auf. "Ich konnte es nicht verhindern. Keiner konnte das, überstürzten sich doch in jenem Moment die Ereignisse."

"Was ist passiert?", fragte der Krieger eindringlich und das Gefühl, dass der Fürst sich ebenfalls scheute, ihm die Geschehnisse mitzuteilen, ließ sich nicht abschütteln. Wie erleichtert war er, dass der Halun zum Sprechen anhob: "Nachdem ich Euch...", stockte Halvoron einen Moment,

"Ich meine… als ich Euch trug, um zu Herrn Ilunaos zu eilen, kam Eure Sippe und erkannte, was geschehen war. Eure Söhne konnten den Glatzköpfigen nicht aufhalten. Wie ein Berserker kam er über uns und in dem Moment stellte sich Haledan schützend dazwischen, wollte er doch erklären, was dies alles zu bedeuten hatte. Der Zwerg war zu schnell und rasend vor Sorge um Euch. Seine Wut kam wie ein Sturm über uns…", vibrierte die Stimme des Fürsten und Rhul bemerkte das Zittern dessen Finger, welche sich verzweifelt ineinander kneteten.

"Halvoron?", legte er behutsam seine Hände auf die des Dunkelhaarigen und löste damit in diesem ein erschrockenes Aufjapsen aus: "Bragas Axt traf den Wächter", schloss der Fürst bebend die Augen und zwang sich zur Ruhe, bevor er weitersprach: "Ich konnte ihm nicht helfen, hatte ich doch Euch auf den Armen. Und Ihr brauchtet dringend Hilfe, solltet Ihr doch nicht sterben, auch wenn ihr dieses von mir verlangt habt. Ich weiß nur, dass Haledan bereits tot war, als der Krieger ebenfalls im Haus eintraf und nach Hilfe schrie. Es war zu spät, Rhul. Der Zwerg hatte ihm die Waffe tief in den Leib getrieben."

Still lehnte sich der Zwergenkönig zurück und sein Blick verlor sich in den Erinnerungen, die mit Macht in ihm aufkamen. Er schwieg – und trauerte.

Kapitel 16

"Auf was wartet er denn?", nuschelte Trynn, der mit dem Rücken an einem Pfeiler gelehnt dastand und misstrauisch zu der kleinen Gruppe sah. Diese sprach mit ernster Miene und am anderen Ende der Terrasse leise miteinander.

"Braga ist noch nicht hier", brummte Trond zurück, hakte seine Daumen tief aufseufzend in den breiten Gürtel und wippte ungeduldig auf den Zehenspitzen hin und her. Er beobachtete ebenfalls das Gespräch seines Vaters mit Vadari und Ilunaos. Die gelegentlichen Blicke derjenigen auf die Person, welche von den Brüdern abgewandt in einem der großen filigranen Sessel saß, entgingen ihm ebenfalls nicht.

"Dies ist ungewöhnlich für ihn", stellte der Jüngere sachlich fest. "Wenn Vater ruft, so ist er derjenige, welcher stets der Erste ist. Glaubst du, sie haben sich…?", beendete er seine Frage vorzeitig, war es für ihn doch unvorstellbar, dass sich der König und dessen bester Krieger zerstritten hatten.

Trond schüttelte beruhigend den Kopf: "Nein, ich habe sie vor zwei Tagen gesehen. Sie schritten beide nebeneinander her, als sie aus der Gruft kamen. Schweigend, ja, aber nicht im Zorn. Vater muss einsehen, dass der Alte in Raserei gehandelt hat und den Halun nicht umbringen wollte, doch so einfach vergessen können es wohl beide nicht", zuckte es leicht um seine Mundwinkel. Er bewunderte die überlegte Ruhe des Königs.

"Dann möchte ich nicht wissen, wie die Wächterin es aufnehmen wird, wenn sie es erfährt", wischte sich Trynn mit der Hand über den Mund und starrte mürrisch auf die Rückenlehne des Sessels.

"Wenn, Bruderherz. Wenn!", warf der Ältere dem Dunkelhaarigen einen hilflosen Blick zu. Nichts deutete darauf hin, dass die Va'ari jemals wieder erwachen und von den Geschehnissen hören würde.

"Und wenn sie zurückkommt, dann werde ich es ihr selbst sagen", erklang es leise brummend hinter den Jungzwergen. Erschrocken wandten diese sich um und starrten dem Krieger in das müde Gesicht. "Und", fuhr der Glatzköpfige zähnemahlend fort, "ich werde dazu stehen. Was sie auch als Sühne verlangen wird, ich werde es ertragen."

"Wie kannst du so etwas sagen, Braga?", fragte der Dunkelhaarige erstaunt. "Was wäre, wenn es etwas ist, was du bei allen Bärten der Zwerge nicht erfüllen kannst?"

"Auch dann, Trynn", sah der Alte den Jüngeren nicht an, sodass dieser nur das traurige Schimmern in des Kriegers hellen Augen von der Seite sah. "Ich habe ihren Vater umgebracht, Junge. Sie kann alles von mir verlangen."

Betreten sahen sich die Brüder an und ihnen wurde bewusst, dass es Braga wichtig war, seine Schuld bei der Wächterin zu begleichen. Das vermeintlich verlorene Ansehen bei Rhul galt es, wieder herzustellen. Wie tief saß der Schmerz in des alten Mannes Brust, dem Freund dieses Elend bereitet zu haben.

"Rhul", knurrte der alte Krieger leise auf und straffte sich, denn er sah den Schwarzhaarigen auf sich zukommen. Die Jungzwerge widmeten ihre Aufmerksamkeit ebenfalls dem König.

Schweigend blieb dieser vor den drei Männern stehen und sah jedem einzelnen abschätzend in die Augen, um alsbald den Blick des Ältesten gefangen zu nehmen, bevor er sprach: "Ich möchte, dass ihr den Hain verlasst und zum Ambhradur zurückkehrt. Nehmt die Widder alle mit, sie brauchen ihre Heimat. Die Magie dieses Ortes lässt sie lethargisch werden."

"Vater, ohne dich gehen wir hier nicht fort", warf der Dunkelhaarige augenblicklich ein, dessen Worte von seinem älteren Bruder nickend bestätigt wurden. Nur Braga sah fest und kalt dem König in die Augen, hatte er doch diese Strafe erwartet und befürchtet. Er verstand, warum der Freund ihn nicht in seiner Nähe duldete. "Wann sollen wir aufbrechen?", fragte er deshalb nur knapp und unterdrückte jede Regung in seinem Gesicht.

Prüfend sah der König den Jüngeren an und vermochte es nicht zu verhindern, dass der Hauch eines Zweifels in ihm aufstieg. Es fiel Rhul schwer, den Mann wegzuschicken, doch er hatte seine Entscheidung getroffen: "Noch heute. Ich werde hierbleiben. Farasar braucht mich und bald beginnen die Vorbereitungen für das Schmiedefest. Ich weiß, wie wichtig es dir ist, Braga."

Des Glatzköpfigen Blick flackerte sanft auf und er schickte diesen nur verlegen zu Boden: "Ich dachte… ich meine…", sah er sich leise räuspernd wieder auf. "Ich dachte, du hättest es vergessen, doch wäre ich lieber in deiner Nähe, um dir zur Seite zu stehen, auch wenn…"

"Freund", trat Rhul nah an den Glatzköpfigen heran und fasste diesen am Arm, "ich weiß, was dich quält. Und ich weiß auch, dass du seit Jahren wartest, doch nie fand dein Wunsch Erfüllung. Wie könnte ich damit leben, zu wissen, du bist hier und in eben diesem Moment könnte deine Sehnsucht gestillt werden?", lächelte der Schwarzhaarige und suchte des Kriegers Blick.

"Wirst du nachkommen?", sah Braga beschämt über seinen ursprünglichen Gedanken auf. "Wirst du da sein, wenn die Wettkämpfe beginnen?"

"Ich weiß es nicht", schüttelte Rhul ergeben den Kopf und sah zu seinen Söhnen, deren Enttäuschung er deutlich wahrnahm. "Ihr wisst, wie wichtig es mir ist, bei euch zu sein. Zu Hause. Bei meinem Volk, doch…", sah er sich langsam um und warf einen Blick auf die Rückseite des Sessels, um sich dann traurig den Männern wieder zuzuwenden: "Ich kann nicht. Noch nicht", flüsterte er und stellte erleichtert das verstehende Nicken der Zwerge fest.

„Wenn wir uns beeilen, erreichen wir den Rastplatz noch vor Einbruch der Dunkelheit", gab Trond zu bedenken. Er war bereit, umgehend aufzubrechen. Die Situation wurde ihm unbehaglich, obwohl diese freundschaftliche Nähe und das wortlose Verstehen der beiden Altzwerge ihn zutiefst berührten.

"Wir werden keine Rast einlegen", befreite sich der Glatzköpfige brummend aus seiner Starre und wurde der Wissenden gewahr, welche sich leise zu den Männern gesellt

215

hatte: "Keine Rast? Wollt Ihr dies wirklich einer alten Frau antun?", fragte sie gespielt entrüstet, doch ihr Schmunzeln strafte sie Lügen, bevor sie zu Ende sprach.

"Schlafen könnt Ihr auf Eurem Pferd, Herrin! Wenn es nötig ist, binden wir Euch darauf fest, dass Ihr nicht herunterfallt", knurrte Braga grimmig und strich sich seufzend über den Schädel. "Ich will so schnell wie möglich aus diesem Wald raus. Und die Nacht wird mit uns sein, steht der Mond doch voll und klar am Himmel. Wir werden den Weg deutlich erkennen können."

"Nun denn, so soll es geschehen", nickte Vadari freundlich und gab damit ihr Einverständnis, zumal sie nicht im Sinn hatte, sich mit dem Hünen anzulegen.

"Trond soll den Ambhradur während meiner Abwesenheit leiten", rieb sich Rhul überlegend durch den Bart. "Helft ihm, so gut ihr könnt, und lasst das Schmiedefest ein Fest des Tranks und des Schmauses werden, welches dem Volk der Zwerge gebührt", sah er seinen ältesten Sohn aufmunternd an und war sich schon in diesem Moment sicher, dass auf seine Männer Verlass war.

Schweigend fassten sie sich zum Kriegergruß. Ein letzter Blick galt dem alten Krieger. Rhul merkte, dass Braga ungern allein zum Berg zurückkehrte und welche Angst fortwährend in dessen Knochen steckte. Dennoch zog es den Alten zum Ambhradur, hoffte er doch, endlich seine eigene Erlösung zu finden.

Nachdenklich sah der König den Zwergen hinterher, welche sich durch das Tor ins Haus begaben, um ihre Sachen zu packen. Vadari verweilte einen Moment an Rhuls

Seite und wiegte sanft den Kopf: "Zu was so eine Voll-mondnacht doch alles gut sein kann", brummte sie. "Der Wald sieht wahrlich zauberhaft aus in diesem silbernen Licht. Ich glaube, ich werde es genießen, auch wenn mir der Schlaf fehlen wird."

"Mmh", erwiderte der Schwarzhaarige, doch er hatte nicht zugehört, da er mit seinen Gedanken dem Gefährten hinter-her hing. Nur langsam wandte er sich der Wissenden zu und seine Augen gewannen an Größe, je mehr er sich deren Worte ins Bewusstsein rief. Den Zeitpunkt des Begreifens sah Vadari ihm deutlich an, denn von einem Augenblick auf den anderen lächelte diese milde und wohlwollend. Nicht nur einmal klappte dem Krieger die Kinnlade herunter, ohne dass ein Ton über dessen Lippen kam. Rhul schluckte mehrfach, bevor er seine Stimme wiederfand und er leise krächzend hervorbrachte: "Ihr meint, ich könnte Erfolg damit haben?"

"Ihr werdet es nie erfahren, wenn Ihr es nicht versucht, König", umschloss die Wissende ihren Stab fest mit der einen Hand, um die andere dem Zwerg aufmunternd auf die Schulter zu legen und zu nicken: "Nehmt den Pfad, welcher von der Lichtung in Richtung Nordwesten führt. Ihr könnt Euer Ziel nicht verfehlen, liegt dies doch direkt am Ende des Weges. Viel Glück, König Rhul, wir sehen uns wieder im Ambhradur", wandte sie sich ab und folgte den Klein-gewachsenen, welche vor ihr die Terrasse verlassen hatten. Rhul wandte sich langsam um und näherte sich dem Sessel. Seine Beine wurden weich und das Herz raste. Wild wir-belten die Gedanken in seinem Kopf und mischten sich mit einem Hauch der Hoffnung. Mit unsagbarer Macht überkam ihn das Gefühl der Dankbarkeit, hatte die Wissende ihm doch einen letzten Hinweis gegeben, ohne diesen direkt auszusprechen. Freude und Zweifel zugleich verwoben sich in seinem Herzen und ließen ihn ergeben vor der jungen Frau in die Knie sinken, welche regungslos dasaß und mit milchigen Augen vor sich hinstarrte. Sanft berührte er ihre kalten Hände, um sie fest mit den seinen zu umschließen. Bittend um ein kleines Zeichen, ob der Weg, welchen er vorhatte zu beschreiten, der richtige war, sah er Farasar suchend an.

"Sie sieht und spürt Euch nicht, Rhul. Ich kann nicht einmal sagen, ob sie Euch hört", sprach es leise neben dem Zwerg und schon sah er das weiße Gewand des Allwissenden in seinem Augenwinkel. Friedvoll legte Ilunaos seine Hand auf des Kriegers Schulter, eine Geste, welche diesen den Kopf senken ließ.

"Ihr solltet dies mitnehmen. In den Bergen ist es kühl und zu Vollmond oftmals auch frostig. Sie wird sich nicht selbst davor schützen können", hielt Ilunaos dem König eine Decke aus feinstem Zwirn entgegen und bemerkte schmunzelnd dessen ungläubigen Blick. "Zweifelt nicht. Dieser Stoff mag sehr zart sein und wohl für kalte Nächte nicht geeignet erscheinen, doch stammt dieser aus meiner Heimat und hat mir persönlich schon so manchen Dienst erwiesen auf langen Reisen, bei denen viel Gepäck nur hinderlich war."

Kraftlos erhob sich der Schwarzhaarige und nahm das Geschenk schweigend an. Samtweich und federleicht glitt es durch seine Finger. Obwohl der Halun ihm versicherte, diese Decke würde die Wächterin vor der Kälte schützen, so hegte er dennoch leichte Bedenken. Diese wurden augenblicklich ein kleines Stück größer, denn er breitete den weißen Stoff aus und sah durch diesen hindurch. Fassungslos keuchte Rhul auf und sah den Halun entsetzt an, welcher ihn amüsiert anlächelte: "Probiert es selbst aus", nickte dieser ihm auffordernd zu. Der Zwerg legte sich das weite Tuch über die Schultern und schloss es vor seiner Brust. In diesem Moment vernahm er seine eigene Körperwärme, welche im Inneren des Stoffes gehalten wurde und sich wie eine schützende Hülle um ihn legte. Nicht einmal die leiseste Bewegung von ihm ließ das wohlige Gefühl nach außen entweichen. "Ein Zauber wurde hineingewebt", flüsterte er erkennend.

"Natürlich", antwortete Ilunaos mit einer unerschütterlichen Selbstverständlichkeit. "Hattet Ihr etwas anderes erwartet?"

"Nein", seufzte Rhul auf, "natürlich nicht", zeigte er ein feines, aber doch sichtbares Grinsen. Ohne ein weiteres Wort zu verlieren, richtete er Farasar auf und hüllte sie in das Tuch. Er hob die junge Frau auf seine Arme und war zutiefst erschüttert, wie ausgemergelt und leicht deren Körper war. Rhul meinte schon, die Knochen zu ertasten, welche regelrecht durch Farasars bleiche Haut und das Tuch hervorzustechen schienen.

"Wird Eure Kraft reichen, König?"", fragte der Halun leise hinter dem Mann her, welcher sich abwandte, ohne einen Blick zurückzuschicken.

"Sie muss", knurrte Rhul und ließ Ilunaos und die Terrasse endgültig hinter sich.

"Möge Euer Vorhaben von Erfolg gekrönt sein, kleiner Mann", hauchte der Halun seinen Wunsch dem Zwerg hinterher und einmal mehr überzog ein Schatten der Sorge sein helles Antlitz. Er vermochte es nicht, sich vorzustellen, welch Wandlung die Welt nehmen würde, wäre die Wächterin auf alle Zeit verloren. Zumal keiner genau zu sagen fähig war, was geschah und in welchen Ebenen sie sich aufhielt. Gefangen und wandelnd zwischen den Welten fristete sie ihr Dasein und zu keiner Handlung fähig, war sie ihrer Grundlage doch auf das Schändlichste beraubt worden.

In sich gekehrt wandte sich Ilunaos ab vom Haus und schickte seinen Blick hinauf in das klare Blau des Himmels. Es gab eine dringlichere Frage zu beantworten: Was wird geschehen, wenn Farasar zurückgekehrt? Dieses dumpfe Gefühl, welches den Halun beschlich, ließ sich nicht mehr abschütteln oder verdrängen. Zweifel plagten den Allwissenden und diese Ungewissheit brodelte in ihm, sodass er Mühe hatte, dies hinter seiner undurchdringlichen Maske zu verbergen. Nur Vadari schien ebenfalls zu wissen, dass es längst nicht zu Ende sein würde. Doch mit dem Dickkopf eines Zwerges versuchte diese krampfhaft, das Beste aus allem herauszuholen und unterstützte die ‚Steinernen', auf jede erdenkliche Art. Die Alte war sich nicht sicher, dass Rhuls Gang hinauf in die Berge etwas bewirkte. Trotzdem hatte sie diesem den Hinweis gegeben und den vom Geschehen der letzten Tage ausgezehrten und entkräfteten Mann losgeschickt.

Und dieser hatte nicht einen Moment lang gezögert. Der Schwarzhaarige befürchtete, dass seine Stärke, welche er in den letzten zwei Tagen wiedererlangte, nicht ausreichte. Er hatte sich geschont und gegessen, doch der fehlende Schlaf verlangsamte seine Genesung. Seine Gedanken waren nicht zur Ruhe gekommen, nachdem er Farasar das erste Mal erblickt hatte. Im Moment der Stille und Zweisamkeit mit ihr war er neben ihr weinend und zitternd zusammengebrochen. Diese Hilflosigkeit quälte ihn mit unsagbarer Härte und ließ das Gefühl, kläglich versagt zu haben, mit jedem Augenblick in ihm wachsen.

Umso verbissener kämpfte er sich in diesen Stunden voran. Der erste Teil des Weges lag schon hinter ihm und war nicht schwer zu beschreiten, führte der Pfad doch nur leicht ansteigend durch lichter werdenden Wald dem Gebirge entgegen. Keinen Blick vergeudete der Schwarzhaarige an die Schönheit der Natur und stapfte mit vehementer Sturheit gen Baumgrenze. Fest umfasste er das Wesen, welches wie tot in seinen Armen lag und die Augen geschlossen hielt. Hin und wieder sah er auf das blasse Gesicht und lauschte nach Farasars Atem, der kaum hörbar unter seinem eigenen Schnaufen der Anstrengung zu vernehmen war.

Der Schweiß rann brennend in seine Augen, sodass er unvermittelt stehenblieb und seine Last behutsam freigab. Sanft setzte er die Wächterin auf dem steinigen Boden ab und lehnte sie an die Felswand. Mit zitternden Gliedmaßen ließ sich der Krieger neben ihr nieder, legte den Kopf in den Nacken und keuchte leise: "Rast", und flehend sah er hinauf zu dem goldgelben Rund am Himmel, welches erbarmungslos auf ihn niederbrannte. Die Sonne hatte den Zenit durchschritten und Rhul zweifelte, dass er bis zum Erwachen der Nacht sein Ziel erreichen würde. Wie gerne hätte er sich jetzt seine Pfeife entzündet, um in der Stunde der Mittagsglut zu dösen und neue Kraft zu sammeln. Er genehmigte sich nur wenige Schlucke aus dem mitgenommenen Wasserbeutel, welcher an seinem Gürtel hing. Tief durchatmend verschloss er diesen wieder und verstaute ihn. Sein Blick fiel auf die junge Frau neben ihm und wie erstarrt sah er in die milchig weißen Augen, welche auf ihm ruhten und scheinbar ihn betrachteten. Schmal und sanft war Farasars Antlitz und Rhul wurde den Eindruck nicht los, dass sie friedlich in sich ruhte. Ja, selbst ein kleines Lächeln - kaum zu erkennen - so schien es ihm, hatte sich auf ihre Lippen gelegt.

Aufgeregt und nicht den Blick von ihren Augen nehmend, wandte sich der Zwerg ihr zu und umschloss mit einer Hand zärtlich ihre Wange, doch eine Regung von der jungen Frau vernahm er nicht. Ihre Haut war weich, welche von der Sonne erwärmt wurde. Rhul strich mit zitternden Fingern darüber und flüsterte: "Ich hole dich zurück. Was auch immer geschehen mag, ich lasse dich nicht allein." Fest presste er die Lippen aufeinander, richtete sich abrupt auf und zog entschlossen die Wächterin mit nach oben, um sie wieder auf seine Arme zu legen. Stöhnend sah er den Pfad hinauf: "Bei Ambhrad! Und wenn es das Letzte ist, was ich tue!", trieb er sich selbst an und setzte seinen Aufstieg fort.

Mühevoll zog sich der Weg dahin und je weiter der Zwerg diesem folgte, umso unebener und steiniger wurde er. Hohe Bäume sah er zwischen den sich auftürmenden Geröllmassen schon längst nicht mehr. An wenigen Stellen kämpfte sich Buschwerk hinter dem grauen Gestein hervor und vereinzelt standen weiße und gelbe Blüten in sanftem Kontrast zu dem dunklen Boden, auf welchem er lief. Beständig schwelte die Angst in des Mannes Herz, er könne sein Ziel nicht erreichen. Einem eisernen Gürtel gleich legte sich diese beklemmende Ahnung um seine bebende Brust und ließ ihn zunehmend verzweifeln. Sein Kampf um das Durchhalten und den Sinn seiner Aufgabe wurde schwerer. Der festsitzende Knoten in seinen Eingeweiden schien ihn zu zerbersten und nur der sich fortwährend wiederholende Blick in das Gesicht der Wächterin ließ Rhul den Schmerz in Muskeln und Knochen vergessen.

Glutrot schickte sich die Sonne an, hinter den Weiten des Horizontes unterzugehen, um den Sternen für ihre nächtliche Wacht den Platz zu überlassen. Rhul setzte seine letzten Schritte um das steinige Massiv und verharrte augenblicklich regungslos. "Ambhradur!", kratzte sich seine Stimme durch die trockene Kehle und bebend sank er auf die Knie. Heiß schossen ihm die Tränen in die Augen, denn er begriff, dass er das Ende des Weges erreicht hatte. Heftig atmend sah er sich um und erkannte die wenigen Spuren, die Farasar hinterlassen hatte bei ihrem regelmäßigen Verweilen hier oben. Selbst eine kleine Feuerstelle, welche in den Boden eingelassen war, nahm er zwischen dem Kieselgeröll wahr und unzählige bunte glattgeschliffene Steine lagen darum verstreut. In einer der vielen Spalten in der majestätischen Felswand waren kleine Schalen und Karaffen verstaut. Deren Nutzen wurde dem Mann in diesem Moment nicht deutlich. Im Augenblick grübelte er nicht über solche Begebenheiten. Vielmehr wurde seine Aufmerksamkeit auf die Bilder gelenkt, welche sich in unterschiedlicher Höhe an der Wand entlang erstreckten.

Rhul schluckte hart und erneut bemerkte er den aufkommenden Kloß im Hals. Die Erkenntnis überkam ihn, dass er einen Teil von Farasars Vergangenheit vor sich sah. Rundliche Kinderhände erkannte er in verschiedenen Farben der Höhe nach aufsteigend. Ausgeprägter stellten sie sich dar, je weiter er aufsah. Rhul entdeckte das letzte Abbild, welches die ausgewachsenen Finger der jungen Frau zeigten. Pflanzen und Tiere, sowie unzählige Runen betrachtete er und erkannte die sich über Jahre hinweg steigernde Perfektion der Wächterin auf diesem Gestein. Sein Blick blieb an einem Bildnis hängen, welches das letzte zu sein schien, bevor Farasar sich auf den Weg in den Zwillingsberg begeben hatte.

Ein unbändiges Schütteln ergriff den Schwarzhaarigen beim Anblick dieser Rune, welche säuberlich und ohne jeden Makel auf den Fels gezeichnet worden war. Erhaben thronte der Ambhradur in der Mitte des Rechteckes und wurde von den Zeichen eines Mannes und einer Frau flankiert. Über allem herrschte der volle Mond, welcher bewusst in den Farben des Blutes gezeichnet worden war.

"Du wusstest es von Beginn an", schüttelte Rhul fassungslos den Kopf. "Du kanntest dein Schicksal und dennoch hast du es bekämpft. Warum nur? Dein Hass war so sinnlos und nun… verdammt… ich hätte davon viel früher erfahren müssen", zitterte seine Stimme leise und behutsam schloss er die junge Frau in seine Arme, nachdem er sich mit dem Rücken an die Felswand gelehnt und Farasar quer zwischen seine Beine gesetzt hatte. Sanft strich er mit der einen Hand über ihren Arm und die andere bettete ihren Kopf auf seine Brust. Müde und ausgelaugt sah Rhul hinüber zum Heimatberg, welcher langsam in das Blau der Nacht eintauchte und zahllose Sterne seine beiden Gipfel krönten. Zart im Silberschein hoben sich die Spitzen des Ambhradurs wie schwarze Pfeilspitzen hervor und ließen das Aufgehen des Mondes nur erahnen.

"Niemals hätte ich von dir die Dinge verlangt, welche du für mich getan hast. Du hast dein Leben riskiert und deine Seele verloren", flüsterte Rhul vor sich hin und beobachtete das Aufsteigen der hell leuchtenden Scheibe. "War es das wirklich wert?", ließ er Farasars Kopf leicht an seiner Schulter hinabgleiten, um sie besser anzusehen. Wieder umschloss er die eingefallene Wange mit einer Hand und strich liebevoll mit dem Daumen über die zarte Haut hinunter bis zu ihren Lippen, welche sich leicht unter dem Druck des Fingers öffneten. Des Kriegers Atem wurde schneller, kannte er diesen Anblick doch aus einer anderen Situation, welcher die Erinnerung glühend heiß durch seinen Körper jagte. Bebend und verlangend hatte Farasar sich an ihn gepresst. Flehend um Hilfe und Halt bittend, er möge sie nie wieder loslassen.

Er hatte sie nicht festgehalten...

225

Kapitel 17

Sanft umspülten sie die weichen Wellen. Gleichmäßig und beruhigend. Das leise Rauschen im Hintergrund vertrieb die beängstigende Stille, welche sie so lange umgab, dass es in ihren Ohren schmerzhaft dröhnte. Die Wächterin begriff nicht, wo sie war. Nichts, was sie wahrnahm, kannte sie. Der Boden, auf dem sie lag, war für sie unsichtbar und ließ sich nicht ertasten. Die Luft sog sie tonlos durch ihre Lungen. Sie hatte keinen Geruch und war ohne Geschmack. Nicht einmal Natur umgab Farasar, nicht ein Haus oder einen Weg sah sie - da war blankes Nichts. Nur das anfängliche Schwarz, welches die Va'ari umfing, verwandelte sich von einer hellen Kuppel über ihr in dunkles Grau, sodass ihre nebligen Augen nicht derselben Qual ausgesetzt waren, wie ihr Gehör. Lange Zeit erkannte sie diesen Wechsel zwischen hell und dunkel nicht. Zur absoluten Bewegungslosigkeit verdammt und mit wachsendem Erstaunen sah sie dem sich häufenden Farbenspiel zu. Hauchzarte Schlieren von hellem Grün des Haluns umwoben sie, ebenso wie das kräftige Silbergrau der Wissenden. Explosionsartig gesellten sich erdfarbene Punkte mit hinzu, welche sie den Zwergen zuschrieb. Und über all den Verwirbelungen der verschiedenen Farben thronte die weiße Kuppel des Ilunaos. Stumm und taub schenkte sie diesem Schauspiel ihre Aufmerksamkeit, um die innere Unruhe zu unterdrücken. Angst breite sich dumpf in ihr aus, denn sie vermisste einen gewissen Glanz. Panik und Sorge wuchsen ins Unermessliche, doch auf einmal trieben unzählige kleine Wirbel in tausenden Schattierungen um sie herum - Blau! Der Zwerg lebte! Und nichts war für die Wächterin so beruhigend anzusehen, wie diese Wirbel sich vereinten, um langsamer zu werden und sich zu vermischen. Sie wurden eins miteinander und legten sich in vibrierendem Pulsieren um ihren Körper. Diese Farbe, welche Farasar so liebte, wich nicht einen Augenblick von ihrer Seite. Selbst das strahlende Weiß des Ilunaos hatte keine Möglichkeit, durch diese Wand hindurchzudringen. Umso erstaunter beobachtete die Wächterin kleine helle Punkte und deren Zahl wurde stetig mehr. Sie standen nicht nur blass im Raum, sondern erstrahlten wie Edelsteine in unterschiedlicher Größe - wie Sterne!

Die Va'ari atmete tief ein und ihre Augen wurden weit. Sie sah! Und sie hörte! Aufkeuchend wurde ihr bewusst, dass es wahrlich Sterne waren, welche sie da erblickte. Das dunkle Blau der Nacht wurde heller unter dem strahlenden Glanz der Himmelskinder hoch über ihr. Das Rauschen der vermeintlichen Wellen war das tiefe Atmen des Mannes, in dessen Armen sie lag. Sanft hob und senkte sich ihr Kopf im gleichmäßigen Takt seines Brustkorbes.

Farasar schloss die Augen und sah wieder das Schwarz um sich herum. Sie zögerte, bevor sie ihren Blick erneut öffnete - ja, sie sah! Überwältigt von diesem Gefühl pulsierte ihr Blut schneller durch die Adern und trieb neue Wärme in jede Faser ihres Körpers. Dankbar sah sie hinauf, um die

Quelle zu entdecken, welche ihr den Weg zurückgewiesen hatte. Kalt und klar brannte sich das weiße Licht durch den Schleier auf ihren Pupillen und löste diesen auf, nahm ihn hinfort und ließ sie deutlich das Symbol ihrer Geburt erkennen. Nie zuvor durchzog sie die tiefe Wärme bei dessen Anblick, wie in diesem Moment. Dankbar und ergeben lag sie regungslos in Rhuls Geborgenheit. Kribbelnde Energie durchflutete sie und...

"Rhul", hauchte die Wächterin kaum hörbar und wandte langsam den Blick zu dem schlafenden Mann. Sein Kopf war leicht zur Seite gekippt und gab ihr somit die Gelegenheit, sein Antlitz ausgiebig zu betrachten. Endlich erfüllte sich jener Wunsch, den sie von Anbeginn hegte. Obwohl die Sehnsucht nach seinen Berührungen stetig gewachsen war, so wurde doch mit jedem Tag die Angst größer, sie könne sein Gesicht vergessen, welches sie oftmals in sich gekehrt und verbissen erlebt hatte. Das gutmütige Lächeln, das des Kriegers Antlitz weich erscheinen ließ, trug sie ebenfalls tief in ihrem Herzen. Ebenso den unbändigen Sturkopf, wenn Rhul den Unterkiefer vorschob und den Kopf herausfordernd hob. Die Erinnerung an seine vor Verzweiflung bebenden Lippen, hatte sie oft verdrängt, um sich nicht dieser Qual auszusetzen.

Und jetzt saß er hier. Völlig entkräftet von dem Weg in die Berge. Er hatte ein letztes Mal seine Energien gebündelt, um sie an jenen Ort zu bringen, welcher ihr alles bedeutete. Friedlich schien sein Antlitz, doch sie erkannte die tiefen Falten der Sorge klar im Licht des Mondes. Die eingetrockneten Spuren der Tränen auf seinen Wangen, welche sich auf dem staubbedeckten Gesicht einen Weg gesucht hatten, sah sie deutlich.

Zögerlich hob die Wächterin ihre Hand, denn sie mochte diesen Mann wahrlich nicht wecken. Schon bei der ersten zarten Berührung merkte sie, dass dies so leicht nicht möglich war. Die Entkräftung hatte Rhul tief in das Dunkel des Schlafes gezogen und hüllte ihn traumlos ein. Sanft glitten Farasars Fingerkuppen seine Stirn entlang und sie ertastete die feinen Gräben des Lebens auf ihr. Weich waren die kräftigen Augenbrauen und ehe sie über seine Schläfe strich, um durch das dichte dunkle Haar zu fahren, zog Rhul eben diese Brauen einen kurzen Moment schmerzlich zur Nasenwurzel. Er nahm die Berührung wahr, doch er erwachte dabei nicht. Farasar hielt augenblicklich inne und wartete, bis sich des Kriegers Gesicht wieder entspannte. Ihr Blick folgte den Fingern, welche den schmalen geflochtenen Zopf abwärts glitten, bevor sie zärtlich über den zerzausten Bart strichen und dieser feine kribbelnde Stiche auf ihrer Haut hinterließ. Leise lächelnd zog sie ihre Hand ein Stück zurück, um das gesamte Gesicht des Mannes einen Moment lang in sich aufzunehmen und doch wieder die Wärme seiner Haut zu suchen. Mutiger, aber vorsichtig ließ sie ihren Zeigefinger auf Rhuls Nasenrücken entlanggleiten, welcher zwergentypisch ausgeprägt war. Zärtlich glitt sie an der Seite hinab und über die samtige Haut der Wange. Aufregung stieg in ihr auf, denn ihr Blick kam auf seinem Mund zur Ruhe und sie zögerte erneut. Wie von selbst wurden ihre Finger von den schmalen und doch weichen Lippen angezogen. Stockend hielt sie die Luft an, ihre Fingerspitzen legten sich auf diese sanfte Wärme und sie bemerkte deren zitterndes Öffnen. Erschrocken nahm sie Rhuls Aufkeuchen wahr. Sie schalt sich stumm über ihre Vermessenheit, den Zwerg aus seiner Ruhe zu holen, welche er so dringend benötigte. Darum bittend, er möge nicht erwachen, starrte sie auf die geschlossenen und von schwarzen Wimpern umrandeten Augenlider, welche dieses funkelnde Blau verborgen hielten. Sie sah die leichten Bewegungen darunter und das schnellere Heben und Senken der breiten Brust drang in ihr Bewusstsein. Rhul träumte - ohne Sorge und Pein. Das sanfte Lächeln auf seinen zitternden Lippen und die leisen knurrenden Geräusche, die dahinter hervordrangen, verrieten ihr, wohin ihn seine Reise führte. Hell blitzte das Silber in Farasars Augen auf, denn sie erkannte, in welche Richtung ihre Berührungen den Mann geschickt hatten. Ein letztes Mal strich sie der Länge nach über dessen Mund, um dann ihre Hand an seinem Hals hinuntergleiten und auf der Brust zum Liegen kommen zu lassen. Heftig schlug des Zwerges Lebenstakt, kräftig und voller Leidenschaft.

Zufrieden wandte sie den Blick hinauf und lächelte beseelt. Dieser Mann, in dessen Armen sie lag, hatte um sie gekämpft. Hatte sich aufgeopfert und war sehenden Auges ihr in die Dunkelheit gefolgt, um sie ins Leben zurückzuholen. Er hatte bei ihr gewacht und sie beschützt. Er hatte seine harte Schale für sie durchbrochen und seine innersten Gefühle offenbart, ohne sich zu schämen. Er war es, welcher seine letzten Reserven gebündelt hatte, um sie an den Ort zu bringen, der ihr vom ersten Augenblick in dieser

Welt heilig war. Diesen Zwerg, Rhul, sie liebte ihn. Und sie dankte den ‚Ewigen' aus tiefstem Herzen dafür, dass dieser Mann sie nicht zurückgewiesen hatte, trotz allem, was er durch sie ertragen hatte. Weit wurde Farasars Inneres und diese Wärme, die sie vor Glück durchflutete, ließ das Silber ihrer Augen schimmern und in einem Glanz erstrahlen, welches kostbar war, wie das Anzsili in den Bergen der Zwerge.